REKI KAWAHARA abec bee-pee
SWORD ART ONLINE
unital ring
028

整合騎士団
「――キリトなら、絶対に何とかする」
§アリス
三十番目の整合騎士。二百年後のアンダーワールドでも《金木犀の騎士》として語り継がれる。
§ファナティオ
かつて《アンダーワールド》に存在した整合騎士団の第二代団長。神器《天穿剣》の使い手。

「あと一つ、目眩ましが必要ね」
§イーディス
最高司祭アドミニストレータが過去、
手ずから凍結した《いにしえの七騎士》
の一人。神器《闇斬剣》の使い手。

「……もしかして」
「アーちゃんに、会ってほしい人がいてサ……」
結城明日奈
キリトの恋人。《SAO》クリア後は、彼と同じく《帰還者学校》に通学しながら、ともに《ユナイタル・リング》と《アンダーワールド》で戦う。

「……アスナ」
§帆坂朋
《SAO》のβテスターにして腕利きの情報屋、通称《鼠のアルゴ》。《ユナイタル・リング》ではキリトたちの戦いをサポートする。

SWORD ART ONLINE

UNITAL RING
CHARCTER STATUS

《ユナイタル・リング》
キャラクターステータス

《ユナイタル・リング》第二階層に到達した
キリトたちのステータス
SPは《スターブ（飢え）ポイント》
TPは《サースト（渇き）ポイント》を示す

HP 510/510
MP 184/184
SP 120/120
TP 120/120
Player Name Sinon
Level 21
Class 使い／盗賊／石工／木工／薬師
Ability Tree 俊敏
006
HP 600/600
MP 167/167
SP 133/133
TP 133/133
Player Name Lisbeth
Level 18
Class メイス使い／鍛冶師／大工／織工／陶工
Ability Tree 頑強
007
HP 440/440
MP 167/167
SP 117/117
TP 117/117
Player Name Silica
Level 18
Class 短剣使い／調教師／織工／斥候
Ability Tree 俊敏
HP 420/420
MP 162/162
SP 116/116
TP 116/116
Player Name Argo
Level 17
Class 短剣使い／斥候／盗賊／薬師
Ability Tree 俊敏
009
HP 400/400
MP 157/157
SP 115/115
TP 115/115
Player Name Klein
Level 16
Class 曲刀使い／木工／石工
Ability Tree 剛力
010
HP 560/560
MP 152/152
SP 126/126
TP 126/126
Player Name Agil
Level 15
Class 斧使い／木工／石工
Ability Tree 頑強

《ユナイタル・リング》世界南部MAP

本世界の形状は、半径約七百キロメートルもの巨大な円形で、三段の同心円構造になっている。全プレイヤーが目指すべきゴール地点は、円の中央——第三階層にある。第一階層と第二階層の高低差は二百メートルにも及ぶが、移動方法は階段ダンジョンを登るよりほかない。

イラスト／川原 礫

SWORD ART ONLINE

「これは、ゲームであっても遊びではない」

──『ソードアート・オンライン』プログラマー・茅場晶彦

SWORD ART ONLINE
unital ring

REKI KAWAHARA

abec

bee-pee

028

1

「助けに来たぜ、エオ」

俺は、左腕《ひだりうで》で抱《だ》きかかえた剣士にそう呼びかけながら、汗《あせ》と血が染《し》み付《つ》いた白革《しらかわ》のマスクを見詰《みつ》めた。

アンダーワールドで誰《だれ》かの状態を知るには《ステイシアの窓》を出すのが確実な手段だが、目を覗《のぞ》き込むだけでもある程度の見当はつく。

整合機士団長《せいごうきしだんちょう》エオライン・ハーレンツは、マスクの覗《のぞ》き穴《あな》に嵌《は》められた薄《うす》いガラスの奥で、両目を苦しげに瞬《しばた》かせた。青碧《せいへき》の瞳《ひとみ》にはまだ力があるものの、体力も精神力も限界近くまで消耗《しょうもう》していることは明らかだ。

いますぐ介抱《かいほう》してやりたいところだが、悠長《ゆうちょう》に素因《エレメント》を生成している余裕《よゆう》はない。なぜなら、わずか七、八メートルしか離《はな》れていない場所で、エオラインをここまで追《お》い詰《つ》めた張本人が、不敵な笑《え》みを浮《う》かべているからだ。

俺がエオラインの気配を辿《たど》って開いた《心意《シンイ》の扉《とびら》》の先は、広い執務室《しつむしつ》のような部屋だった。左右の壁《かべ》にはずらりと書架《しょか》が並び、正面には重厚《じゅうこう》な造りの木製デスク。その天板に寄りかかる、暗灰色《あんかいしょく》のコートを羽織った黒髪《くろかみ》の麗人《れいじん》を俺は知っている。伴星《ばんせい》アドミナの秘密基地で遭遇《そうぐう》した謎多《なぞおお》き《銃使《じゅうつか》い》、トーコウガ・イスタル――。

全身ずたぼろのエオラインに対して、イスタルは髪《かみ》の毛《け》ひと筋乱していない。その理由は、執務室《しつむしつ》のあちこちに転がっている異形《いぎょう》の骸《むくろ》だ。

鋭《するど》く突き出た頭と、異様に長い腕《うで》。全身の皮膚《ひふ》も、刀傷から滴《したた》る血も、墨《すみ》のようにどす黒い。骸《むくろ》の数は、六体にも及《およ》ぶ。

これらに限りなく似たモンスターと、俺は戦ったことがある。しかし、この時代でではない。最高司祭アドミニストレータの治世だった二百年前に、セントラル・カセドラルの外壁《がいへき》で遭遇《そうぐう》した人造生物《ミニオン》。細部の形状が異なるし、金属製の防具を装備しているが、同種と見て間違《まちが》いあるまい。

イスタルがミニオンを従えている理由は不明だが、アドミナの基地では神獣《しんじゅう》の子供を相手に残酷《ざんこく》な生体実験を繰《く》り返《かえ》していたのだから、さして驚《おどろ》きはない。ミニオンも二百年前のものより強化されているはずで、それを一人で六匹《ぴき》も倒《たお》してのけたのだから、エオラインがここまで疲労困憊《ひろうこんぱい》してしまうのも当然だ。

整合機士《せいごうきし》団長《だんちょう》という要職にありながら、部下たちとの合流を目指さずに戦《たたか》い抜いた理由も、俺には推測できた。

部屋にはあと一人、アンダーワールド宇宙軍の隊員がいる。精悍《せいかん》な顔立ちには見覚えがある――俺をセントリアから森の中の屋敷《やしき》まで車で送ってくれた、ラギ・クイント二級操士《にきゅうそうし》だ。

書架《しょか》に背中を預けてどうにか立ってはいるものの、右肩《みぎかた》にかなりの深手を負い、しかもそこに毒性のあるミニオンの血を浴びてしまったらしい。エオラインは、動けないラギを守るために孤軍奮闘《こぐんふんとう》していたのだろう。

その頑張《がんば》りを無駄《むだ》にするわけにはいかない。光素術《こうそじゅつ》さえ使えればミニオンの毒など五秒で浄化《じょうか》できるが、しかしトーコウガ・イスタルは容易ならざる相手だ。エオラインと互角《ごかく》に斬《き》り結ぶサーベルの腕《うで》もさることながら、真《しん》に恐《おそ》るべきは右腰《みぎこし》の黒い銃《じゅう》から放つ武装完全支配術《ぶそうかんぜんしはいじゅつ》。巨大《きょだい》な《心意無効化空間《シンイむこうかくうかん》》を作り出すあの術を使われたら、俺の戦闘力《せんとうりょく》は五割、いや七割がた封《ふう》じられてしまう。

もっとも、無効化空間の中ではイスタルも心意力《シンイりょく》を使えないので条件は対等だが、果たしていまの俺が、純粋《じゅんすい》な剣技《けんぎ》と術式の勝負でアンダーワールドの武人に太刀《たち》打ちできるのか。

その、恐《おそ》れとも言えない刹那《せつな》の懸念《けねん》を見抜《みぬ》いたかのように。

イスタルは、紅《あか》い唇《くちびる》に浮《う》かぶ笑《え》みをわずかに深めた。

「基地とカセドラル、どちらに現れるかと思っていたが……ここを選んだか」

相変わらず性別を感じさせない、ハスキーな美声だ。長い睫毛《まつげ》に縁取《ふちど》られたペールブルーの双眸《そうぼう》は、向けられただけで体温が下がるような、冷々《れいれい》たる光を宿している。

いまは、現実時間で十月三日の午後十一時四十分ごろ。そしてイスタルが、惑星《わくせい》アドミナで姿を消したのは午後四時過ぎだった。つまり、あれからまだ七時間半しか経《た》っていないのだ。

たったそれだけの時間で四機もの大型機竜《きりゅう》の発進準備を整え、アドミナからカルディナまでの五十万キロメートルを翔破《しょうは》してのけたとはにわかに信じがたい。恐《おそ》らく、ずっと前から今回のカルディナ侵攻《しんこう》を計画していて、俺とエオラインが基地を一つと機竜《きりゅう》を一機無力化したことが引き金になったに違《ちが》いない。

エオラインが何かを言おうとする気配を感じ、俺は肩《かた》を抱《だ》く左手に少しだけ力を込めながらイスタルの言葉に答えた。

「カセドラルは俺より強い騎士《きし》たちが守ってるよ。あんたこそ、あっちに行かなくていいのか？　今頃《いまごろ》、ウェスダラス六世だか七世だかの機竜《きりゅう》が墜落《ついらく》してるかもしれないぞ」

半分はブラフ、半分は本気で言ったのだが、イスタルは顔色ひとつ変えることなく薄《うす》い笑《え》みを浮《う》かべてみせた。

「だとしても、私の与《あずか》り知《し》るところではない。しかしそれはないだろうよ……カセドラルに向かったアーヴス級を一機でも墜《お》とせば、セントリア市街は火の海だ」

「つまり、意図して市民を人質《ひとじち》に使ったわけか。仮にも皇帝《こうてい》を名乗る人間がすることじゃないな」

今度こそ、怒《おこ》るまではいかずとも多少はムッとするのではと思ったが、白面に浮《う》かぶ微笑《びしょう》は小揺《こゆ》るぎもしない。

「皇帝家《こうていけ》だの爵家《しゃくけ》だのが、高潔さとは無縁《むえん》の連中だということは知っているはずだ。お前が真《しん》に星王《せいおう》キリトの再来なら、な」

「……何でそう思うんだ？」

こいつの前では名乗っていないのにと思いながら訊《たず》ねたが、イスタルは平然と答えた。

「アドミナで召喚《しょうかん》した女騎士《おんなきし》たちに、キリトと呼ばれていただろう」

「…………なるほど、ね」

言われてみれば、対峙《たいじ》するイスタルとエオラインのすぐ近くで、アスナとアリスが俺の名を呼んでいた記憶《きおく》がある。しかし、だとしても――。

「星王《せいおう》ってのは、三十年も前にアンダーワールドからいなくなったんだぞ。名前が同じだけの別人だと思うだろ、普通《ふつう》」

「普通《ふつう》はそうだ。しかし、あの馬鹿馬鹿しいほどの心意《シンイ》強度を見せつけられれば、あるいは……と考えたくもなる」

そう嘯《うそぶ》くイスタルの右手を、俺はちらりと見やった。

心意《シンイ》無効化の武装完全支配術《ぶそうかんぜんしはいじゅつ》を発動するには、黒い拳銃《けんじゅう》を右腰《みぎこし》のホルスターから抜き、構え、エンハンス・アーマメントと発声しなくてはならない。どんなに急いでも三秒はかかるはずで、こちらが心意力《シンイりょく》でイスタルを拘束《こうそく》するほうが早い。

しかし万が一、心意《シンイ》を封《ふう》じられたら。俺はイスタルと、剣で戦わなくてはならない。

「……あんたらの目的は何なんだ。たった四機の機竜《きりゅう》で、整合機士団《せいごうきしだん》と宇宙軍、地上軍を制圧できると本気で思ってるのか？」

　何ヘルツか低い声で問い質《ただ》したが、イスタルの微笑《びしょう》は消えない。

「少なくとも、皇帝《こうてい》はそのつもりだろう。実際、セントラル・カセドラルの全階層を占拠《せんきょ》し、星界統一会議《せいかいとういつかいぎ》を追い出すことができれば、現在の支配体制は根底から揺《ゆ》らぐ。あの塔《とう》は権威《けんい》の象徴《しょうちょう》だからな……星王《せいおう》キリト最大の失政は、あれを壊《こわ》さなかったことだ」

　そう言い切った麗人《れいじん》は、氷の色の双眸《そうぼう》で突き刺すように俺を見た。

　いまの俺には星王《せいおう》時代の記憶《きおく》はないのだから、俺が……いや彼がカセドラルを壊《こわ》さなかった本当の理由は解《わか》らない。しかし想像はできる。たぶん、思い出が大きすぎたのだ。ユージオとともに駆《か》け上《のぼ》った大階段や、本気で剣を交えた九十九階、そして彼の血が染《し》み込んだ最上階を消し去ることが、どうしてもできなかったのだ……。

　腕《うで》の中のエオラインに一瞬《いっしゅん》だけ視線を落とす。いつの間にか意識を失ってしまったようで、覆面《ふくめん》の奥の両目は閉じられている。

　胸に過《よぎ》った刹那《せつな》の想念を振り払い、俺はイスタルに反駁《はんばく》した。

「あの自称皇帝《じしょうこうてい》は、カセドラルを占領《せんりょう》する気なんか端《はな》からなさそうだったぞ。更地《さらち》にする勢いでミサイルを撃《う》ち込んでたからな」

「ミサイル……熱素噴進弾《ねつそふんしんだん》のことか。私も、せめて心意弾頭《シンイだんとう》ではなく通常弾頭《だんとう》を使うべきだと上申《じょうしん》してはみたものの、皇帝《こうてい》はいにしえの整合騎士団《せいごうきしだん》の復活をことのほか恐《おそ》れておいでてね。

たとえセントリア市民の反感を買おうとも、九十五階から上は跡形《あとかた》もなく消し去るおつもりのようだ」

やれやれとばかりに肩《かた》をすくめるイスタルを、俺はじっと凝視《ぎょうし》した。

かつての整合騎士《せいごうきし》たちとその騎竜《きりゅう》が、石化凍結《せきかとうけつ》状態でカセドラルの最上部に封印《ふういん》されていることを、皇帝《こうてい》はどうやって知ったのか。

そしてなぜトーコウガ・イスタルは、皇帝《こうてい》の思惑《おもわく》などという最大級の機密情報を、惜《お》しげもなく明かすのか――。

時間稼《じかんかせ》ぎ？　しかし何のために？　いくらミニオンが強力でも、機竜《きりゅう》一機で運べる数では、宇宙軍基地を完全に制圧するのは不可能なはずだ。

皇帝《こうてい》アグマール・ウェスダラス六世率いる奇襲《きしゅう》部隊の目標は、第一に封印《ふういん》された整合騎士《せいごうきし》をカセドラルの上層階ごと消滅《しょうめつ》させること、第二に整合機士《せいごうきし》団長《だんちょう》たるエオラインを拉致《らち》もしくは殺害して全軍の指揮命令系統を混乱させること――だと思われる。しかしカセドラルの守りは、攻防《こうぼう》ともに卓抜《たくばつ》したアリス・シンセシス・サーティに、長い眠《ねむ》りから目覚めたファナティオ・シンセシス・ツーが加わったことで簡単には破られないだろうし、エオラインの拉致も危《あや》ういところではあったがこうして阻止《そし》できた。

奇襲《きしゅう》に失敗した以上、時間を稼《かせ》いでも状況《じょうきょう》は不利になるだけだ。アドミナで清々《すがすが》しいほどの逃げ足を披露《ひろう》したイスタルに、それくらいのことが理解できないはずがない。つまりこの状況《じょうきょう》でもまだ、何らかの勝ち筋を残しているということだ。

基地にテレポートする直前、俺は覚醒《かくせい》したばかりのファナティオに可能な限りの情報を伝え、「零時《れいじ》までには戻《もど》る」と約束してきた。まだ二十分ほどの猶予《ゆうよ》があるが、このまま睨《にら》み合《あ》いを引き延ばすのが得策だとは思えない。いっぽうで、イスタルは俺が動くのを待っているという可能性もある。

いますぐ心意《シンイ》による拘束《こうそく》を試みるべきか。それとも、会話を続けて応援《おうえん》が来るのを待つべきか。

ユナイタル・リング世界で、獣人《セリアン》たちに拉致《らち》されたユイを救うために、俺は躊躇《ためら》いなく剣を振るった。あれから一時間も経《た》っていないのに──そして状況《じょうきょう》はある程度似通っているのに、胸《むね》の奥にわだかまる迷いをどうしても断《た》ち切《き》れない。

沈黙《ちんもく》する俺をひたと見据《みす》えると、イスタルはわずかに目を細め、言った。

「お前はどうやら、星王《せいおう》その人ではないようだな」

「……なんで、そう思うんだ」

どうにか言い返した途端《とたん》、紅《あか》い唇《くちびる》にひときわ冷たい笑《え》みが浮《う》かぶ。

「伝説の星王《せいおう》ならば持っているはずの苛烈《かれつ》さを欠いているから……そして、皇帝《こうてい》の血に連なる者たちの無慈悲《むじひ》さを理解していないからだ」

その言葉が、何らかの合図であったかのように。

突然《とつぜん》、イスタルの背後の夜景が純白の閃光《せんこう》に塗《ぬ》り潰《つぶ》され、続いて窓ガラスがびりびりと震《ふる》えた。

「…………!?」

息を吞《の》み、光が消えた窓を凝視《ぎょうし》する。

正面やや左側、つまり南南東の夜空が、薄赤《うすあか》く染まっている。さらに目を凝《こ》らすと、彼方《かなた》の央都セントリアから立ち上る巨大《きょだい》な炎《ほのお》が、十キロメートル離《はな》れたこの場所からでもありありと視認《しにん》できる。

炎《ほのお》の源は、セントリアの市街ではない。街の中央にそびえ立つ、白亜《はくあ》の塔《とう》の最上部。

セントラル・カセドラルが燃えている。

2

整合騎士《せいごうきし》アリス・シンセシス・サーティにとって、騎士長《きしちょう》ベルクーリ・シンセシス・ワンは敬愛すべき師であり、そしてまた父親のように慕《した》わしい存在だったが、副騎士長《ふくきしちょう》ファナティオ・シンセシス・ツーに対しては正直なところ、尊敬の念よりも苦手意識のほうがやや大きかった。セントラル・カセドラルで暮らしていた頃《ころ》は、全ての騎士《きし》や修道士の中で最もウマの合わない相手だとすら感じていたほどだ。

しかし暗黒界との戦争が始まり、東の大門で共に戦う中で、アリスはファナティオの気高《けだか》さと情《じょう》の深さを知った。《反射凝集光線術《はんしやぎようしゆうこうせんじゆつ》》で気力を使い果たし、雨縁《アマヨリ》の鞍《くら》から滑《すべ》り落《お》ちかけたアリスを受け止めてくれた時のファナティオの言葉は、まだ耳朶《じだ》に残っている。

——見事な術式、そして心意《シンイ》だったわ、アリス。

——敵は撤退《てったい》したわ。あなたが導いた勝利よ。

その後、アリスは囮部隊《おとりぶたい》の一員としてダークテリトリーに突き入り、人界《じんかい》の防衛に残ったファナティオとは言葉を交《か》わす機会がないまま、果ての祭壇《さいだん》からリアルワールドへと離脱《りだつ》してしまった。再びアンダーワールドに戻《もど》ることができた時には二百年もの時間が過ぎ去っていて、もうファナティオとも、他の騎士《きし》たちとも再会することは叶《かな》わないのだと、己《おのれ》に言い聞かせていたのだが――。

「……………ファナティオ殿《どの》」

掠《かす》れ声《ごえ》で再びその名を呼びながら、アリスは涙《なみだ》が滲《にじ》む両目を懸命《けんめい》に見開いた。

飛翔盤《ひしょうばん》に乗るアリスとエアリーより十メルほど高いところにあるセントラル・カセドラルの百階は、外周部が華奢《きゃしゃ》な銀色の柵《さく》に囲われたテラスになっている。

そこに立つ長身の女性騎士《きし》を、アリスが見紛《みまが》うはずがない。夜風に波打つ黒髪《くろかみ》、藤色《ふじいろ》の鎧《よろい》と菫色《すみれいろ》のマント、そして右手にはレイピア並みに細い長剣《ちょうけん》。整合騎士《せいごうきし》第二位、ファナティオ・シンセシス・ツーその人だ。

カセドラルの九十九階で、十五人の整合騎士《せいごうきし》たちと一緒《いっしょ》に石化凍結《せきかとうけつ》していた彼女を解凍薬《かいとうやく》で目覚めさせたのは、キリトに違《ちが》いない。そのキリトは、ファナティオの出現を見届けた直後に《扉《とびら》》を開き、「戻《もど》ってきたらあいつらを強制着陸させるから、それまで踏《ふ》ん張《ば》ってくれ」と言い残して宇宙軍基地へと移動してしまった。

カセドラル西側の空には、まだ三機の大型機竜《きりゅう》が黒々とした巨体《きょたい》を停空させている。ほんの数十秒前に一斉《いっせい》発射された十八発ものミサイルは、全てキリトが心意《シンイ》防壁《ほうへき》で墜《お》としてくれたが、あれで残弾《ざんだん》が尽《つ》きたと決まったわけではない。

中央の機竜《きりゅう》に乗っている、皇帝《こうてい》アグマール・ウェスダラス六世を名乗る男の目的は、恐《おそ》らく九十九階に封印《ふういん》された騎士《きし》たちを殲滅《せんめつ》することだ。カセドラルの防御《ぼうぎょ》シャッターを全て開き、降伏《こうふく》の意思を示せばミサイル攻撃《こうげき》は止めるようなことを言っていたが、鵜呑《うの》みにはできない。シャッターを開けた瞬間《しゅんかん》、残りのミサイルを全て撃《う》ち込んでくる可能性もある……いや、まず間違《まち》いなくそうなる。

皇帝《こうてい》は、仮に《不当なる占拠者《せんきょしゃ》》が徹底抗戦《てっていこうせん》の構えを見せても、シャッターごとカセドラル最上部を破壊《はかい》できる数のミサイルを積んできたはずだ。しかし、気前よく斉射《せいしゃ》した十八発が、一発もカセドラルに届かなかったのはさすがに想定外だったらしい。機竜《きりゅう》は、新たなミサイルを腹下の発射装置に装塡《そうてん》することなく沈黙《ちんもく》を保っている。

皇帝《こうてい》としては改めて言葉で脅《おど》しをかけたいところだろうが、中央の機竜《きりゅう》に装着されていた、立体映像を投射するための円盤《えんばん》はファナティオが神器《じんき》《天穿剣《てんせんけん》》の光で破壊《はかい》した。意思疎通《そつう》ができなければ交渉《こうしょう》も脅迫《きょうはく》も不可能なので、皇帝《こうてい》に残された選択肢《せんたくし》は総攻撃《そうこうげき》か撤退《てったい》しかないと思われるが、どちらを選ぶにせよ即断《そくだん》はできまい。

二、三分はこのまま膠着状態《こうちゃくじょうたい》が続きそうだと考えたアリスは、金木犀《きんもくせい》の剣《けん》を鞘《さや》に収めるとすぐ後ろに立つエアリーに囁《ささや》きかけた。

「エアリー、ファナティオ殿《どの》のところまで上がれる？」

「はい」

頷《うなず》いたエアリーが、飛翔盤《ひしょうばん》の下部から噴《ふ》き出す空気の流量を増した。鋼鉄の円盤《えんばん》は力強く上昇《じょうしょう》し、百階を目指す。

かつてのセントラル・カセドラルは、最高司祭アドミニストレータが幾重《いくえ》にも張《は》り巡《めぐ》らせた妨害《ぼうがい》術式のせいで、飛竜《ひりゅう》はおろか鳥すらも上層階に近づくことはできなかった。二百年の間に誰《だれ》かが解除したのだろうが、もしあの術式が生きていたら、ミサイル攻撃《こうげき》でさえ防いでのけたのかもしれない……。

アリスが刹那《せつな》の想念を振り払ったのと同時に、飛翔盤《ひしょうばん》がテラスの柵《さく》を越《こ》えた。

着地を待たずに飛び降り、しらじらと光る大理石のタイルに甲高《かんだか》い足音を響《ひび》かせて、かつての朋輩《ほうばい》へと駆《か》け寄《よ》る。

青白い星明かりに照らされたファナティオの顔に、東の大門で抱《だ》き留《と》めてくれた時と何一つ変わらない笑《え》みが浮《う》かんでいるのを見た途端《とたん》、アリスは胸がじわりと熱くなるのを感じた。

このまま両手を広げて飛びつきたいという気持ちを抑《おさ》えて立ち止まり、少しだけ震《ふる》える声で呼びかける。

「お久しゅうございます、ファナティオ殿《どの》」

右手を機士団《きしだん》の前立てに、左手を剣の柄《つか》にあてがい、一礼しようとした時——。

「……本当に久しぶりね、アリス」

そう囁《ささや》きながらファナティオが両手を伸ばし、アリスの肩《かた》を摑《つか》んで引き寄せた。つんのめるアリスの背中に手を回し、鎧《よろい》が軋《きし》むほどの力で抱《だ》き締《し》める。

考えてみれば、アリスがファナティオと東の大門で別れたのは主観時間で約三ヶ月前だが、ファナティオが石化凍結《せきかとうけつ》を望んだのは人界暦《じんかいれき》四七五年だとエアリーが言っていたので、彼女にとっては実に九十五年ぶりの再会ということになる。

アリスもファナティオの体に腕《うで》を回し、しっかりと力を込めてから、もしも再会が叶《かな》ったとしたら絶対に伝えなくてはならないと考えていた言葉を口にしようとした。

「……ファナティオ殿《どの》、申し訳ありません。ベルクーリ閣下は、皇帝《こうてい》ベクタに拉致《らち》された私を助けるために……」

「アリス」

穏《おだ》やかな、それでいてきっぱりとした声音《こわね》でアリスの言葉を遮《さえぎ》ると、ファナティオはそっと体を離《はな》した。金色がかった褐色《かっしょく》の瞳《ひとみ》で間近からアリスの目を覗《のぞ》き込み、続ける。

「解《わか》っているわ。あなたも閣下も、アンダーワールドを守るために為《な》すべきことを為《な》したのよ。いまは、閣下やエルドリエ、ダキラ……そしてあの戦いで命を落とした人界《じんかい》と暗黒界の勇敢《ゆうかん》な兵士たちの遺志を継《つ》ぎ、新たな敵に立ち向かわなくては」

「……はい」

胸から溢《あふ》れそうになる熱いものを懸命《けんめい》に押しとどめ、アリスは頷《うなず》いた。皇帝《こうてい》アグマールが、凍結騎士《とうけつきし》の殲滅《せんめつ》を諦《あきら》めるとは到底《とうてい》思えない。キリトが戻《もど》ってくるまで、何としてもカセドラルを守る──それが二人に課せられた使命だ。

「ファナティオ殿《どの》は、状況《じょうきょう》を……」

アリスの問いかけを、ファナティオは途中《とちゅう》で遮《さえぎ》った。

「ええ、星王《せいおう》陛下……ではなくキリトから、おおよその事情は聞かされたわ。最後の黒皇帝《くろこうてい》が討《う》ち取《と》られ、《不滅《ふめつ》の心臓《しんぞう》》……奴《やつ》らの魂《たましい》の形代《かたしろ》になっていた宝石が破壊《はかい》されるのを見届けたつもりだったけど、どうやって蘇《よみがえ》ったのか……」

「…………」

アリスは、異界戦争後《いかいせんそうご》に勃発《ぼっぱつ》した《四帝国《よんていこく》の大乱《たいらん》》と、続く《黒皇戦争《こっこうせんそう》》を経験していない。しかし、公理《こうり》教会《きょうかい》統治下でセントリア市域統括騎士《しいきとうかつきし》の任に就《つ》いていた時に、皇帝家《こうていけ》の放埒《ほうらつ》と驕傲《きょうごう》はうんざりするほど目にした。皇帝《こうてい》は、ある意味では最高司祭アドミニストレータをも上回る欲望の権化《ごんげ》であり、人ならぬ怪物《かいぶつ》と化してまでアンダーワールドの支配権を手中に収めようとしたと聞いても大きな驚《おどろ》きはない。

仮にアグマールが何らかの手段で復活した黒皇帝《くろこうてい》で、《前世》の記憶《きおく》を受《う》け継《つ》いでいるなら、かつての己《おのれ》を討《う》ち滅《ほろ》ぼした整合騎士《せいごうきし》団《だん》を憎《にく》み、恐《おそ》れるのは当然だ。

カセドラルへのミサイル攻撃《こうげき》が始まった時点で、セルカは五本の解凍薬《かいとうやく》を完成させていた。その一本をファナティオに使ったのだとしても、まだ四本残っている。そう考えたアリスは、急ぎ提案した。

「ファナティオ殿《どの》。皇帝《こうてい》アグマールが最優先としている目標は、封印《ふういん》された整合騎士団《せいごうきしだん》の殲滅《せんめつ》だと思われます。全員は無理だとしても、いまのうちに他の騎士《きし》たちも目覚めさせるべきではないでしょうか」

「そうね。……でも……」

少しだけ言《い》い淀《よど》んでから、ファナティオは続けた。

「敵に高位の術師か心意《シンイ》使《つか》いがいれば、カセドラルの壁《かべ》越しでも騎士《きし》の覚醒《かくせい》を探知できるはず。覚醒《かくせい》が進んでいることを知った皇帝《こうてい》が、ここを先途《せんど》と形振《なりふ》り構《かま》わぬ暴挙に出るという可能性も否定できない」

「暴挙……。つまり皇帝《こうてい》には、心意《シンイ》ミサイル……もとい噴進弾《ふんしんだん》を上回る威力《いりょく》の攻撃《こうげき》手段があると……？」

唖然《あぜん》とするアリスに小さく頷《うなず》きかけると、かつての副騎士長《ふくきしちょう》は視線を三機の機竜《きりゅう》に向けた。

「……私が知る黒皇帝《くろこうてい》たちは、戦いを挑《いど》んでくる時は必ず奥の手、そのまた奥の手を用意していたわ。戦略家《せんりゃくか》と言って言えないこともないけど、つまるところそれが奴《やつ》らの習《なら》い性《しょう》なのよ。四帝国《よんていこく》の大乱《たいらん》で、作戦らしい作戦もなくカセドラルに攻め込み、兵の数では圧倒的《あっとうてき》に劣《おと》る……しかも皇帝《こうてい》たちから見れば単なる小僧《こぞ》っ子《こ》のキリトが率いる人界《じんかい》統一会議に大敗したことが、決して癒《い》えない古傷になったんでしょうね」

「なるほど……」

アリスも頷《うなず》き、西の空を見やった。

先のミサイル攻撃《こうげき》からすでに三分以上が経過したのに、機竜《きりゅう》は不気味な沈黙《ちんもく》を保っている。市街地に墜落《ついらく》させるわけにはいかないので、こちらも手出しはできないが、キリトが基地から戻《もど》ってくれれば、カセドラルの前庭に強制着陸させられる。あれほど巨大《きょだい》な物体を心意《シンイ》の腕《かいな》で動かせるとはにわかに信じがたいが、彼ができると言うならできるのだろう。

アルヴヘイム・オンラインやユナイタル・リング世界では……いや、アンダーワールドでも剣や術式の腕《うで》で後《おく》れを取るつもりはないが、心意力《シンイりょく》に関しては圧倒的《あっとうてき》な差がついてしまった。いささか癪《しゃく》ではあるが、状況《じょうきょう》が落ち着いたら心意《シンイ》の修練を手伝ってくれるよう頼《たの》まないと――。

つい余計なことを考えてしまうアリスの耳に、密《ひそ》やかな足音が届いた。続いて、落ち着いた、それでいてかすかな切情をはらんだ声。

「ファナティオ様、お久しぶりです」

振り向いたファナティオは、ぱっと顔を綻《ほころ》ばせて一歩進み出た。

その前で一礼したエアリーを、副騎士長《ふくきしちょう》は自らの鎧《よろい》で傷つけないよう優《やさ》しく抱《だ》き締《し》め、囁《ささや》きかけた。

「あなたも元気そうでよかった、エアリー」

「申し訳ありません。このような状況《じょうきょう》で、ファナティオ様にお目覚めいただくことになってしまい……」

「謝らないで。本当に謝罪すべきなのは、封印《ふういん》階層の管理をあなた一人に任せることになると知りながらディープ・フリーズを望んだ私のほうよ」

エアリーの言葉を遮《さえぎ》ると、ファナティオは抱擁《ほうよう》を解いた。アリスにも一瞬《いっしゅん》視線を送ってから、打って変わって張《は》り詰《つ》めた声できびきびと指示する。

「皇帝《こうてい》アグマールはいま、ここで奥の手を繰《く》り出すか、あるいは撤退《てったい》して捲土重来《けんどちょうらい》を期すか迷っているはず。私たちの役目は、キリトが戻《もど》るまでその迷いを引き延ばすこと……そして、いざという時の被害《ひがい》を最小限にすることよ。エアリー、あなたは九十五階に戻《もど》って、セルカを手伝ってちょうだい」

「解《わか》りました」

即座《そくざ》に頷《うなず》くと、エアリーは踵《きびす》を返《かえ》した。どうやってカセドラルの中に戻《もど》るのかと思ったが、テラスの片隅《かたすみ》に四角い穴が開いていて、その奥は下り階段になっているようだ。

「ファナティオ殿《どの》、あの階段は……？」

かつてのカセドラルにあんな出入り口はなかったはず、と思いながら訊《たず》ねると、副騎士長《ふくきしちょう》はかすかに顔をしかめて答えた。

「あなたも知っているかもしれないけど、元老長チュデルキンが、九十六階から九十九階まで繋《つな》がる隠《かく》し階段《かいだん》を壁《かべ》の中に作っていたのよ。かつての元老院を飛竜《ひりゅう》たちの寝屋《ねや》に改装した時、その階段をどうするかで意見が割れてね……最終的にキリトが、あるものは有効利用しようと言って、アスナの地形操作で屋上まで繋《つな》げたわけ」

「……そうでしたか」

隠《かく》し階段《かいだん》のことは、アリスも明瞭《めいりょう》に記憶《きおく》している。逃げる元老長チュデルキンを追いかけて、キリトと一緒《いっしょ》に駆《か》け上《のぼ》ったのがついこの間のことのようだ。

星王《せいおう》となったキリトが階段の保存を望んだのなら、それは二度と会えないであろうアリスと、そしてユージオを思い出すよすがだから、だったのだろうか。いまのキリトは星王《せいおう》時代の記憶《きおく》を不可逆的に失っているので、もはや確かめるすべはない。

階段を駆《か》け下りていくエアリーを見送ってから、アリスは新たな問いを口にした。

「セルカは何をしているのですか？」

「いまある材料で作れるだけの解凍薬《かいとうやく》を作ってもらっているわ」

答えは簡潔だったが、副騎士長《ふくきしちょう》の横顔には憂慮《ゆうりょ》の色が仄見《ほのみ》える。

やはりファナティオは、皇帝《こうてい》が撤退《てったい》よりも総攻撃《そうこうげき》を選択《せんたく》する可能性が高いと見ているのだ。だから、騎士《きし》を順番に目覚めさせると、それを探知されて総攻撃《そうこうげき》を誘発《ゆうはつ》してしまう危険がある。戦況《せんきょう》が膠着《こうちゃく》している間に騎士《きし》全員と飛竜《ひりゅう》全頭を同時に目覚めさせられるだけの解凍薬《かいとうやく》を作り、敵が奥の手を使う様子を見せたら即座《そくざ》にそれを使うつもりなのだろう。

そう考えた途端《とたん》、新たな疑問が湧《わ》いてきて、アリスは三度《みたび》ファナティオに問うた。

「ファナティオ殿《どの》。キリトは……いえ星王《せいおう》は、なぜディープ・フリーズの解凍《かいとう》術式と解凍薬《かいとうやく》をアドミナ星に隠《かく》したのでしょうか？ 安全性や、今回のような緊急《きんきゅう》事態への即応性《そくおうせい》を考えれば、カセドラルに保管したほうがよかったのでは……？」

十時間前、アリスはカセドラル九十階の大浴場で、まったく同じ疑問をアスナに投げかけた。しかし、キリトと同様に星王妃《せいおうひ》としての記憶《きおく》を失っているアスナはただ首を傾《かし》げるだけだった。エアリーなら理由を承知しているのではと遅《おそ》まきながら気付くが、だとすればファナティオも知っているはずだ。

果たして副騎士長《ふくきしちょう》は、何やら複雑そうな顔でちらりとアリスを見た。

「……まあ、当然の疑問ね。私も同じことをキリトに言ったわ」

「それで、彼は何と……？」

「そんな簡単に手に入ったらつまらないだろ、と」

「…………」

自分の顔にもファナティオと同じ表情が浮《う》かんでいるだろうと確信しつつ、アリスは頷《うなず》いた。星王《せいおう》当人と対面したことはないが、つまるところキリトはキリトだった、ということらしい。煙《けむ》に巻《ま》くような言葉の裏に何らかの深慮《しんりょ》を隠《かく》していた可能性もあるが、長々と考察を巡《めぐ》らせていられる状況《じょうきょう》でもない。

同じことを考えたのだろう、副騎士長《ふくきしちょう》はさっと首を左右に振り、言った。

「いまは目の前の敵だけに集中しましょう。と言っても、こちらから攻撃《こうげき》を仕掛《しか》けるわけにはいかないけれど」

「そうですね」

頷《うなず》き、アリスは機竜《きりゆう》の編隊を眺《なが》めた。まだ動きはないが、それが次の一手を選びかねているからなのか、あるいは何かのタイミングを計っているからなのかは不明だ。

「天穿剣《てんせんけん》のレーザー……いえ、武装完全支配術《ぶそうかんぜんしはいじゆつ》はあと何回撃《う》てそうですか？」

機竜《きりゆう》に目を向けたまま訊《たず》ねると、ファナティオが顔を仰向《あおむ》ける気配がした。

「夜だから、撃《う》てて四回というところね」

「四回……ですか」

アリスも、煤《すす》けたような空を見上げる。

武装完全支配術は、発動するたび神器《じんき》の天命を大きく損耗《そんもう》し、回復するには空間神聖力《くうかんしんせいりよく》が豊富な場所で休ませるしかない。その際、神器ごとに神聖力の供給源との相性《あいしよう》があるらしく、前世が世界最古の樹《き》である金木犀《きんもくせい》の剣《けん》は陽光と緑土《りよくど》を好むし、湖に棲《す》む神獣《しんじゆう》だった霜鱗鞭《そうりんべん》は清《せい》浄《じよう》な水を好むとエルドリエが言っていた。

ファナティオの天穿剣《てんせんけん》は、かつて最高司祭アドミニストレータが試作した、一千枚もの鏡で陽光を一点に反射、凝集《ぎようしゆう》させて超《ちよう》高温の炎《ほのお》を生み出す兵器を前世としている。現実世界にも《ヘリオスタット型太陽炉《たいようろ》》というよく似た仕組みの発電装置が存在するらしいが、最高司祭がそれを知っていたのかどうかは不明だ。

　ともあれ、天穿剣《てんせんけん》はその出自ゆえに、あらゆる神器《じんき》の中で最も太陽《ソルス》の光を好み、夜は天命の回復速度が目に見えて下がると騎士団《きしだん》時代に聞いたことがある。

　半ば雲に覆《おお》われた夜空を見たまま、アリスは言った。

「私の剣は、噴進弾《ふんしんだん》をあと十二発防げるかどうかです。もしも皇帝《こうてい》の奥の手が、それを上回る数の噴進弾《ふんしんだん》による一斉攻撃《いっせいこうげき》だったら、ファナティオ殿《どの》に……」

　──機竜《きりゅう》を一機、墜《お》としていただかねばならないかもしれません。

　という言葉を、冷たい空気と一緒《いっしょ》に呑《の》み込む。

　すぐ下の九十九階で眠《ねむ》る十五人の整合騎士《せいごうきし》たちを失うことなど、絶対に受け入れられない。しかし、機竜《きりゅう》を一機でも撃墜《げきつい》すれば、セントリアの市民に十五人どころではない犠牲者《ぎせいしゃ》が出るだろう。《右目の封印《ふういん》》を破る前のアリスなら、心情と責務の板挟《いたばさ》みになり、凄《すさ》まじい痛みに襲《おそ》われていたはずだ。

　ファナティオはどうなのだろうと考え、ちらりと横を見る。

　外見からは、封印《ふういん》の有無《うむ》は見分けられないが、ファナティオはアリスの懸念《けねん》を全て見抜《みぬ》いているかのように頷《うなず》き、言った。

「機竜《きりゅう》を市街地に墜落《ついらく》させることはできないわ。それをすれば、たとえカセドラルを守れてもこちらの負けになる。──大丈夫《だいじょうぶ》、あなたが防げなかった噴進弾《ふんしんだん》は、私が全部墜《お》とすから」

「……しかし……」

天穿剣《てんせんけん》の武装完全支配術《ぶそうかんぜんしはいじゅつ》は、アルヴヘイム・オンラインの光属性魔法《まほう》《穿刺光《ピアシング・レイ》》と同じく、貫通力《かんつうりょく》に特化したレーザー攻撃《こうげき》だ。面で包むように襲《おそ》ってくるミサイル群が相手だと、一度の発動で一発しか破壊《はかい》できないのでいかにも効率が悪い。

だが、そんなことはファナティオも重々承知しているだろう。その上で任せろと言うなら、かつて轡《くつわ》を並べて戦った朋輩《ほうばい》を信じるだけだ。

「解《わか》りました。後備《あとぞな》えを頼《たの》みます」

「引き受けたわ。あなたにも、また無理をさせてしまうわね」

「いえ……」

さっとかぶりを振り、それが騎士《きし》たる者の務めですからと告げようとした、その時だった。

アリスの耳が、かすかな機械音を捉《とら》えた。

弾《はじ》かれたように顔の向きを戻《もど》す。滞空《たいくう》する機竜《きりゅう》たちの翼下《よくか》に設けられた爆弾倉《ばくだんそう》から、新たなミサイルが次々とせり出してくる。どうやら皇帝《こうてい》アグマールは、一か八かの賭《か》けに出ることを選んだようだ。

ファナティオが、天穿剣の鞘《さや》に左手を添《そ》えながら言った。

「あれで噴進弾《ふんしんだん》を使い果たしたなら、防ぎきればこちらの勝ち……そうでなければ奴《やつ》らの勝ちね」

「ええ」

頷《うなず》いてから、ふと気付いて早口で訊《たず》ねる。

「ファナティオ殿《どの》、セルカたちにはどうやって連絡《れんらく》を……？」

リアルワールドならば声だろうと文章だろうと瞬時《しゅんじ》に送れるのでつい失念してしまったが、カセドラルの外にいるアリスがどれほど大声を出そうと――たとえ拡声術を使ったとしても、塔内《とうない》で作業中のセルカとエアリーに届くとは思えない。騎士《きし》たちを解凍《かいとう》する必要が生じても、階段を延々駆《か》け下りていては、焦眉《しょうび》の急に間に合わないのではないか。

しかしファナティオは、百年近い眠《ねむ》りから目覚めたばかりだというのに、抜かりなく思慮《しりょ》を巡《めぐ》らせていたらしい。

「カセドラルに噴進弾《ふんしんだん》が一発でも着弾《ちゃくだん》したら、その時点で解凍薬《かいとうやく》の作成を中止し、騎士《きし》たちの解凍《かいとう》を始めるよう指示してあるわ」

なるほど、と頷《うなず》こうとしたアリスは、新たな疑問に襲《おそ》われて小さく息を吸い込んだ。

「……解凍《かいとう》の順番は、どのように……？」

「番号が大きい騎士《きし》からよ」

即答《そくとう》したファナティオの顔を、アリスは一瞬《いっしゅん》だけだが凝視《ぎょうし》してしまった。

九十九階に封印《ふういん》されている整合騎士《せいごうきし》たちの中で最も番号が大きいのは、アリスと一番違《ちが》いのフィゼル・シンセシス・トゥエニナインだ。彼女から解凍《かいとう》作業を始めたら、ファナティオとは二百年来の付き合いであるデュソルバート・シンセシス・セブンや、アリスが名前を知らない

《いにしえの七騎士《きし》》たちまで順番が回らない可能性もある。

しかし、仮にデュソルバート自身の意思を確認《かくにん》できれば、やはり年若い騎士《きし》から避難《ひなん》させることを望んだだろう。

「了解《りょうかい》です」

頷《うなず》くと、アリスは機竜《きりゅう》に視線を戻《もど》した。

続々と発射の準備を整えつつあるミサイルは、一機に六発、三機で十八発。やはり最大火力で勝負を決するつもりらしい。それを確かめ、愛剣の柄《つか》を握《にぎ》る。

金木犀《きんもくせい》の剣《けん》はまだ八割がた天命を残しているが、心意《シンイ》ミサイルは爆発《ばくはつ》が重なれば重なるほど《上書き効果》によって威力《いりょく》が増加する。先ほど自分でも言ったが、恐《おそ》らく同時に防げるのは十二発が限界だろう。残る六発は、レーザーをあと四回しか撃《う》てないファナティオに任せざるを得ない。

がこん……と重い音を立てて、最後のミサイルが発射装置に懸吊《けんちょう》された。

同時に、アリスとファナティオはそれぞれの剣を抜《ぬ》き放《はな》った。

「エンハンス・アーマメント！」

まず、アリスが武装完全支配術《ぶそうかんぜんしはいじゅつ》を発動する。金木犀の剣から黄金の光芒《こうぼう》が放たれ、その中で刀身が数百もの花弁へと解《ほど》けていく。

幅《はば》一センにも満たない花弁は、初期状態では金木犀《きんもくせい》の花を象《かたど》った、丸みを帯びた十字の形をしている。リアルワールドのゲーム風に表現すれば攻撃力《こうげきりよく》50、防御力《ぼうぎよりよく》50のバランス型ということになるが、この形は心意《シンイ》ミサイルの迎撃《げいげき》には向いていない。

アリスが意識を集中させると、宙に揺蕩《たゆた》う全ての花弁が、硬く澄《す》んだ音を響《ひび》かせて変形した。十字の先端《せんたん》が鋭《するど》く尖《とが》る、攻撃力《こうげきりよく》に90を注《つ》ぎ込んだ形状。

いまごろ、中央の機竜《きりゆう》の司令室では、皇帝《こうてい》アグマールが右腕《みぎうで》を高々と掲《かか》げているだろう。聞こえるはずのない、「撃てッ！」という怒号《どごう》がかすかに聞こえた気がした──その瞬間《しゆんかん》。

アリスは、右手に残った剣の柄《つか》を大きく振《う》りかぶった。

ザアッ！　と音を立てて花弁の群れが左右に広がる。

直後、十八発のミサイルがいっせいに発射された。怪物《かいぶつ》の咆哮《ほうこう》を思わせる異様な音を轟《とどろ》かせ、カセドラル外壁《がいへき》の一点めがけて殺到《さつとう》してくる。

ふと、かすかな違和《いわ》感《かん》がアリスの脳裏《のうり》を過《よぎ》った。しかし迷っている時間はない。花弁たちを四つのグループに分け、それぞれ別の標的へとフルパワーで投射する。

最初の攻防《こうぼう》では、心意ミサイルを破壊《はかい》した花弁たちが爆発《ばくはつ》に巻き込まれ、大きなダメージを受けてしまった。ゆえに今回は、盾《たて》のフォーメーションでミサイルを受け止めるのではなく、槍《やり》のフォーメーションで瞬時《しゆんじ》に貫《つらぬ》く作戦だ。

黄金の投《な》げ槍《やり》となって突進《とつしん》する花弁たちが、ミサイルの先陣《せんじん》と交錯《こうさく》する。何の手応えもなくすり抜けてしまっただけのように見えたが、鋭利《えいり》な花弁に外皮を貫《つらぬ》かれたミサイルはぐらりと姿勢を乱し、次々に爆発《ばくはつ》する。その時にはもう花弁の群れは飛び去っているが、荒《あ》れ狂《くる》う炎《ほのお》を完全には避《よ》けられず、巻き込まれた花弁がぱらぱらと落ちていく。

愛剣の痛みを我がことのように感じながら、アリスは生き残った花弁たちで新たな槍《やり》を作り、ミサイルを迎撃《げいげき》し続けた。七発、八発、九発……十発。ファナティオに約束した十二発まで、あと二発。

「ハアッ！」

裂帛《れっぱく》の気合いとともに、右手を振り下ろす。二本の槍《やり》が、黄金の軌跡《きせき》を描《えが》いて飛ぶ。

捉《とら》えた──と思った、その瞬間《しゅんかん》。

ミサイルが二発とも、まるで生き物のように身をよじり、槍《やり》を回避《かいひ》した。

驚愕《きょうがく》しつつも、アリスはほぼ無意識の操作で花弁の群れのフォーメーションを組《く》み替《か》えた。細身の投《な》げ槍《やり》から大きな翼《つばさ》を持つ鳥へと変形した花弁たちは、急ターンしてミサイルを追う。二羽《わ》の巨鳥《きょちょう》は瞬時《しゅんじ》に距離《きょり》を詰《つ》め、鋭《するど》いくちばしで突き刺そうとするが、そのたびにミサイルは右へ左へと身をかわす。

封密《ふうみつ》された熱素《ねつそ》の圧力で飛翔《ひしょう》する噴進弾《ふんしんだん》に、あんな動きができるはずがない。あれは恐《おそ》らく、キリトとエオラインが搭乗《とうじょう》するゼーファン十三型を撃墜《げきつい》したという誘導弾《ゆうどうだん》──神獣《しんじゅう》の赤《あか》ん坊《ぼう》を生きたまま改造した生体ミサイルだ。

よくよく目を凝《こ》らすと、すでに墜《お》とした噴進弾《ふんしんだん》と違《ちが》って、金属の外皮ではなく黒っぽい鱗《うろこ》に覆《おお》われている。先刻の違和感《いわかん》はこれが原因だったのだ。

もっと早く気付いていれば、と悔《く》やむ余裕《よゆう》はない。花弁から逃げ回っている二発のみならず、左右から迫《せま》りつつある六発も生体ミサイルのようだ。隣《となり》のファナティオに動揺《どうよう》の気配はないが、通常の噴進弾《ふんしんだん》より照準が難しくなることは確実なので、せめて目の前の二発は何が何でも撃墜《げきつい》しなくては。

右手で花弁を操作しつつ、アリスは左手を前に突き出し、あらん限りの心意力《シンイりょく》を振り絞《しぼ》った。

アリスの《心意《シンイ》の腕《かいな》》は、騎士長《きしちょう》ベルクーリ直伝の技《わざ》だ。出力ではキリトに及《およ》ばずとも、精密さなら負けるつもりはない。二発の生体ミサイルが一メル以下の距離《きょり》まで近づいた一瞬《いっしゅん》を逃《のが》さず、まとめて鷲摑《わしづか》みにするイメージで左手を素早《すばや》く握《にぎ》り込む。

キリトによれば、アドミナの基地で生産されていた生体ミサイルは、飛行型生物ならではの機動力に加えて、心意防壁《シンイぼうへき》を食い破る力も備えているらしい。アリスが繰《く》り出した心意の腕は確かにミサイルを捉《とら》えたものの、左手には粘液《ねんえき》まみれの魚を摑《つか》んだかのような、ぬるりと滑《すべ》る感覚が伝わってくる。

それでも、二発のミサイルの動きは、ほんの一瞬《いっしゅん》だが鈍《にぶ》った。

その機を逃《のが》さず、アリスは右手を思い切り真下に振り下ろした。

二羽《わ》の巨鳥《きょちょう》が猛然《もうぜん》と急降下し、くちばしで生体ミサイルを貫《つらぬ》く。ミサイルは激しく身もだえしてから、漆黒《しっこく》の炎《ほのお》を振りまいて四散する。熱素《ねつそ》ではなく闇素《あんそ》の解放現象《バースト》──金木犀《きんもくせい》の剣《けん》は、炎耐性《ほのおたいせい》よりも闇耐性《やみたいせい》のほうが高いが、それでも爆発《ばくはつ》の中心部に巻き込まれた花弁たちが無事で済むはずもない。輝《かがや》きを失って黒ずんだ花弁が、雨のように落下していく。

生き残ったわずかな花弁を手元《もと》に引《ひ》き戻しながら、アリスは叫《さけ》んだ。

「ファナティオ殿《どの》——残りを頼《たの》みます！」

「承知‼」

入《い》れ替《か》わりに前へ出たファナティオが、左腰《ひだりこし》から音高く天穿剣《てんせんけん》を抜《ぬ》き放《はな》った。

残り六発の生体ミサイルは、三発ずつに分かれて左右から襲《おそ》いかかってくる。最大四回しか撃《う》てないレーザーで、横に大きく広がっているミサイルを全て墜《お》とすことは不可能と思えるが、ファナティオは迷いのない動作で剣を振りかぶり、叫《さけ》んだ。

「リリース・リコレクション‼」

武装完全支配術《ぶそうかんぜんしはいじゅつ》ではない。整合騎士《せいごうきし》の最大奥義《おうぎ》たる、記憶解放術《きおくかいほうじゅつ》——。

ビュアッ！　という重厚《じゅうこう》な振動音《しんどうおん》を響《ひび》かせて、天穿剣の刀身から純白の輝線《きせん》が垂直に迸《ほとばし》った。

レーザーではない。長さが五十メルにもなろうかという、光の剣。

この技《わざ》を、アリスは一度だけ遠目に見たことがある。異界戦争《いかいせんそう》の序盤《じょばん》、東の大門を望む峡谷《きょうこく》で繰《く》り広《ひろ》げられた暗黒界軍との攻防戦《こうぼうせん》で、ファナティオは光の剣を振るってジャイアント族の長《おさ》シグロシグを両断してのけたのだ。しかしあの時は、剣の長さは十メルというところだった。いまファナティオの手許《てもと》から伸び上がる光は、その五倍にも達する。もはや剣ではなく柱……

キリトだったら、レーザー・ピラーとでも名付けただろうか。

再び、空気が震《ふる》えた。

純白のオーロラめいた光跡《こうせき》を描《えが》きながら、ピラーが左に倒《たお》れ、次いで斜《なな》め後方《こうほう》へと引かれた。

「ハアアアアッ！」

苛烈《かれつ》な雄叫《おたけ》びを上げつつ一歩踏《ふ》み込むと、ファナティオはピラーを前へと振った。

三十メル以内にまで迫《せま》りつつあった生体ミサイルが、強烈《きょうれつ》な光に反応して回避《かいひ》行動を取る。直線的に貫《つらぬ》くだけのレーザーなら避《よ》けられていたかもしれないが、ピラーは広大な面で空間を薙《な》ぎ払《はら》える。左側の三発は次々と光跡《こうせき》に呑《の》まれ、音もなく分断された。

刹那《せつな》の後、立て続けに爆発《ばくはつ》。解放された大量の闇素《あんそ》が、夜空に黒々とした穴を穿《うが》つ。生じた虚無《きょむ》が逆向きの爆風《ばくふう》を発生させ、あらゆるものを吸い込もうとする。

アリスは咄嗟《とっさ》に両足を踏《ふ》ん張《ば》りながら愛剣を左手に持《も》ち替《か》え、空いた右手でファナティオの剣帯を掴《つか》んだ。

「ありがとう！」

叫《さけ》びながら、副騎士長《ふくきしちょう》はレーザー・ピラーをさらに振り、右側の三発を狙《ねら》う。生体ミサイルたちは、羽虫さながらに不規則な軌道《きどう》で飛び、超《ちょう》高温の斬撃《ざんげき》をかいくぐろうとする。

しかしファナティオは、精密極《きわ》まりない手捌《てさば》きで光跡《こうせき》を上下に波打たせ、四発目と五発目を見事に捉《とら》えた。

溶断《ようだん》された二発が、ほぼ同時に爆発《ばくはつ》する。アリスは再び腰《こし》を落とし、突風《とっぷう》に耐《た》える。

六発目——いや、一斉攻撃《いっせいこうげき》の開始時点から数えれば十八発目となる生体ミサイルは、自分が最後の生き残りであることを知っているかの如《ごと》く滅茶苦茶《めちゃくちゃ》に飛び回るが、重さがほとんどないレーザー・ピラーからは逃《のが》れられず、ついに接触《せっしょく》を許した。純白の光を浴びた漆黒《しっこく》の鱗甲《りんこう》が、瞬時《しゅんじ》に蒸発し——。

しかしそこで、光剣は小刻みに明滅《めいめつ》し、消えた。

最後の生体ミサイルは、胴体《どうたい》を半ばまで抉《えぐ》られながらも爆発《ばくはつ》せず、まっすぐカセドラルへと突っ込んでくる。アリスの金木犀《きんもくせい》の剣《けん》も、ファナティオの天穿剣《てんせんけん》も天命を限界まで使い果たし、もう武装完全支配術《ぶそうかんぜんしはいじゅつ》はおろか一回の斬撃《ざんげき》にも耐《た》えられるか解《わか》らない。

その時。

二人の背後から、淡《あわ》い乳白色の輝《かがや》きがふわりと広がった。

光は極薄《ごくうす》の膜《まく》となって拡大し、立《た》ち尽《つ》くすアリスとファナティオを呑《の》み込む。衝撃《しょうげき》はおろか何かが触《ふ》れた感覚もなかったが、仄《ほの》かな温かさが全身の肌《はだ》を撫《な》でる。

光の膜《まく》は、一秒もかからずに巨大《きょだい》な球体となり、カセドラルの最上部を包み込んだ。

直後、生体ミサイルが膜《まく》に激突《げきとつ》し、透明《とうめい》な波紋《はもん》を広げて停《と》まった。九十九階の外壁《がいへき》までは、わずか二メル。

衝撃《しょうげき》のせいだろう、すでに千切れかけていた胴体《どうたい》がバキッと音を立てて真っ二つにへし折れ、そこから黒紫色《こくししょく》のエネルギーが噴《ふ》き出し——爆発《ばくはつ》。

アリスたちは反射的に顔を背《そむ》けたが、光の膜《まく》は闇素《あんそ》のバーストをも防御《ぼうぎょ》してのけた。しかしそこで限界に達したのか、空気に溶《と》けるように消えていく。

「……いまのは、ファナティオ殿《どの》の……？」

アリスが掠《かす》れ声《ごえ》で訊《たず》ねると、ファナティオは小さくかぶりを振った。

「いえ……私は、あなたの心意《シンイ》かと……」

顔を見合わせてから、二人揃《そろ》って振り向く。そして、同時に鋭《するど》く息を呑《の》む。

セントラル・カセドラルの最上階、広大なテラスの中央に鎮座《ちんざ》する円形堂のドーム屋根が、ごくかすかに発光している。見る間に光は薄《うす》れ、消えてしまったが、錯覚《さっかく》ではあり得ない。

あの円形堂は、最高司祭アドミニストレータの居室だった場所だ。あそこでアリスはキリト、ユージオ、そして賢者《けんじゃ》カーディナルとともにアドミニストレータと戦った。

ドーム状の天蓋《てんがい》の内側には、アンダーワールドの創生神話をモチーフにした天井画《てんじょうが》が描《えが》かれ、その各所には星のように煌《きら》めく水晶《すいしょう》が埋め込まれていた。しかしそれはただの宝石ではなく、最高司祭が《シンセサイズの秘儀《ひぎ》》によって、整合騎士《せいごうきし》となる者のフラクトライトから抽出《ちゅうしゅつ》した結晶体《けっしょうたい》で——……。

棒立ちになったまま、アリスは取り留めなく思考を彷徨《さまよ》わせた。

そのせいで、気付くのが遅《おく》れた。

空気がびりびりと震《ふる》えている。これは闇素《あんそ》ではなく、熱素《ねつそ》の咆哮《ほうこう》だ。

再び、ファナティオと肩先《かたさき》を擦《こす》り合《あ》わせながら振り向く。いまなお空間を揺《ゆ》らめかせている解放現象《バースト》の残滓《ざんし》の向こうで、深紅《しんく》の炎《ほのお》が轟々《ごうごう》と燃えさかっている。

炎《ほのお》の発生源は、アリスから見て右側に滞空《たいくう》する大型機竜《きりゅう》。分厚い主翼《しゅよく》の後部に内蔵された、計六基の熱素《ねつそ》エンジンがフルパワーで駆動《くどう》しているのだ。

勝ち目なしと見て、部下を盾《たて》にして逃げるつもりか……と一瞬《いっしゅん》思ったが、皇帝《こうてい》アグマールが搭乗《とうじょう》しているのは中央の機竜《きりゅう》だ。ならば、右の機竜《きりゅう》の乗組員が、独断で逃亡《とうぼう》を……？

いや、それはあり得ない。アンダーワールドの住民は、公理《こうり》教会《きょうかい》の治世が終わって二百年が経《た》つ現在でも、《上位存在の権威《けんい》には決して逆《さか》らえない》という人工フラクトライトの宿痾《しゅくあ》に囚《とら》われているのだ。つまりあの全力駆動《くどう》は皇帝《こうてい》の命令によるもので、その狙《ねら》いは――。

「いけない……カセドラルに突っ込むつもりです！」

アリスが叫《さけ》ぶと、隣《となり》のファナティオがびくっと体を震《ふる》わせた。

「そんな、まさか！」

掠《かす》れ声《ごえ》を漏《も》らしながらも、左手を前に突き出す。その手に、アリスも自分の右手を重ねる。

ゴオッ！と重々しい噴射音《ふんしゃおん》を轟《とどろ》かせ、大型機竜《きりゅう》が動き始めた。いったん加速が始まると、黒々とした巨軀《きょく》は急激にスピードを増し、地滑《じすべ》りめいた暴威《ぼうい》をまとって一直線に突き進む。

アーヴス級機竜《きりゅう》は全長二十メル、全幅《ぜんぷく》は四十メルにも達する。総重量は見当もつかないし、何より恐《おそ》ろしいのは、どんなに少なく見積もっても十人を超《こ》える搭乗員《とうじょういん》が乗っているであろうことだ。皇帝《こうてい》は、彼ら全員に死ねと命じたのだ。

途轍《とてつ》もなく非情で、冷徹《れいてつ》な判断。皇帝《こうてい》が機竜《きりゅう》を突撃《とつげき》させたのは、ミサイルを残らず撃《う》ち尽《つ》くしたからだけではない。カセドラルの外壁《がいへき》は最大レベルの優先度を付与《ふよ》されていて、本来なら大型機竜《きりゅう》が激突《げきとつ》してもびくともしないが——だからこそ機竜《きりゅう》は心意《シンイ》ミサイルを搭載《とうさい》していたのだ——、その守りも完璧《かんぺき》ではない。

心意《シンイ》を習得していない人間でも、死《し》に際《ぎわ》の恐怖《きょうふ》や絶望が、強い心意力《シンイりょく》を生み出すことがあるのだ。大門の戦いで、死に瀕《ひん》したジャイアント族の長《おさ》シグロシグが、ファナティオを金縛《かなしば》りにした時のように。アグマール六世は、機竜《きりゅう》の搭乗員《とうじょういん》たちを、心意兵器《シンイへいき》の代わりにするつもりだろう。

アリスだって、仮に下界が無人の荒野《こうや》だったら、カセドラルと騎士《きし》たちを守るために機竜《きりゅう》を撃墜《げきつい》したかもしれない。だから聖人めいたことを主張する資格はないが、それでも部下の命を使い捨てるような司令官は絶対に容認《ようにん》できない。

腹の底から湧《わ》き立つ怒《いか》りをエネルギーに、アリスはあらん限りの心意力を振《ふ》り絞《しぼ》った。

重なるファナティオの手からも、決然とした波動が迸《ほとばし》るのを感じた。

二人が展開した心意防壁《シンイぼうへき》に、突進《とっしん》してくる機竜《きりゅう》の先端《せんたん》が接触《せっしょく》し。

重さと硬《かた》さを感じることさえできず、粉々に打《う》ち砕《くだ》かれた。

一秒後、機竜《きりゅう》はセントラル・カセドラル九十九階の外壁《がいへき》に激突《げきとつ》した。機首の装甲板《そうこうばん》が潰《つぶ》れ、ひび割れ、飛び散り——その奥から急激に膨《ふく》れ上がった紅蓮《ぐれん》の炎《ほのお》が、アリスの視界を赤一色に染め上げた。

3

「父さん、お願い！　六本木《ろっぽんぎ》まで送って！」

明日奈《あすな》が顔の前で勢いよく両手を合わせると、父親――レクトグループ会長の結城《ゆうき》彰三《しょうぞう》は、ゴルフジャケットを脱《ぬ》ぐ手を止め、右の眉《まゆ》に困惑《こんわく》、左の眉《まゆ》に懸念《けねん》を滲《にじ》ませながら言った。

「六本木？　この時間から？　明日奈、お前……妙《みょう》な遊びをしてるんじゃないだろうな？」

「違《ちが》います！」

きっぱり否定してから、ふと考え込む。アンダーワールドの下位レイヤーは、数多《あまた》のVRMMOと同じくザ・シード・プログラムで構築されているので、父親からすればゲーム――遊びと大差あるまい。しかしあの世界に暮らす人々は、明日奈と同じ魂《たましい》を持った本物の人間だし、アンダーワールドにダイブするためのソウル・トランスレーター《STL》は、レクトも開発に関わったナーヴギアの遠い子孫なのだ。

とはいえ、時刻はもう深夜の十一時三十分。高校生の娘《むすめ》がこんな時間から盛《さか》り場《ば》に行きたいから車で送れなどと言い出したら、大抵《たいてい》の親は止めるどころか怒《おこ》るだろう。一秒でも早く家を出たいところだが、まずはきちんと理由を説明しなくては。

玄関《げんかん》ホールのひんやりした空気を吸い込み、明日奈は言った。

「ええと、わたしがラース……海洋資源探査研究機構《かいようしげんたんさけんきゅうきこう》の六本木支部《ろっぽんぎしぶ》で職場見学してること、父さんも知ってるよね」

ラースの名を聞いた途端《とたん》、彰三《しょうぞう》の渋面《じゅうめん》がいっそう深くなる。

「あそこ絡《がら》みなのか。……見学の件は母さんから聞いてはいるが、就職を考えているなら私は賛成しないぞ。あの組織は、お前と桐ヶ谷《きりがや》君をとんでもない目に遭《あ》わせたんだからな」

彰三が嫌悪感《けんおかん》を示すのも無理はない。明日奈《あすな》と和人《かずと》は今年の七月上旬《じょうじゅん》、アンダーワールドにダイブしたまま昏睡《こんすい》状態に陥《おちい》り、目を覚ましたのは約一ヶ月後だったのだから。和人《かずと》の両親と、明日奈の母親の京子《きょうこ》が説得しなかったら、彰三はラースへの刑事告訴《けいじこくそ》と民事提訴《みんじていそ》に踏《ふ》み切《き》っていただろう。

あれから二ヶ月が経過した現在、ラースに対する彰三の態度は、わずかながら軟化《なんか》の気配を見せつつある。それは明日奈が、オーシャン・タートルに赴《おもむ》いたのは自分の意思だったのだと繰《く》り返《かえ》し説明したからだが、理由はもう一つあるはずだ。すなわち、《A．L．I．C．E．》──アリス。

ラースに帰属する彼女は、世界初にして恐《おそ》らく唯一《ゆいいつ》の《強いＡＩ》だ。製造業のみならず、教育や娯楽《ごらく》、行政サービスに至るまで従来型ＡＩが幅広《はばひろ》く活用されている現在、産業や社会のシステムを根底から変革しかねないラースの技術には、全世界から熱い視線が注がれている。当然レクトも例外ではないはずだが、ラースは現在、責任者である凛子《りんこ》博士の指示であらゆる取材や面談の申し込みに応じていない。

そこでレクトのAI研究開発部門を擁《よう》する《レクトデータサイエンス研究所《RDSL》》は、ALOで公然のものとなっているアリスと明日奈《あすな》の交友関係に着目し、そのラインからラースに渡《わた》りをつけられないかと彰三《しょうぞう》に伺《うかが》いを立てたらしい。明日奈はその話を本人ではなく兄の浩一郎《こういちろう》から聞いたのだが、彰三はその場でにべもなく一蹴《いっしゅう》したもののRDSLも簡単には引き下がらず、また彰三にしても次世代AIはグループ全体の浮沈《ふちん》に直結するものだという認識《にんしき》はあるので、現在ちょっとした板挟《いたばさ》み状態になってしまっているようだ。

父親の難しい立場を利用するのは心苦しいが、いまは四の五の言ってはいられない。礼節を重んじるアリスがこんな時間に『キリトとアスナの力が必要です』と連絡《れんらく》してきたからには、アンダーワールドでよほどの緊急《きんきゅう》事態が起きているのだ。

「……父さんが、ラースに悪感情を抱《いだ》いてるのは知ってるし、無理もないと思う」

早口にならないよう努力しながら、明日奈は言った。

「でも、それは父さんがラースのことを……どういう組織で、どういう研究をしているのか、深くは知らないからだと思うの」

「まあ……否定はできないが」

しぶしぶといった様子ながら、彰三は頷《うなず》いた。明日奈も軽く頷《うなず》き返し、説明を続ける。

「えっとね……わたしいま、ラースでアンダーワールドの調査を手伝ってるの。あの世界に、わたしと和人《かずと》君より詳《くわ》しい人はいないから」

「アンダーワールドというのは、例の研究船内に構築された仮想世界だな？　アリスレベルのAIが何万も存在しているという……にわかに信じられん話だが……」

彰三《しょうぞう》の理解は、九割がた正しいが一割は誤っている。現在、《規則や命令を逸脱《いつだつ》する思考ができない》という人工フラクトライトの脆弱性《ぜいじゃくせい》を克服《こくふく》した真の汎用人工知能《AGI》はアリスだけで、彼女以外のアンダーワールド人はまだそのレベルには到達《とうたつ》していない。エオラインやロニエ、ティーゼ、エアリーたちと交流していると、思考が制限されているとはまったく感じないが、それは彼らがあの世界の法や規則の大部分に縛《しば》られていないからなのだろう。しかしそこまで説明していると時間がいくらあっても足りないので、ひとまず肯定《こうてい》しておくことにする。

「そうだよ。いまオーシャン・タートルは封鎖《ふうさ》されてるから、AIたちを現実世界に移動させることはできないんだけどね。で……そのアンダーワールドで、ちょっと問題が起きてて……」

「問題？　また妙《みょう》な連中に襲撃《しゅうげき》されたんじゃあるまいな？」

「違《ちが》う違《ちが》う、あくまで仮想世界の中での話だよ。ちょっと事情が込み入ってるから、簡単には説明できないんだけど……さっき、向こうにダイブしてるアリスから、助けに来てほしいって連絡《れんらく》があったの」

「……むう……」

唸《うな》る彰三の顔から、天然石のアクセントウォールに埋《う》め込まれているアナログ時計に視線を移す。十一時三十五分……そろそろ母親も帰ってくるだろうし、そうなればまた一から説明を繰《く》り返《かえ》さなくてはならない。

「お願い、パパ！　アリスは、わたしの大切な、大切な友達なの！」

これで無理だったら諦《あきら》める……フリをしてどうにか家から抜け出すしかないと思いながら、明日奈《あすな》は再び両手を合わせた。

彰三《しょうぞう》は人の縁《えん》に重きを置く信条で――そこを須郷伸行《すごうのぶゆき》につけ込まれたりもしたのだが――、昔から明日奈と浩一郎《こういちろう》には「友達を大切にしなさい」と言い聞かせてきたし、グループ全体の舵取《かじと》り役《やく》としてRDSLの要請《ようせい》も無視はできないだろう。さらに、明日奈がここぞとばかりに繰《く》り出した《パパ》呼びにもいくばくかの効果があったらしく、彰三は深々とため息をついてから言った。

「自分で運転するのは半年ぶりだからな、乗《の》り心地《ごこち》が悪くても文句を言うんじゃないぞ」

「ありがとう、父さん！」

明日奈は礼を言うや、コートハンガーから父親が脱《ぬ》いだばかりのチェスターコートを外し、着せかけた。自分もサキソニー生地《きじ》のピーコートを羽織り、スニーカーを履《は》く。

ユナイタル・リング世界で、キリトからアリスの救援要請《きゅうえんようせい》を伝えられたのが十一時二十五分。三分で身支度《みじたく》を済ませ、携帯端末《けいたいたんまつ》でタクシーの配車アプリを起動しつつ階段を駆《か》け下りたら、ゴルフ帰りの父親がちょうど玄関《げんかん》ドアから入ってきて鉢合《はちあ》わせしてしまったのだ。

説明と説得に七分を要したが、この時間帯ではタクシーを呼んでも確実にそれ以上かかっただろうから、終わりよければ……いや、まだ何も終わっていない。とにもかくにも、六本木《ろっぽんぎ》に急がなくては。

結城家《ゆうきけ》のガレージには、父親の大型SUV、母親のハッチバック、そして兄の2シーターが並んでいる。明日奈《あすな》は、まだほんのりと熱を放っているSUVに歩み寄ったが、背後の父親に肩《かた》を摑《つか》まれた。

「浩一郎《こういちろう》の車を借りよう。いまからフルサイズの運転はちときつい」

「そっか、疲《つか》れてるのにごめんね」

「今日はハーフだったから大丈夫《だいじょうぶ》だよ」

「スコアは？」

「聞くな」

彰三《しょうぞう》はにやりと笑い、キーレスエントリーの解錠スイッチを押した。

いまどき純ガソリンエンジンの小型スポーツカーは、乗《の》り心地《ごこち》こそ少々硬《かた》いが小気味のいい加速で世田谷《せたがや》通《どお》りを駆《か》け抜け、２４６号線に出た。

六時間前に、菊岡誠二郎《きくおかせいじろう》が運転する車で送ってもらったばかりのルートを逆方向にひた走り、渋谷《しぶや》の山手線《やまのてせん》ガードをくぐる。土曜深夜の上り車線は空いていて、運転席の父親もリラックスしている様子だ。

クッションの利いた本革《ほんがわ》シートも、エアコンの温風も快適なのに、不思議と眠気《ねむけ》は感じない。アドレナリンが血管を駆《か》け巡《めぐ》っているからだとしても、その理由はアリスの救援要請《きゅうえんようせい》だけでは恐《おそ》らくない。

ユナイタル・リング世界で、明日奈《あすな》は《アポカリプティック・デート》なるVRMMOからやってきた獣人《セリアン》たちと一戦交え——と言っても実際に戦ったのはほぼ和人《かずと》だけだったが——、攫《さら》われたユイを奪還《だっかん》した。その時、拘束《こうそく》されたアポデプレイヤーたちが、驚《おどろ》くべき情報を口にしたのだ。

明日奈たちは、三段ケーキ状構造になっているユナイタル・リング世界の二段目に南側から登ったのだが、西側から登ったアポデ組は、暗い森の中でNPCの集団に奇襲《きしゅう》され、総崩《そうくず》れになって撤退《てったい》した。

そのNPCは、百発百中の弓術《きゅうじゅつ》を操《あやつ》る浅黒い肌《はだ》のエルフで、自らを《リュースラ》と呼んでいたという。

リュースラ王国。それは遥《はる》かな昔、とある大陸に存在したという黒エルフの王国の名前だ。森エルフが建てたカレス・オー王国とともに魔法《まほう》文明の栄華《えいが》を極《きわ》めたが、とある理由で両国の関係が悪化し、ついに戦いの火蓋《ひぶた》が切られるというその時、二つの国は大陸から切り離《はな》されて虚空《こくう》の彼方《かなた》へと追放された。

魔法《まほう》を失ったエルフたちは、大陸に帰還《きかん》するための方法を探し求めた。剣技《けんぎ》に秀《ひい》でた騎士《きし》を危険な探索行《たんさくこう》へと送り出し、その多くが命を落とした。

「キズメル……」

我知らず記憶《きおく》に刻まれた名前を呟《つぶや》いてしまったが、エンジン車なのが幸いして父親の耳には届かなかったようだ。いまはアリスの救援《きゅうえん》に集中しなくては、と自分に言い聞かせてフロントウインドウを見詰《みつ》める。

やがて、前方に六本木《ろっぽんぎ》交差点が見えてくる。昔ながらの車載《しゃさい》ナビゲーションの指示に従い、交差点を左折。一分もかからず、地図上に目的地のアイコンが現れる。

「駐車場《ちゅうしゃじょう》の入り口を開けてもらうから、ちょっと待って」

明日奈《あすな》が言うと、彰三《しょうぞう》は返事の代わりにハザードランプを点《つ》け、車を左に寄せた。幸い凛子《りんこ》はまだオフィスに残っていたので、携帯端末《けいたいたんまつ》で連絡《れんらく》して地下駐車場《ちゅうしゃじょう》のシャッターを上げてもらう。薄暗《うすぐら》いスロープを降りた車が、地下二階の来客用スペースに収まると、父親に礼を言ってからドアを開ける。

続いて降りてきた彰三は、敵地に乗り込むぞと言わんがばかりの表情をしていて、明日奈は「穏便《おんびん》にね」と言いそうになった。しかし、闇雲《やみくも》に騒《さわ》ぎを起こすような人ではないと思い直し、自動ドアへと向かう。

ビル内のスマートロックは、機密エリアを除けば全て解除できる権限を与《あた》えられているので、端末認証《たんまつにんしょう》と顔認証《かおにんしょう》で解錠《かいじょう》する。エレベーターで五階に上がり、再びセキュリティドアを通ると、ちょうど通路の奥から凛子《りんこ》が歩いてくるところだった。

「こんばんは、遅《おそ》くにすみません」

ぺこりと会釈《えしゃく》した明日奈《あすな》に、凛子は大きくかぶりを振ってみせる。

「事情はアリスから、少しだけど聞いたわ。悪かったわね、こんな時間に呼びつけてしまって……」

言葉が途切《とぎ》れたのは、明日奈に続いて彰三《しょうぞう》が姿を現したからだろう。凛子は両目を見開き、次いで深々と一礼する。

「ご無沙汰《ぶさた》しております、結城《ゆうき》会長」

「こちらこそ、夜分に押しかけて申し訳ない、神代《こうじろ》博士。娘《むすめ》がどうしても行くと言うんだが、この時間に一人で外出させるわけにもいかなくてね」

「当然です。当機構の配慮《はいりょ》が行き届かず、申し訳ありません」

再び頭を下げようとする凛子を、彰三は両手で押しとどめた。

「いやいや、我《わ》が儘《まま》を言っているのは娘《むすめ》ですから」

「ちょっと父さん、わたしは別に我《わ》が儘《まま》なんて……」

反論しかけてから、立ち話をしている場合ではないことを思い出す。

「凛子さん、ＳＴＬは使えますか？」

「ええ、いつも明日奈《あすな》さんが使っているほうを起動して、スタンバイモードにしてあるわ」

「ありがとうございます！」

礼を言い、小走りに通路の奥へと向かう。彰三《しょうぞう》と凛子《りんこ》がどんな会話をするのか気になるが、いまの雰囲気《ふんいき》なら険悪なことにはならないだろう。

ＳＴＬ室に飛び込むと、中央のリクライニングチェアに横たわるアリスの姿が目に入った。夕方に明日奈がこの部屋を出た時から、服装はもちろん姿勢もまったく変わっていない。

チェアの左右に鎮座《ちんざ》するＳＴＬは、どちらも無人。和人《かずと》の自宅がある埼玉県川越市《さいたまけんかわごえし》からは、タクシーを呼ぶにせよバイクを飛ばすにせよ一時間以上かかるので、アンダーワールドで何が起きているにせよ彼が到着《とうちゃく》するまで踏《ふ》ん張《ば》るしかない。

ピーコートを脱《ぬ》いでハンガーラックに掛《か》け、専用ガウンへの着替《きが》えは省略して右のＳＴＬに横たわる。さすがに学校の制服を着たままでダイブするのは躊躇《ためら》われるが、コットンニットにストレッチジーンズというラフな格好なので皺《しわ》が寄っても問題ない。

待機モードのＳＴＬは、明日奈がボトムブロックのヘッドレストに頭を乗せると、自動的にアッパーブロックを下ろし始めた。ブロックの凹《へこ》みの内側では、ライトキューブと同じ素材で作られているらしい超高密度光素子《ちょうこうこうみつどひかりそし》マトリックスが、星空のようにきらきらと輝《かがや》いている。まるで、精密機械ではなく芸術作品であるかの如《ごと》き美しさだ。

民生用のＸＲ機器市場をリードしてきたレクトだが、新興メーカーのカムラから発売された

ＡＲデバイス《オーグマー》にシェアを奪《うば》われ、いまは第三世代機となる《アミュスフィア２》で巻き返しを図《はか》ろうとしている状況《じょうきょう》だ。当然、さらなる次世代機の研究開発も進んでいるが、それはオーグマー以上の着用性《ウエアラビリティ》を追求した超《ちょう》小型機と、ナーヴギアをも超《こ》える表現性《エクスプレシビリティ》を追求した大型機の両方を軸《じく》にしているらしい。

前者は多くのイノベーションが必要だろうが、後者はすでにＳＴＬとして具現化されている。一般《いっぱん》家庭に設置するには大きすぎるとしても、昔ながらのポリゴンで描写《びょうしゃ》された仮想世界とは根本的に異なるＳＴＬの記憶的視覚情報《ニーモニック・ビジュアル》は、もしＸＲ市場に投入されれば２０２０年代初頭の《フルダイブ革命》に並ぶインパクトをもたらすだろう。すなわちラースは、汎用人工知能《ＡＧＩ》と新世代ＶＲ技術《ＳＴＬ》という、世界中の企業《きぎょう》にとって垂涎《すいぜん》の革新的テクノロジーを二つも持っているということになる。

果たしてラースは……神代凛子《こうじろりんこ》と比嘉《ひが》タケル、そして創設者の菊岡誠二郎《きくおかせいじろう》は、双方《そうほう》の技術をこのまま秘匿《ひとく》し続けるつもりなのだろうか。菊岡によれば、仔猫型《こねこがた》ロボットを開発する理由は「独自財源の確保」らしいが、ＡＧＩかＳＴＬのどちらかでも大企業《だいきぎょう》とライセンス契約《けいやく》を締結《ていけつ》すれば、莫大《ばくだい》な利益が転がり込むはずだ。

もっとも、ラースは半官半民の独立行政法人なので、菊岡の独断で企業《きぎょう》と契約《けいやく》はできない。現在、文部科学省と総務省、そして防衛省のあいだで繰《く》り広《ひろ》げられているという主導権争いが決着すれば新たな展開があるのかもしれないが、民間企業《きぎょう》に売却《ばいきゃく》されるのはまだいいほうで、最悪の場合はアンダーワールドそのものが閉鎖《へいさ》、廃棄《はいき》されてしまう可能性もまったくないとは言えないのだ……。

悲観的な想像を堰《せ》き止《と》め、ふうっと息を吐《は》く。

直後、ＳＴＬのアッパーブロックが定位置に到達《とうたつ》し、モーターの駆動音《くどうおん》が止まる。代わりに、ビブラフォンを優《やさ》しく叩《たた》くような不思議な音が頭を──いや、魂《たましい》を包み込んでいく。

現実世界の重力が遠ざかるのを感じながら、明日奈《あすな》は声に出さずに呟《つぶや》いた。

──いま行くからね、アリス。

4

九十九階の壁面《へきめん》に激突《げきとつ》した大型機竜《きりゅう》は、内蔵していた大量の永久熱素《えいきゅうねつそ》を眩《まばゆ》い火球へと変え、解き放った。

セントラル・カセドラルの上層階を呑《の》み込むほどの勢いで膨《ふく》れ上がる烈火《れっか》を見据《みす》えながら、アリスは作れる限りの凍素《とうそ》を無詠唱《むえいしょう》生成しようとした。

しかし、周囲に満《み》ち溢《あふ》れているはずの空間神聖力《くうかんしんせいりょく》と即座《そくざ》に感応できない。大型機竜《きりゅう》の突撃《とつげき》で心意防壁《シンイぼうへき》を砕《くだ》かれたばかりなのと、即死《そくし》した乗務員たちの断末魔《だんまつま》の如《ごと》き心意《シンイ》に触《ふ》れてしまったせいもあって、精神をうまく集中できないのだ。やむなく術式を唱えようと、火炎《かえん》に先んじて吹《ふ》き上がってくる熱い空気を吸い込む。喉《のど》と肺がひりひり痛むが、気にしてはいられない。

「「システム・コール！」」

隣《となり》のファナティオもまったく同じことを考えたのか、異口同音に叫《さけ》んだ。

しかし、続く式句を口にするより先に、炎《ほのお》はカセドラルの壁《かべ》を駆《か》け上《のぼ》って二人が立つ屋上の端《はし》に到達《とうたつ》した。いまから凍素《とうそ》を生成しても間に合わないのは明らかだが、鎧《よろい》なみの防御《ぼうぎょ》性能を持つ機士団《きしだん》の制服を着ているので、たとえ炎《ほのお》に呑《の》まれても即死《そくし》はするまい。露出《ろしゅつ》した肌《はだ》と髪《かみ》を焼《や》き焦《こ》がされても、天命が全損する前に氷の障壁《しょうへき》を作れれば――。

「「ジェネレート・クライオゼニック……」」

そこまで叫《さけ》んだ時、猛火《もうか》の先兵がアリスの髪先《かみさき》を舐《な》め、瞬時《しゅんじ》に炭へと変えた。

全身を焼かれる激痛を想像し、アリスは本能的に体を強張《こわば》らせた。

だが、一秒が過ぎ、二秒が過ぎても、熱さも痛みも感じない。目の前まで迫《せま》っていた炎《ほのお》が、突然《とつぜん》一メルばかり後退し、そこで止まったのだ。

ファナティオが心意防壁《シンイぼうへき》を作ったのかと思ったが、ちらりと隣《となり》を見やると、副騎士長《ふくきしちょう》も目を見開いている。再び前を見たアリスは、不思議な現象に気付いて眉《まゆ》を寄せた。

二人を焼《や》き尽《つ》くせないことに憤激《ふんげき》しているかの如《ごと》く荒《あ》れ狂《くる》う炎《ほのお》は、ごく薄《うす》い灰色のベールに遮《さえぎ》られて……いや、吸収されている。これは心意防壁ではない。闇素《あんそ》で作られた球形の殻《から》が、炎《ほのお》のエネルギーを打ち消しているのだ。

闇素《あんそ》はあらゆるものを削《けず》り取《と》る性質を持っていて、それは熱素《ねつそ》の炎《ほのお》も例外ではない。しかし通常、熱素《ねつそ》を一対一で相殺《そうさい》できるのは凍素《とうそ》だけで、闇素《あんそ》一つでは熱素《ねつそ》一つぶんのエネルギーを吸収しきれない。

大型機竜《きりゅう》の爆発《ばくはつ》によって解放された永久熱素《えいきゅうねつそ》の数は百をゆうに超《こ》える。生み出された炎《ほのお》が全てアリスたちに向かってきたわけではないにせよ、二人を守ってくれた術者は最も気難しい素因《エレメント》である闇素《あんそ》を少なくとも十個以上同時生成して巨大《きょだい》な球殻《きゅうかく》へと変え、それを維持《いじ》しつつ火炎《かえん》と相殺《そうさい》されるぶんの闇素《あんそ》を補給し続けているわけだ。この極限状況《じょうきょうきょう》で、そんな離《はな》れ業《わざ》をやってのけられる闇素《あんそ》使《つか》いは、かつての整合騎士団《せいごうきしだん》にも片手で数えられるほどしか……。

振り向いて、背後にいるはずの術者を見たいという衝動《しょうどう》を、アリスは懸命《けんめい》に堪《こら》えた。いまは、目の前の炎《ほのお》をどうにかしなくてはならない。

両手を持ち上げ、ようやく痺《しび》れが取れてきた頭で心意《シンイ》を集中させる。右手を掲《かか》げ、目の前で渦巻《うずま》く炎《ほのお》から闇素《あんそ》を生成して球殻《きゅうかく》に溶《と》け込ませる。火を闇《やみ》に直接転換《てんかん》するのは高等技術だが、それくらいのことができなくては整合騎士《せいごうきし》を名乗れない。

ファナティオと一緒《いっしょ》に、懸命《けんめい》の素因《エレメント》生成を続けること十秒。

荒《あ》れ狂《くる》っていた炎《ほのお》が徐々《じょじょ》に勢いを失い、名残惜《なごりお》しそうに遠ざかり——消えた。

それを見届けたかのように、闇素《あんそ》球殻《きゅうかく》も霧散《むさん》する。途端《とたん》、乾《かわ》いた熱風が押し寄せてくるが、天命が減るほどの温度ではない。

その空気を深々と吸い込んで、アリスは己《おのれ》に気合いを入れ直した。解放された永久熱素《えいきゅうねつそ》は全て空間神聖力《くうかんしんせいりょく》へと昇華《しょうか》したが、カセドラルの外壁《がいへき》にはまだ赤々とした炎《ほのお》がまとわりついている。機竜《きりゅう》の油圧系や潤滑系《じゅんかつけい》に使われていた油が壁《かべ》に付着し、それに引火したのだとすると簡単には消えないだろう。外壁《がいへき》の大理石には自動修復術式が付与《ふよ》されているが、熱は塔《とう》の中に伝わるし、それ以前に機竜《きりゅう》の激突《げきとつ》と爆発《ばくはつ》で外壁《がいへき》は少なからず損傷したはずだ。凍結騎士《とうけつきし》たちは……そして九十五階にいるセルカとエアリーは無事なのか。

いますぐ塔内《とうない》に戻《もど》りたいが、皇帝《こうてい》アグマールが搭乗《とうじょう》する機竜《きりゅう》から目を離《はな》すわけにはいかない。

まだミサイルが残っているかもしれないし、最悪の場合、残る僚機《りょうき》にも突撃命令《とつげき》を下す可能性もある。

だが、窮地《きゅうち》を救ってくれた闇素使《あんそつか》いの顔を見る程度の余裕《よゆう》はあるだろう。アリスは滞空《たいくう》する機竜《きりゅう》二機に動きがないことを確認《かくにん》してから、素早《すばや》く振り向いた。

そして、百階テラスに立つファナティオを見つけた時と同じか、それ以上の驚愕《きょうがく》に打たれて立《た》ち尽《つ》くした。

神聖術師《しんせいじゅつし》ではない。ファナティオと同じ意匠《いしょう》の、白銀《はくぎん》に墨黒《すみぐろ》の差し色が入った鎧《よろい》を身につけ、細身の曲刀を佩《は》いた長身の女性だ。黒いリボンで結《ゆ》わえた長い髪《かみ》は、ミルクをたっぷり入れたコヒル茶の色。

整合騎士《せいごうきし》……しかし、名前も番号も解《わか》らない。なぜなら、涼《すず》やかな目鼻立ちの顔にまったく見覚えがないからだ。

凛《りん》とした立ち姿だけはかろうじて記憶《きおく》に残っているので、九十九階で眠《ねむ》っていた凍結騎士《とうけつきし》であることは確かだろう。なのにアリスが名前を知らないとなると、遥《はる》かな過去に最高司祭アドミニストレータが手ずから石化凍結《せきかとうけつ》し、隠《かく》し部屋《べや》に封《ふう》じたという《いにしえの七騎士《きし》》の一人でしか有り得ないのだが――。

その時、女性騎士《きし》が夕焼け空の色をした瞳《ひとみ》でまずファナティオを、次いでアリスを見詰《みつ》め、一度瞬《まばた》きしてから微笑《ほほえ》んだ。顔立ちは凛々《りり》しいのに、その表情がはっとするほど優《やさ》しくて、アリスは息を呑《の》んでしまった。

声を出せないアリスに代わって、ファナティオが語りかけた。

「何百年ぶりかしら……また会えて嬉《うれ》しいわ、イーディス・シンセシス・テン」

「あなたも元気そうね、ファナティオ・シンセシス・ツー」

イーディスという名前には聞き覚えがないが、テンということは騎士《きし》番号は十番だ。やはりいにしえの七騎士《きし》の一人だが、だとするとなぜ永遠の眠《ねむ》りから目覚めたのか。

ファナティオはセルカに、「カセドラルに噴進弾《ふんしんだん》が一発でも着弾《ちゃくだん》したら即座《そくざ》に解凍薬作《かいとうやくづく》りを中止して騎士《きし》たちの解凍《かいとう》を始める」「解凍《かいとう》の順番は番号が大きい騎士《きし》から」と指示した――と言っていた。激突《げきとつ》したのは噴進弾《ふんしんだん》ではなく機竜《きりゅう》だったが、その時点で作業を中止して九十五階から九十九階に移動し、すぐに解凍《かいとう》を始めたとしてもイーディスの出現はあまりに早すぎる。それに、凍結騎士《とうけつきし》の中で最も番号が大きいのは二十九番のフィゼルなので、最初に解凍《かいとう》されるのは彼女のはずだ。

しかし目覚めた理由が何であれ、イーディスが闇素《あんそ》球殻《きゅうかく》で炎《ほのお》を防いでくれなければ、アリスとファナティオは黒焦《くろこ》げになっていた。アリスは詰《つ》めていた息をそっと吐《は》いてから、大先輩《だいせんぱい》に謝意を伝えようとしたのだが。

その寸前、イーディスが眉根《まゆね》を寄せてファナティオに問いかけた。

「ちょ……ちょっと待って。あなたさっき、何百年ぶりって言った？　いまは人界暦《じんかいれき》何年な

の？」

「五八二年、だそうよ。ちなみに人界暦《じんかいれき》は星界暦《せいかいれき》と名前を変えたわ」

「…………五八二年…………」

絶句するイーディスを見て、アリスも言葉を呑《の》み込んでしまった。彼女が凍結《とうけつ》された正確な年は知りようもないが、アリスが整合騎士《せいごうきし》の任に就《つ》いていた人界暦《じんかいれき》三七五年からの五年間で、イーディスの名を誰《だれ》かから聞いたことは一度もなかったはずだ。あの頃《ころ》すでに、思い出話をする者もいなくなるほどの時が経《た》っていたのだとすると、イーディスが石化凍結《せきかとうけつ》されていた期間は三百年を超《こ》える可能性がある。

エアリーによれば、いにしえの七騎士《きし》は魂《たましい》の状態が不安定で――だからこそ最高司祭は七人を凍結《とうけつ》、封印《ふういん》したのだろうが――星王《せいおう》時代のキリトでも、安全に覚醒《かくせい》させることはできないと判断したらしい。目覚めた理由が何であれその状況《じょうきょう》は変わっていないはずなので、最悪の場合、イーディスのフラクトライトが心理的衝撃《しょうげき》に耐《た》えきれずに崩壊《ほうかい》してしまうこともあり得るのではないか。

アリスがはらはらしながら見守る先で、イーディスはゆっくりと体の向きを変え、滞空《たいくう》する機竜《きりゅう》を眺《なが》めた。

「……道理で、見慣れない代物《しろもの》が空に浮《う》いているはずだわ。あれは何？　人が作ったものよね、どうやって飛んでるの？」

立て続けの質問に、ファナティオがすらすらと答える。

「機械の飛竜《ひりゅう》、略して機竜《きりゅう》と呼んでいるわ。翼《つばさ》の中に熱素《ねつそ》が封《ふう》じ込められていて、その圧力で飛ぶのよ」

「機竜《きりゅう》……ふうん。さっきの熱素爆発《ねつそばくはつ》、あれの仕業よね。カセドラルを攻撃《こうげき》したってことは、暗黒界軍なの？　あなたがいるのに、セントリアの真ん中まで侵入《しんにゅう》を許したわけ？」

イーディスの声が、少しばかり咎《とが》めるような響《ひび》きを帯びた。しかしファナティオは気にする様子もなく、落ち着いた口調で説明を続ける。

「あれに乗っているのは暗黒界軍じゃないわ。本当かどうかは未確認《みかくにん》だけど、西帝国皇帝家《にしていこくこうていけ》の末裔《まつえい》を名乗っているみたい。実は私もついさっきディープ・フリーズから目覚めたばかりで、状況《じょうきょう》を完全には把握《はあく》できていないのよね」

「……あの」

意を決して、アリスは言葉を割り込ませた。もうファナティオに気後《きおく》れすることはないし、イーディスも物腰《ものごし》に威圧的《いあつてき》なところは皆無《かいむ》なのに、先達二人に目を向けられた途端《とたん》、いくぶん呼吸が浅くなってしまう。

しかし、いまさら「やっぱり何でもないです」とは言えない。下腹にぐいっと力を込めて、普段《ふだん》より少しだけ低い声で説明する。

「敵部隊を指揮する者は、自らを皇帝《こうてい》アグマール・ウェスダラス六世と称《しょう》しています。要求はセントラル・カセドラルの明《あ》け渡《わた》しですが、真の狙《ねら》いは石化《せきか》凍結中《とうけつちゅう》の整合騎士《せいごうきし》全員の殲滅《せんめつ》だと思われます」

「アグマール六世……」

呟《つぶや》いたイーディスが、右手の指を一本ずつ折り曲げる。

「あたしが知ってる西帝国《にしていこく》の皇帝《こうてい》はアルダレス三世で、その子供がアグマール四世だったから、アル四世、アグ五世、アル五世、アグ六世……五代あとか。寝てる間に三百年経《た》ったにしてはちょっと代替《だいが》わりが少ない気もするけど、機竜《きりゅう》とやらから引きずり出して顔を見れば、本物か偽物《にせもの》か解《わか》るでしょ」

真顔でそう言い放つと、イーディスは現実世界の日本刀に酷似《こくじ》した長剣《ちょうけん》に右手を伸ばした。しかし途中《とちゅう》で手を止め、アリスの顔をまじまじと覗《のぞ》き込む。

「そう言えば、あなたは誰《だれ》?」

「は、はい……私は整合騎士《せいごうきし》、アリス・シンセシス・サーティと申します」

「サーティ!?」

素《す》っ頓狂《とんきょう》な声を出すと、イーディスはさらに顔を近づけてきた。

「サーティって、三十番ってことよね？　騎士《きし》になって何年？　あなたのあとには何人いるの？」

「ご、五年ほどです。……私のあとには、エルドリエ・シンセシス・サーティワンという者が騎士《きし》となりましたが、人界暦《じんかいれき》三八〇年、暗黒界軍との戦いで命を落としました」

右腰《みぎこし》の霜鱗鞭《そうりんべん》にそっと指先を触《ふ》れさせてから、アリスは続けた。

「彼の死後、ティーゼ・シュトリーネン・サーティツーとロニエ・アラベル・サーティスリーが騎士《きし》に叙任《じよにん》され、その後、人界暦《じんかいれき》四四一年に整合騎士《せいごうきし》団《だん》は解散したと聞いております」

「解散～⁉」

いっそう高い声で叫《さけ》んだイーディスは、テラスの中央に鎮座《ちんざ》する円形堂を一瞥《いちべつ》し、すぐさまファナティオに詰《つ》め寄《よ》った。

「解散って、騎士団《きしだん》はもう存在しないってこと⁉　アドミニストレータ様は納得《なつとく》してるの⁉　それとも、解散は猊下《げいか》の指示なの⁉」

「最高司祭様は……」

そこでファナティオが言葉に詰《つ》まった理由を、アリスは即座《そくざ》に悟《さと》った。

ひっそりと佇《たたず》む白亜《はくあ》の円形堂に、もう主《あるじ》はいない。かの神人《しんじん》は、二百年前に円形堂の中で繰《く》り広《ひろ》げられた激闘《げきとう》の果てに、狂熱《きようねつ》の炎《ほのお》で身を灼《や》かれて崩《ほう》じたからだ。直接の死因となったのは元老長チュデルキンの執念《しゆうねん》だが、アリスも騎士《きし》として忠誠を誓《ちか》った統治者に剣を向けたことは間違《まちが》いない。

イーディスに最高司祭の死去とその顚末《てんまつ》を説明するなら、必然的にアリスの反逆についても触《ふ》れることになる。ファナティオはそれを躊躇《ためら》ったのだろう。

副騎士長《ふくきしちょう》の心遣《こころづか》いはありがたいが、もしイーディスが最高司祭の死を悼《いた》み、アリスの不軌《ふき》を咎《とが》めるなら、それは自分でちゃんと受け止めなくてはならない。

そう考えたアリスは、意を決して一歩前に出た。

しかし、口を開く直前、予想外のところから邪魔《じゃま》が入った。

『セントラル・カセドラルに巣くう鼠賊《そぞく》どもよ』

夜空に舞《ま》い踊《おど》る大量の火の粉を、殷々《いんいん》とした声が吹《ふ》き払《はら》う。

アリスは反射的に身を翻《ひるがえ》し、西の空に浮《う》かぶ機竜《きりゅう》を見た。

それを待っていたかのように、右側の機竜《きりゅう》から白い光が投射され、四十絡《がら》みの男性の胸像を浮《う》かび上がらせる。大仰《おおぎょう》な肩章《けんしょう》と無数の勲章《くんしょう》で飾《かざ》り立《た》てられたコート、広く秀《ひい》でた額と削《そ》いだような鼻梁《びりょう》――自称《じしょう》アグマール・ウェスダラス六世に間違《まちが》いない。

立体映像は、小刻みな明滅《めいめつ》を繰《く》り返《かえ》している。天穿剣《てんせんけん》のレーザーで破壊《はかい》された投影《とうえい》装置を、部下に応急修理させたのだろう。隣《となり》のファナティオが、これ以上戯《ざ》れ言《ごと》を聞くつもりはないとばかりに剣を抜こうとしたが、その手をイーディスが押さえた。

「もうちょっとだけあいつに喋《しゃべ》らせて」

5

アリス、セルカ、エアリー……ファナティオ。

俺の脳裏《のうり》に、セントラル・カセドラルを守っているはずの四人の顔が次々と浮《う》かんだ。

いや、彼女たちだけではない。九十九階では十数人もの整合騎士《せいごうきし》が、その下の厩舎《きゅうしゃ》でもほぼ同数の飛竜《ひりゅう》がディープ・フリーズ状態で眠《ねむ》りに就《つ》いているし、ミミナガヌレネズミのナツだっている。

十キロ離《はな》れた宇宙軍基地からでも、紅蓮《ぐれん》の炎《ほのお》に包まれたカセドラルの姿がはっきりと見える。最大の優先度を付与《ふよ》された大理石の外壁《がいへき》が燃えるとは思えないが、熱と衝撃《しょうげき》は内部にも伝わるだろうし、そもそもアリスとエアリー、そしてファナティオは塔《とう》の外にいたはずだ。

「……心意《シンイ》ミサイルを百発撃《う》ち込んだって、あんな爆発《ばくはつ》……」

嗄《しわが》れた声で呟《つぶや》いてから、執務机《しつむづくえ》に寄りかかったままのトーコウガ・イスタルへと、両目の焦点《しょうてん》を引《ひ》き戻《もど》す。

先刻、イスタルは言った。お前は星王《せいおう》キリト当人ではない——なぜなら皇帝《こうてい》の血に連なる者たちの無慈悲《むじひ》さを理解していないからだ、と。

その言葉の真意を、俺はようやく理解した。

「ミサイルじゃない……機竜《きりゅう》を激突《げきとつ》させたんだな」

ほとんど音にならない声を絞《しぼ》り出す。この場所にテレポートする直前、俺は三機の機竜《きりゅう》から発射された合計十八発のミサイルを心意《シンイ》防壁《ぼうへき》でガードしたが、確かにとんでもない破壊力《はかいりょく》ではあったものの爆発《ばくはつ》自体はすぐに収まった。いま、カセドラルを呑《の》み込んでいる炎《ほのお》はいっこうに消える気配がないので、恐《おそ》らく解放された熱素《ねつそ》の数は二十や三十ではあるまい。アーヴス級の大型機竜《きりゅう》が片翼《かたよく》に三基ずつ搭載《とうさい》している熱素《ねつそ》エンジン——その中の封密缶《ふうみつかん》に閉じ込められた、合わせて百を超《こ》えるであろう永久熱素《えいきゅうねつそ》が、全て解放、爆発《ばくはつ》したと考えるしかない。

セントリア市街の真上に滞空《たいくう》する機竜《きりゅう》を、アリスとファナティオが撃墜《げきつい》するはずがないので、残る可能性は一つ。皇帝《こうてい》アグマールは、己《おのれ》の忠実な部下に、機竜《きりゅう》ごとカセドラルに突っ込めと命じたのだ。

アンダーワールド人は上位者の命令に逆らえないが、フラクトライトの中の感情を司《つかさど》る機能——すなわち心はリアルワールド人と何ら変わらない。皇帝《こうてい》の命令を受けて決死の突撃《とつげき》を指示した機長も、それに従ってスラストレバーを倒《たお》した操縦士も、どれほどの恐怖《きょうふ》と絶望を感じたことだろう。

「……自爆《じばく》した機竜《きりゅう》の乗組員は、お前の部下でもあるんじゃないのか」

黙《だま》ったままのイスタルに、俺はこれ以上出せないほど低い声を投げかけた。

さらに三秒ほども沈黙《ちんもく》を続けてから、黒衣の麗人《れいじん》は同じくらい低い声で答えた。

「全員、決死の任務であることを承知の上でこの作戦に従事している」

「強制的に従事させられた、の間違《まちが》いだろ」

そう切り返し、俺は正面からイスタルの顔を見据《みす》えた。

意識のないエオラインと、負傷したラギを連れていますぐカセドラルへ戻《もど》りたいが、凄腕《すごうで》の銃使《じゅうつか》いであるイスタルをどうにかしないと《扉《とびら》》を作れない。それに、基地内にはスティカとローランネイ、そして二人の救援《きゅうえん》に向かったティーゼとロニエもいるはずだ。

一か八か、フルパワーの心意《シンイ》でイスタルを拘束《こうそく》するしかないと覚悟《かくご》を決めた、その時。

イスタルが、いっそう寒々しい声音《こわね》を響《ひび》かせた。

「だとしても、身命を擲《なげう》つ覚悟《かくご》がない者は一人もいない。自爆《じばく》した三番機の乗員も、私も……

この基地の上空に留《とど》まる四番機の乗員もな」

その言葉が、合図となったかのように。

突然《とつぜん》、執務室《しつむしつ》の壁《かべ》や天井《てんじょう》がびりびりと揺《ゆ》れた。

地震《じしん》か、と一瞬《いっしゅん》思ったが、アンダーワールドで地震《じしん》を経験したことは一度もない。それに、振動《しんどう》の発生源は下ではなく上——地面ではなく、空が震《ふる》えている。

……………まさか。

俺は反射的に右手を真上へ伸ばし、心意の波動を放った。極限まで希薄化《きはくか》された心意《シンイ》波《は》は、物理的な力は持たないがほとんどの物体をすり抜け、しかも感覚がフィードバックされるのでレーダーのように使うことができる。心意《シンイ》の使い手に接触《せっしょく》すると気付かれる可能性があるため濫用《らんよう》は禁物だが、この状況《じょうきょう》ならもう関係ない。

心意《シンイ》波《は》は、部屋の天井材《てんじょうざい》とその奥の屋根を瞬時《しゅんじ》に透過《とうか》し、上空へと拡散した。

直後、俺は一秒前の危惧《きぐ》が現実となったことを知った。

司令部ビルの真上に浮《う》かぶ大型機竜《きりゅう》が、両翼《りょうよく》の前縁《ぜんえん》に並んだ六基の制動用逆噴射《ぎゃくふんしゃ》ノズルから轟々《ごうごう》と炎《ほのお》を噴《ふ》き出しながら、ゆっくりと前傾《ぜんけい》していく。機首を地面に向けるその機体姿勢が、何を意図しているのかは明白だ。

「馬鹿野郎《やろう》っ……!!」

部下の命を歯牙《しが》にもかけない皇帝《こうてい》と、この事態を予想できなかった自分自身を罵倒《ばとう》すると、俺は心意波のパワーを一気に上限近くまで引き上げた。右手の先で空間が陽炎《かげろう》のように歪《ゆが》み、執務《しつむ》室《しつ》の天井《てんじょう》とその上の梁《はり》や屋根材が粉々になって吹《ふ》き飛《と》ぶ。屋根に開いた大穴の向こうに、群青色《ぐんじょういろ》の夜空が広がる。

その真ん中に黒々とそそり立つ、逆三角形の巨大《きょだい》な影《かげ》。翼《つばさ》の逆噴射《ぎゃくふんしゃ》ノズルを赤々と輝《かがや》かせて倒立《とうりつ》する機竜《きりゅう》だ。現実世界の重爆撃機《じゅうばくげきき》なら絶対に不可能な機動だが、静止状態でも最大推力を絞《しぼ》り出せる熱素《ねつそ》エンジンにものを言わせて、巨体《きょたい》を強引《ごういん》に直立させていく。

やがて完全な垂直状態になると、逆噴射《ぎゃくふんしゃ》を停止。一瞬《いっしゅん》の浮遊《ふゆう》状態を経て、機竜《きりゅう》は翼《つばさ》の後ろのメインノズルから熱素《ねつそ》の炎《ほのお》を長々と伸ばし、全力加速に移行する。

永久熱素《えいきゆうねつそ》とミサイルを満載《まんさい》した、全幅《ぜんぷく》四十メートルを超《こ》える大型全翼機がフルスピードで激突《げきとつ》したらこの司令部ビルは跡形《あとかた》もなく消し飛ぶだろうし、隣接《りんせつ》する建物も倒壊《とうかい》は免《まぬが》れない。心意《シンイ》防壁《ぼうへき》で小型のバリアを張れば俺とエオラインは生き残れるだろうが、ラギやロニエたち、そして基地の各所でミニオンと戦っている、何百人もの機士や操士《そうし》を見捨てることなどできるわけがない。

腹の底から雄叫《おたけ》びを上げながら、俺は機竜《きりゆう》の鼻先に心意防壁を展開した。

「う……おおおあああ──ッ!!」

コンマ一秒後、防壁《ぼうへき》とノーズコーンが接触《せつしよく》し、夜空に巨大《きよだい》な波紋《はもん》が広がった。

宇宙怪獣《かいじゆう》アビッサル・ホラーのエネルギー弾《だん》を受け止めた時に迫《せま》るほどの衝撃《しようげき》が、右腕《みぎうで》から頭の芯《しん》までを貫《つらぬ》く。

それでも、防壁《ぼうへき》が砕《くだ》けるほどの圧力ではない。このままイマジネーションで作った超硬質《ちようこうしつ》の壁《かべ》を維持《いじ》すれば、機竜《きりゆう》は数秒後に自らの重量と推力によって圧潰《あつかい》、爆発《ばくはつ》するだろう。

しかし。

機竜《きりゆう》のノーズコーンが放射状にひび割れた瞬間《しゆんかん》──いや、正確には、割れた外板の奥にいる十人以上の乗組員を感知した瞬間《しゆんかん》、俺は無意識のうちに防壁《ぼうへき》を変質させてしまった。絶対的な硬度《こうど》を持つダイヤモンドから、弾性《だんせい》と延性《えんせい》のある分厚いゴムへ。

防壁《ぼうへき》が漏斗《じようご》のように凹《へこ》み、機竜《きりゆう》の形状を維持《いじ》したまま減速させようとする。だが、六連装の大型熱素《ねつそ》エンジンが絞《しぼ》り出すパワーは凄《すさ》まじく、防壁《ぼうへき》はどんどん下へと引き伸ばされていく。司令部の屋上までの距離《きょり》が、あっという間に五十メートルを切る。

防壁《ぼうへき》だけでは受け止めきれないと直感した俺は、心の中で「エオ、すまん！」と謝ってから、エオラインを抱《かか》えていた左腕《ひだりうで》も上に伸ばした。心意波《シンイは》を放ち、エンジンの中の永久熱素《えいきゅうねつそ》と感応しようとするが、分厚い装甲《そうこう》と頑丈《がんじょう》な封密缶《ふうみつかん》が接続を阻《はば》む。

支えを失ったエオラインの痩身《そうしん》が、後ろに傾《かたむ》いていく。心意《シンイ》の腕《かいな》で床《ゆか》に軟着陸《なんちゃくりく》させたいが、すでに二種類のイマジネーションを同時に発動させているので余裕《よゆう》がない。現実世界と違《ちが》って、当たり所がどうこうということはあるまいと頭の片隅《かたすみ》で考えながら、心意波の感度を限界まで研《と》ぎ澄《す》ませる。

黒々とした機竜《きりゅう》のシルエットに、オレンジ色の光点の群れが六つ、横並びに浮《う》かび上がる。見えるはずのない永久熱素が、視界にオーバーラップしているのだ。

「っっ………‼」

息を詰《つ》め、百数十個の熱素《ねつそ》たち全てに想像上の回線を繋《つな》げる。途端《とたん》、左手が直火《じかび》で炙《あぶ》られたかのように熱くなる。最大量の神聖力を供給された熱素《ねつそ》が、封密缶《ふうみつかん》を赤熱させるほどの温度で燃《も》え盛《さか》っているのをまざまざと感じる。

永久素因《えいきゅうエレメント》は、術者のコントロールなしでも存在し続けられるように術式で加工されていて、プレーンな素因《エレメント》よりも制御《せいぎょ》しづらい。強引《ごういん》に抑《おさ》え込むと暴発の危険があるので、全ての熱素《ねつそ》を心意《シンイ》の殻《から》で包み、エネルギー源である神聖力を遮断《しゃだん》しようとする。

弾性防壁《だんせいぼうへき》の維持《いじ》と、百個以上もの素因《エレメント》の隔離《かくり》を同時に行うのは、脳が二つに割れそうになるほど困難な仕事だった。しかし失敗すれば、基地全体が火の海だ。たとえ機竜《きりゅう》一機と十数人の部下を犠牲《ぎせい》にしても、宇宙軍と機士団《きしだん》を無力化できれば釣《つ》り合《あ》うと皇帝《こうてい》は判断したのだろう。そんな損得勘定《かんじょう》を成立させるわけにはいかない。

知覚が限界まで加速され、何もかもがスーパースローになる。倒《たお》れていくエオラインの髪《かみ》が緩《ゆる》やかに波打ち、そこから飛び散った汗《あせ》の珠《たま》が空中できらきら光るのを視界の端《はし》で捉《とら》えつつ、熱素《ねつそ》を片《かた》っ端《ぱし》からカプセルに閉じ込めていく。

五割ほど隔離《かくり》すると、エンジンの推力が急激に低下した。すでに心意《シンイ》防壁《ぼうへき》は限界まで伸び、機竜《きりゅう》のノーズが俺の頭上二十メートルにまで迫《せま》っている。視界の九割が漆黒《しっこく》の巨影《きょえい》に覆《おお》われ、徐々《じょじょ》に潰《つぶ》れていくノーズの装甲板《そうこうばん》から弾《はじ》け飛《と》ぶリベットさえもくっきりと見える。

──止まれ！

熱素《ねつそ》の隔離《かくり》を全力で進めながら、俺は懸命《けんめい》に念じた。

六割……七割……八割。翼《つばさ》の後部から伸びる噴射炎《ふんしゃえん》が徐々《じょじょ》に短くなり、不規則に明滅《めいめつ》し──消えた。

しかし、気を抜くのは早い。神聖力を遮断《しゃだん》しているカプセルが消滅《しょうめつ》すれば、再び永久《えいきゅう》熱素《ねつそ》が燃え始めてしまう。なおも隔離《かくり》を進めつつ、心意防壁をもう一段階強化する。

機竜《きりゅう》のノーズコーンが、ぐしゃりと嫌《いや》な音を立てて潰《つぶ》れた。だが、そこでついに垂直降下が止まった。

ほんの十数メートルしか離《はな》れていないコクピットの窓の奥に、若そうな操士《そうし》の顔が見える。瞠《みは》られた両目に浮《う》かぶのは、巨大《きょだい》な機体が空中で静止したことへの驚愕《きょうがく》か、あるいはそれを為《な》した俺への恐怖《きょうふ》か。

どれだけ恐《おそ》れられようと、皇帝《こうてい》アグマールの無慈悲極《むじひきわ》まる命令を彼らに遂行《すいこう》させるつもりも、そして彼らを死なせるつもりもない。精神力を奮い立たせ、機竜《きりゅう》をこれ以上破壊《はかい》しないよう、慎重《しんちょう》に持ち上げていく。

カプセルの維持《いじ》と防壁《ぼうへき》の操作に意識を完全に集中させたせいで、俺はエオラインが倒《たお》れ込む音がしなかったことに気付けなかった。

左頬《ひだりほお》に空気の動きを感じた、その半秒後。ぐったりと脱力《だつりょく》したままのエオラインの体が、床《ゆか》の上を滑《すべ》るように移動した。

目を覚ましたわけではない。念動力——心意《シンイ》の腕《かいな》で牽引《けんいん》されたのだ。

「エオッ……！」

掠《かす》れ声《ごえ》で叫《さけ》びながら、俺も念動力でエオラインを引っ張り戻そうとしたが、その時にはもう黒衣の腕《うで》が友の体に巻き付いていた。

「そのまま」

冷ややかな声で俺にそう指示すると、トーコウガ・イスタルは左手を閃《ひらめ》かせ、抱《だ》きかかえたエオラインの喉元《のどもと》にナイフを突きつけた。刀身は十センチ足らずだがカミソリのように薄《うす》く、機士団長《きしだんちょう》の華奢《きゃしゃ》な喉《のど》を容易に切《き》り裂《さ》くだろう。持ち主がその気になれば、だが。

イスタルは、アイスブルーの双眸《そうぼう》をほんの一瞬《いっしゅん》だけ上に向け、再び俺を見て言った。

「相変わらず、馬鹿馬鹿しいほどの心意《シンイ》強度だな。アーヴス級の全速降下を受け止めるとは」

その軽口を無視し、押し殺した声で指摘《してき》する。

「お前にエオラインは傷つけられないだろ、イスタル」

「何を言うかと思えば。アドミナで私とこの男が斬《き》り結ぶところを、お前も見ただろう」

薄《うす》く笑うイスタルに、俺はすぐさま反駁《はんばく》した。

「訂正《ていせい》する。意識がないエオラインを、お前は傷つけられない」

「……なら、試《ため》してみるか」

イスタルは笑《え》みを消すと、ナイフをエオラインの肌《はだ》に触《ふ》れさせた。それだけで皮膚《ひふ》が裂《さ》け、小さな血の雫《しずく》が一滴《てき》、音もなく浮《う》き上がる。

「やめろッ‼」

叫《さけ》んだのは俺ではなく、傷ついた体を書架《しょか》に預けていたラギ・クイント二《に》級操士《きゅうそうし》だった。ミニオンの毒が全身に回り、喋《しゃべ》ることさえ困難なはずなのに、足を引きずりながらイスタルのほうへ一歩、二歩と近づく。

だがそこで限界が訪《おとず》れたのか、ラギは床《ゆか》にがくりと膝《ひざ》を突いた。

その姿を冷たい瞳《ひとみ》で一瞥《いちべつ》すると、イスタルは再び俺を見て、言った。

「皇帝《こうてい》が私に与《あた》えた命令は三つ……整合機士《せいごうきし》団長《だんちょう》を拉致《らち》すること、それが困難なら殺すこと、どちらも不可能だった場合は四番機が自爆攻撃《じばくこうげき》を敢行《かんこう》するまで時間を稼《かせ》いで共に死ぬことだ。お前は知っているだろう、キリト。アンダーワールド人──いや、人工フラクトライトである私には、その命令に従う以外の選択肢《せんたくし》がないことを」

「…………！」

俺は鋭《するど》く息を吸い込んだ。

この男は、自分がリアルワールド人によって造られた人工知能であることを認識《にんしき》している。それだけではない──命令や規則に逆らえないという、人工フラクトライトの構造的宿命すら自覚しているようだ。

アリスがそれを知った時は、アンダーワールドを生み出した者への怒《いか》りが《右目の封印《ふういん》》を活性化させ、最終的に眼球の破裂《はれつ》にまで至ってしまった。イスタルの右目は無傷のようだし、命令に逆らえないと言うからにはまだ封印《ふういん》も健在なのだろうが、だとすると彼はどうやって、己《おのれ》が自由意志を制限された被造者《ひぞうしゃ》であるという認識《にんしき》と折り合いをつけているのか。

頭から溢《あふ》れそうになる疑問を、俺は無理やり押さえ込んだ。いまは、エオラインを取《と》り戻《もど》すことだけを考えなくては。

イスタルは、右手でエオラインを抱《かか》え、左手でナイフを突きつけている。あの体勢からでは、俺が最も警戒《けいかい》すべき大型拳銃《けんじゅう》を瞬時《しゅんじ》に抜くことはできない。

心意《シンイ》をフルに使えるなら、エオラインの喉《のど》に触《ふ》れる刃《やいば》を瞬時《しゅんじ》に液化することさえ可能だが、いまは頭上の機竜《きりゅう》に心意力《シンイりょく》の九十九パーセントを割《さ》いていて、残りの一パーセントでナイフを無害化できるという確信はない。イスタルが皇帝《こうてい》の命令に従って死ぬ覚悟《かくご》を決めているなら、俺が何かをしようとした瞬間《しゅんかん》、本当にエオラインの首を致命傷《ちめいしょう》になり得る深さで切り裂《さ》くかもしれない。

突然《とつぜん》——。

視界に、深紅《しんく》の光が瞬《またた》いた。

現実の光ではない。俺の記憶《きおく》から蘇《よみがえ》ってきた色彩《しきさい》。血の色……傷口から止《と》めどなく零《こぼ》れて、床《ゆか》に溜《た》まっていく鮮血《せんけつ》の色だ。

温かく、儚《はかな》げな、ユージオの血。

堪《こら》えきれず、全身を激しく戦慄《わなな》かせた途端《とたん》、心意防壁上《シンイぼうへきじょう》の機竜《きりゅう》が背面側に傾《かたむ》いてバキバキと雷鳴《らいめい》じみた破壊音《はかいおん》を響《ひび》かせた。

咄嗟《とっさ》に防壁《ぼうへき》の勾配《こうばい》を変え、機竜《きりゅう》のバランスを回復させようとした、その時。

イスタルが、右手で抱《かか》えたエオラインごと斜《なな》め後《うし》ろに跳躍《ちょうやく》し、巨大《きょだい》な執務《しつむ》机《づくえ》を飛《と》び越《こ》した。

驚《おどろ》くべき身体能力だが、机の後ろには頑丈《がんじょう》そうな格子《こうし》入りの嵌《は》め殺《ごろ》し窓《まど》があり、その向こうは高さ二十メートル以上の空中。

何らかの手段で窓を破壊《はかい》して飛び降り、アドミナで披露《ひろう》した風素《ふうそ》クッションを使うなりして無傷で着地できたとしても、宇宙軍基地のど真ん中から、意識のないエオラインを抱《かか》えたまま逃げ切れるとは思えない。イスタルをここまで運んできたのであろうアーヴス級大型機竜《きりゅう》は、外板は裂《さ》け、骨格は捻《ねじ》れて、再び自力で飛ぶことは絶対に不可能だ。

それでも俺は、引き続き機竜《きりゅう》の傾《かたむ》きを戻《もど》しつつ、エオラインの喉《のど》から離《はな》れたナイフに向けて心意《シンイ》の刃《やいば》——ではなく、より小さくてより速い心意《シンイ》の弾丸《だんがん》を飛ばした。

不可視の弾丸《だんがん》は、狙《ねら》い違《たが》わずナイフに命中し、キィーン！　と鋭《するど》い音を響《ひび》かせてイスタルの手から叩《たた》き落《お》とした。

しかし、直後。またしても、俺の想像を超《こ》える現象が起きた。

イスタルの真後ろにある窓が二箇所《かしょ》同時に割れ、金属製の井桁格子《いげたごうし》ごと外側に吹《ふ》き飛《と》んだ。一瞬《いっしゅん》、イスタルが心意《シンイ》で破壊《はかい》したのかと思ったが、そうではない。何者かが外から格子《こうし》を掴《つか》み、力任せに引《ひ》き剝《は》がしたのだ。

イスタルは、窓が壊《こわ》れることを知っていたかのように、躊躇《ちゅうちょ》なく床《ゆか》を蹴《け》ってエオラインとども外の虚空《こくう》へと身を投げ出した。

「エオッ……！」

叫《さけ》んだ俺の声を、激しい羽音がかき消した。

落下しかけたイスタルとエオラインの体に、黒いロープのようなものが巻き付く。先細りの形状は、ただのロープではなく生物の尻尾《しっぽ》か。それを視線で辿《たど》ると、夜空に紛《まぎ》れるほど黒い、人間型の有翼《ゆうよく》生物がホバリングしていることにようやく気付く。ミニオン——しかも、室内に骸《むくろ》を晒《さら》している戦士型より遥《はる》かに華奢《きゃしゃ》な、恐《おそ》らくは飛行特化型。

きっと、当初から執務《しつむ》室《しつ》の外にあいつが潜《ひそ》んでいて、イスタルが窓に近づいたタイミングで脱出《だっしゅつ》を助ける手はずになっていたのだろう。

知性らしい知性は持たないはずのミニオンが、そこまで複雑な命令を解するとは驚《おどろ》きだが、このまま逃がすわけにはいかない。再び心意《シンイ》の弾丸《だんがん》をイメージの銃《じゅう》に装填《そうてん》し、壊《こわ》れた窓の奥で羽ばたこうとしているミニオンの、コウモリめいた翼膜《よくまく》の付け根に狙《ねら》いをつける。片方の翼《つばさ》を自由に動かせなくなる程度のダメージなら、真っ逆さまの墜落《ついらく》は避《さ》けられるはずだ。

想像上のトリガーを引こうとした、その刹那《せつな》。

俺の脳裏《のうり》で、先刻のイスタルの言葉がリピートした。

——整合機士《せいごうきし》団長《だんちょう》を拉致《らち》すること、それが困難なら殺すこと、どちらも不可能だった場合は四番機が自爆攻撃《じばくこうげき》するまで時間を稼《かせ》いで共に死ぬことだ。

仮に、飛行型ミニオンを使った脱出《だっしゅつ》を阻止《そし》されたイスタルが、地上で武装完全支配術《ぶそうかんぜんしはいじゅつ》——心意《シンイ》無効化《むこうか》空間《くうかん》を発動させれば。そして、それが七階にいる俺まで届けば。

熱素《ねっそ》を包んでいるカプセルも、機竜《きりゅう》を支えている心意《シンイ》防壁《ぼうへき》も消滅《しょうめつ》し、一秒後にアーヴス級の巨体《きょたい》がこの建物に突っ込んでくる。たとえそうなっても、俺自身とすぐ近くで膝《ひざ》を突くラギを守ることはできるだろうが、司令部のどこかで戦っているはずのロニエとティーゼ、スティカ、ローランネイ……そして同じく視界外のエオラインを、バリアで即座《そくざ》に保護することは恐《おそ》らくできない。

ごく短い、しかし魂《たましい》が引《ひ》き裂《さ》かれるほどの逡巡《しゅんじゅん》のあと、俺は心意《シンイ》弾《だん》の照準を下に動かした。

ミニオンの翼《つばさ》から、イスタルの左腰《ひだりこし》の大型拳銃《けんじゅう》へと。

無音で発射された弾丸《だんがん》は、狙《ねら》い違《たが》わず拳銃《けんじゅう》に命中し、革製《かわせい》のホルスターを貫通《かんつう》して機関部を引《ひ》き裂《さ》いた。

直後、ミニオンが猛然《もうぜん》と羽ばたき、尻尾《しっぽ》でぐるぐる巻きにしたイスタルとエオラインごと、四角い窓枠《まどわく》の中からあっという間に消え去った。

——諦《あきら》めるな。エオラインはまだ、ほんの十何メートル先にいる。

自分にそう言い聞かせて、俺はありったけの心意力《シンイりょく》を解き放った。

ゴム状の防壁《ぼうへき》を巨大《きょだい》な心意《シンイ》の腕《かいな》に変えて、直立状態に戻《もど》したばかりの機体をまるごと摑《つか》み、今度は腹側へと傾《かたむ》けていく。満身創痍《まんしんそうい》の巨体《きょたい》がまたもや悲鳴を上げ、金属片《きんぞくへん》やらボルトやらがばらばらと落ちてくるが、どうにか決定的なダメージは回避《かいひ》しつつ水平状態に戻《もど》す。

すかさず横方向にスライドさせ、司令部の窓から一望できる滑走路《かっそうろ》の真上まで持っていく。極力穏《おだ》やかに下ろしたつもりだったが、焦《あせ》りが操作を粗《あら》くしたのか、路面に触《ふ》れた降着装置が衝撃《しょうげき》を吸収しきれずに全てへし折れてしまった。慌《あわ》てて支える力を増やし、胴体《どうたい》の底をそっと着地させる。今度は大丈夫《だいじょうぶ》——と思った直後、左の翼《つばさ》が根元からへし折れ、派手な音を立てて滑走路《かっそうろ》に落下する。

幸い、ミサイルやエンジンが誘爆《ゆうばく》することはなかった。いささか乱暴な着陸にはなったが、これで永久熱素《えいきゅうねつそ》が復活しても機竜《きりゅう》は移動できない。

俺は、ほぼフルパワーで発動し続けていた二種類の心意《シンイ》を解くと、反動で襲《おそ》ってきた目眩《めまい》を堪《こら》えながら前に走った。うずくまるラギに、「もうちょっとだけ耐《た》えてくれ！」と声を掛《か》けてジャンプし、執務机《しつむづくえ》の向こう側に着地。井桁格子《いげたごうし》ごとガラスがもぎ取られた窓に飛びつくや、外に身を乗り出すようにして夜空を睨《にら》む。

イスタルとエオラインを見失ってから、まだ二十秒と経《た》っていない。あのミニオンが本当に飛行特化型だったとしても生物には違《ちが》いないし、成人の男を二人も運んでいるのだから、移動できた距離《きょり》はせいぜい数百メートル——のはずなのに。

「…………っ」

歯を食い縛《しば》りながらどれだけ夜空を眺《なが》め回しても、ミニオンのシルエットは見出《みいだ》せない。業《ごう》を煮《に》やした俺は、外に飛び出すと心意飛行《シンイひこう》で百メートルほど急上昇《きゅうじょうしょう》した。再度ぐるりと視線を巡《めぐ》らせ、全ての方角にそれらしき影《かげ》がないことを確認《かくにん》するや、アクティブレーダーを球状に照射する。

凄《すさ》まじいスピードで広がる心意波《シンイは》は、建物の内外にいる全ての人間とミニオンを片《かた》っ端《ぱし》から捕捉《ほそく》していく。よく知っている人間なら、波がすり抜ける時の感覚で識別することさえ可能だ。一秒もかからず、ロニエ、ティーゼ、スティカ、ローランネイの四人が執務室《しつむしつ》に繋《つな》がる通路にいることを察知する。どうやら、網状《あみじょう》の固形物で封鎖《ふうさ》されている通路を突破《とっぱ》しようとしているらしい。

司令部の下の階でも、他の場所でも激しい戦闘《せんとう》が続いているが、基地に侵入《しんにゅう》したミニオンは順調に駆逐《くちく》されつつあるようだ。滑走路《かっそうろ》で擱座《かくざ》する機竜《きりゅう》の中の敵兵たちも、外に出てくる気配はない。

心意波は三キロ四方もある基地の外にまで到達《とうたつ》し、森に棲《す》む動物たちを山ほど感知してから消えた。

しかし、エオラインに触《ふ》れることは、最後までなかった。

心意波はドーム状に広がるので、仮にミニオンが上空に逃げたと見せかけて地上へ降りたとしても、見逃《みのが》すことは有り得ない。となると、探知できない理由は一つ――いや、二つ。

一つは、ミニオンが機竜《きりゅう》を超《こ》えるスピードで加速し、二十秒で一キロ以上も移動してのけた場合。

そしてもう一つは、アドミナの秘密基地でエオラインが使った、自分と自分に触《ふ》れている者を他者の認識《にんしき》から完全に消し去るという秘技《空《くう》の心意《しんい》》をイスタルも会得《えとく》していた場合だ。

恐《おそ》らくあれを使われたら、心意波《シンイは》が彼らを捉《とら》えても俺はそうと気付けない。

エオラインを見失ってから、そろそろ一分が経《た》つ。

俺は渾身《こんしん》の力で両手を握《にぎ》り締《し》めながら、自分が見下げ果てた慢心野郎《まんしんやろう》だったことを認めた。

アンダーワールドの俺は、イメージするだけでありとあらゆる事象を操作できる、規格外れの心意力《シンイりょく》を持っている。火を熾《おこ》すのにも苦労するユナイタル・リング世界のキリトと比べれば、神の如《ごと》きとすら言える力だ。

それゆえに、俺はこの世界でなら何でもできると──黒皇帝《くろこうてい》だの反乱軍だのが出てきても、本気になりさえすれば片付けられない問題はないと思い上がっていた。アインクラッドでも、アルヴヘイムでも、そしてアンダーワールドでも、その慢心《まんしん》こそが取り返しのつかない事態を招いたのに、俺はまたしても……。

いや、いまは自分を責めている場合ではない。基地内ではまだ機士や操士《そうし》たちがミニオンと戦っているし、カセドラルも炎上《えんじょう》したままなのだ。

──エオライン。絶対助けに行くからな。

フラクトライトが焼け付くほどの強さでそう念じると、俺は自由落下で百メートル降下し、最後に少しだけ角度をつけて執務室《しつむしつ》に滑《すべ》り込んだ。

着地と同時に光素《こうそ》を二十個ほど生成し、床《ゆか》の上でうずくまっているラギに向かって飛ばす。光素《こうそ》を使った解毒《げどく》は、経口毒なら液体に変えて飲ませ、経皮毒《けいひどく》なら傷口に直接浸透《しんとう》させるのが基本だが、ラギはもう毒に侵《おか》されてから時間が経《た》っているし出血量も多い。光素《こうそ》を全て霧状《きりじょう》に変え、ラギを包み込む。

不幸中の幸いで、この部屋にはエオラインに倒《たお》されたミニオンの血液が大量に流れている。たとえ毒の血でも空間神聖力《くうかんしんせいりょく》は生成されるので、光素《こうそ》が足りなければまだまだ作れる。光の霧《きり》を吸い込んだラギの顔に少しだけ血の気が戻《もど》るのを確認《かくにん》し、俺は正面の扉《とびら》へと走った。

使い込まれたドアノブを回し、押し開けた途端《とたん》、目の前に異様な光景が現れる。

広い廊下《ろうか》は、照明が点《つ》いているのに薄暗《うすぐら》い。黒っぽい紐《ひも》のようなものが、巨大《きょだい》な蜘蛛《くも》の巣《す》の如《ごと》く天井《てんじょう》から床《ゆか》へ、壁《かべ》から壁《かべ》へびっしりと張《は》り巡《めぐ》らされ、廊下《ろうか》を完全に塞《ふさ》いでしまっている。

俺はすぐ近くにある紐《ひも》を摑《つか》んで引きちぎろうとしたが、まるで強化プラスチックのように硬《かた》く、全体重を掛《か》けてもわずかに撓《たわ》むだけで折れる気配はない。

心意《シンイ》を使うべく持ち上げかけた右手を、空中で止める。手でできることを心意で済ませようとするその心根が、思い上がりを招いたのだ。アリスだって、なんでもかんでも心意で片付けようとするものではないと言っていたではないか。

左腰《ひだりこし》から夜空《よぞら》の剣《けん》を抜いた、その時。

「先輩《せんぱい》⁉　キリト先輩《せんぱい》ですか⁉」

通路の奥から、耳に馴染《なじ》んだロニエの声がした。思い返せば、先刻の心意《シンイ》レーダーで、この通路にロニエたちがいるのを察知したばかりだ。

蜘蛛《くも》の巣《す》ゾーンに遮《さえぎ》られて姿はまったく見えないのに、向こうはどうやってこちらが誰《だれ》だか察したのだろうと不思議に思いながら、俺は叫《さけ》び返した。

「俺だ！　四人とも、通路から出ていてくれ！　秘奥義《ひおうぎ》で蜘蛛《くも》の巣《す》を吹《ふ》っ飛《と》ばす！」

「だめです！　この網《あみ》はミニオンの血が固まったもので、私たちの秘奥義《ひおうぎ》でも歯が立たないんです！」

続けて、ティーゼの声。

「それに、風も炎《ほのお》も氷も効きません！」

「……マジか……」

ロニエたちの剣をじっくりと見たことはないが、二人とも上位騎士《きし》に任ぜられたのだから、神器級《じんききゅう》の優先度を備えているはずだ。となると、夜空《よぞら》の剣《けん》も弾《はじ》かれてしまう可能性が高い。

やはり心意《シンイ》で引《ひ》き剥《は》がすしかないのか、と左手を持ち上げそうになったが今度も我慢《がまん》する。闇属性《やみぞくせい》のミニオンの血が硬化《こうか》してこの網《あみ》を作り出したのなら、反属性の光素《こうそ》で劣化《れっか》させられるのでは……いや、それよりも。

カセドラルに急行したい気持ちを抑《おさ》え、網《あみ》を作り出している黒い紐《ひも》の一本と壁《かべ》の接合部分を仔細《しさい》に眺《なが》める。飛び散ったミニオンの血が壁《かべ》や天井《てんじょう》の石材に触《ふ》れた瞬間《しゅんかん》に凝固《ぎょうこ》し、途轍《とてつ》もない引っ張り強度を生み出しているようだが、石の内部にまで染《し》み込んでいる様子はない。ならば——。

「ちょっと試《ため》してみる！　みんな、離《はな》れててくれ！」

再度そう呼びかけ、ロニエの「解《わか》りました！」という返事が聞こえるやいなや、俺は右手の剣を上段に構えた。発動させたのは、基本の単発縦斬りソードスキル《バーチカル》。

ズバッ！　と歯切れのいい音を立てて、青い斬撃《ざんげき》が垂直に奔《はし》る。狙《ねら》ったのは黒い紐《ひも》ではなく、紐《ひも》と壁《かべ》の接合部分でもなく、右側の壁《かべ》の内側一ミリのところ。心意《シンイ》を使《さ》ったつもりはないが、アンダーワールドでソードスキルが勝手に心意《シンイ》強化されてしまうのは避けられない。ALOやユナイタル・リングでは、通常攻撃《こうげき》から十センチほどしか拡張されないバーチカルの射程が、五メートル以上も伸びて壁《かべ》の表面を薄《うす》く削《そ》ぎ取《と》る。

俺が体を起こすと、右の壁一面《かべいちめん》にひび割れが走り、厚さ一ミリの薄片《はくへん》がばらばらと剝《は》がれた。紐《ひも》との接合部分だけはそのまま残っているが、続けて左側の壁《かべ》もバーチカルで剝離《はくり》させると、支えを失った紐《ひも》が次々と落下する。天井《てんじょう》と床《ゆか》に張り付いている紐《ひも》はそのままだが、全体の四割近くが除去されたので、小柄《こがら》な人間なら隙間《すきま》を抜けることは難しくないだろう。

と思った時にはもう、機士団《きしだん》の制服を着た少女たちが、こちらに移動し始めていた。器用に体をくねらせて狭《せま》い隙間《すきま》を通《とお》り抜け、十秒もかからず俺の前にやってくる。

整合機士《せいごうきし》スティカ・シュトリーネンとローランネイ・アラベルは、素早《すばや》く敬礼するや口々に言った。

「キリトさま、団長は……」

「エオライン閣下はご無事ですか⁉」

一瞬《いっしゅん》言葉に詰《つ》まってから、俺は二人に深く頭を下げ、答えた。

「すまない。エオラインは、トーコウガ・イスタルに拉致《らち》された」

鋭《するど》く息を吸い込む音。顔を上げた俺が見たのは、両目を大きく見開いて凍《こお》り付《つ》くスティカとローランネイだった。

無理もない。二人が心の底からエオラインを敬慕《けいぼ》していることは、一日行動を共にしただけでありありと理解できた。きっと、エオラインを守らねばという一念で、ミニオンが徘徊《はいかい》する司令部ビルを七階まで上ってきたに違《ちが》いない。

いかなる誹《そし》りも甘んじて受けようと、俺は二人の言葉を待った。

しかしスティカとローランネイは、俺が思っていたよりずっと大人で、そして機士であり、また騎士《きし》だった。

「了解《りょうかい》しました。残るミニオンの鎮圧《ちんあつ》とエオライン閣下の救出は、私たちにお任せを」

ローランネイが冷静な声音《こわね》でそう請け合うと、スティカも一度だけ強く瞬《まばた》きしてから気丈《きじょう》に言《い》い添《そ》えた。

「キリトさまは、ロニエさま、ティーゼさまと共にセントラル・カセドラルにお戻《もど》りください。これ以上、奸賊《かんぞく》の跋扈《ばっこ》を許してはなりません」

俺を見上げる二人の瞳《ひとみ》からは、早くも衝撃《しょうげき》と動揺《どうよう》の色は消え去り、純粋《じゅんすい》な決意だけが赤々と燃えさかっている。

「…………解《わか》った」

頷《うなず》くと、俺は通路の先を見やった。鎧《よろい》のせいで少しばかり手間取りながら蜘蛛《くも》の巣《す》ゾーンを抜けてきたロニエたちは、やり取りを全て聞いていたようで、目が合うと委細承知《いさいしょうち》とばかりに頷《うなず》く。

俺も無言で頷《うなず》き返すと、小走りに執務室《しつむしつ》へ戻《もど》り、ちょうど立ち上がったラギに問いかけた。

「大丈夫《だいじょうぶ》か？」

「はい……申し訳ありません、自分がついていながら、機士団長《きしだんちょう》閣下を……」

「反省会はエオラインを取《と》り戻《もど》してからだ。スティカたちに、ここでの出来事を全部説明してやってくれ」

「了解《りょうかい》しました」

さっと敬礼するラギに、俺も素早《すばや》く答礼する。現実世界でこんな動作をした記憶《きおく》はないのに、やたらと腕《うで》が滑《なめ》らかに動いたので「あれ？」と思うが、こんな些末《さまつ》なことに引っかかっている場合ではない。

最後にもう一度だけ窓の外の夜空を見上げてから、俺は部屋の中央に向けて右手を掲《かか》げた。これればかりは代替《だいたい》手段がないので、カセドラルに戻《もど》るには《心意《しんい》の扉《とびら》》に頼《たよ》らざるを得ない。

ミニオンの死骸《しがい》六つのうち、一つは調査用に残して五つを大量の晶素《しょうそ》にダイレクト変換《へんかん》する。

どうか。
それらを凝縮《ぎょうしゅく》して大きな一枚扉《いちまいとびら》を作り、床《ゆか》に据《す》える。約束の午前零時《れいじ》までは、あと一分あるか
「ロニエ、ティーゼ、戻《もど》ろう！」
背後の二人に呼びかけながら、念動で扉《とびら》を引き開ける。途端《とたん》、くらっと目眩《めまい》のような感覚に
襲《おそ》われるが、へたばるのはまだ早い。
繋《つな》がった空間の向こうは、何もない広場のような場所だった。整然と並ぶ大理石のタイルを、
青い星明かりと赤い火明かりが照らしている。恐《おそ》らくセントラル・カセドラルの屋上だろう。
正面奥には、こちらに背を向けて立つ三人の騎士《きし》。
扉《とびら》に踏《ふ》み込もうとした足を、ぴたりと止める。俺はアリスの気配を辿《たど》って扉《とびら》を作ったので、
一人はアリス、一人は石化凍結《せきかとうけつ》から覚醒《かくせい》したファナティオであるはずだが、三人目はいったい
何者なのか。
誰《だれ》であれ、特徴的《とくちょうてき》な形状の鎧《よろい》は明らかに整合騎士《せいごうきし》のものだし、警戒《けいかい》する必要はないだろう。
俺はロニエたちに頷《うなず》きかけ、今度こそ水晶《すいしょう》の戸枠《とわく》をまたいだ。
途端《とたん》——。
頭上の夜空が、真っ赤に輝《かがや》いた。

6

「もうちょっとだけあいつに喋《しゃべ》らせて」

イーディスにそう言われたファナティオは、「……ええ」と短く答え、天穿剣《てんせんけん》の柄《つか》から手を離《はな》した。

こちらの様子が見えているのかいないのか、アグマールの像は再び狙《ねら》い澄《す》ましたかのようなタイミングで声を発した。

『余の私心《ししん》なき救国《きゅうこく》の決意と、我が精兵《せいへい》たちの殉国《じゅんこく》の志《こころざし》、心底まで刻み込まれたであろう。しかし、余の慈悲《じひ》はあまねく民草《たみくさ》に等しく注がれる。逆徒《ぎゃくと》めらに、もう一度だけ改心の機会を与《あた》えてやろう。零時《れいじ》の時鐘《じしょう》が鳴るまでに、その古《こ》色蒼然《しょくそうぜん》たる剣と鎧《よろい》を塔《とう》の外へ投げ捨て、床《ゆか》に頭を擦《こす》り付《つ》けて恭順《きょうじゅん》の意を示すがよい。さもなくば、再び浄化《じょうか》の炎《ほのお》が吹《ふ》き荒《あ》れ、そなたらを一人残らず焼《や》き尽《つ》くすであろう』
ジ、ジジ……と音を立てて立体映像が乱れ、消えた。
もしキリトがいたら、「どこから突っ込めばいいんだよ」と皮肉の一つも飛ばしただろうなとアリスは頭の片隅《かたすみ》で考えた。アグマールの言葉があまりにも独善的すぎて、真面目な感想が浮《う》かんでこなかったのだ。

呆然《ぼうぜん》としていると、右側でイーディスが呟《つぶや》いた。

「あれ、たぶん本物ね」

「そう思った理由は？」

左側からファナティオが問《と》い質《ただ》す。イーディスは軽い音を立てて肩《かた》をすくめ、答える。

「明確な根拠《こんきょ》はないわ。でも、あたしが何度か話したことがあるアルダレス三世と、顔つきも口ざまもそっくり。もし偽物《にせもの》なら、南セントリアの大劇場で看板役者になれるわよ」

「ガラキオン歌劇場《かげきじょう》なら、あなたが眠《ねむ》ってから三十年くらいあとに閉鎖《へいさ》されたわ。新作舞台の題材が不敬だって、チュデルキンがケチをつけてね」

ちっ、と清々《すがすが》しいほど音高く舌打ちをすると、イーディスは毒づいた。

「あの白《しろ》ツルコ、今度会ったら真っ平らに伸《の》してやるわ」

二人の会話には、アンダーワールド生まれのアリスも聞き覚えのない言葉が含《ふく》まれていて、こんな状況《じょうきょう》ではあるもののつい訊《き》き返してしまう。

「イーディス殿《どの》、白ツルコとはなんですか？」

すると黒リボンの騎士《きし》は、しかめっ面《つら》を一瞬《いっしゅん》で笑顔《えがお》に変えてまくし立てた。

「あら、アリスちゃんはツルコ餅《もち》を知らないの？　だったら東セントリア五区に美味《おい》しい店があるから、この騒《さわ》ぎが片付いたら食べに行かない？　あたしのおすすめは甘く煮《に》たアズラ豆が入ってるやつと、栗《くり》が一粒《ひとつぶ》丸ごと入ってるやつかな」

それを聞いたファナティオが、すかさず口を挟《はさ》む。

「豆や栗《くり》もいいけど、私はショコル入りが一番ね」

「ショコル〜？　あたしも好きだけど、ツルコ餅《もち》には邪道《じゃどう》じゃない？」

「それを言うなら、王道は何も入ってない白ツルコでしょう」

言い合いを始める二人を、アリスは唖然《あぜん》と眺《なが》めた。仮にアグマールが会話を聞いていたら、いまごろ額に青筋を立てているに違《ちが》いない。そのせいでタイムリミットが早まったりはしないだろうが、皇帝《こうてい》が宣言した零時《れいじ》は刻一刻と迫《せま》りつつある。

現実世界のアリスの視界にいつも表示されているマシンボディのステータスモニターは正直鬱陶《うっとう》しいが、百分の一秒の狂《くる》いもない時刻表示だけは——いや、天気予報と地図アプリも——便利なものだと認めざるを得ない。どうやらアンダーワールドでは、いまも三十分毎《ごと》の時鐘《じしょう》が現在時刻を知るための主な手段で、アラベル家の居間には大型の掛《か》け時計《どけい》が飾《かざ》られていたが、携行《けいこう》可能なサイズの懐中時計《かいちゅうどけい》や腕時計《うでどけい》はまだ開発されていないようだ。当然、この場の三人は誰《だれ》も時計など持っていない。

つまり、タイムリミットまでの残り時間は、体感で少なめに見積もるしかないということだ。たぶんあと十五分——いや、それ以下。

「あの、ファナティオ殿《どの》、イーディス殿《どの》」

ツルコ餅《もち》談義を続けている二人の間に、アリスは意を決して割り込んだ。

「皇帝《こうてい》の要求への対処はいかが致《いた》しましょう？　恐《おそ》らく、零時《れいじ》までにこちらが降伏《こうふく》しなければ、二機目の機竜《きりゅう》も突撃《とつげき》させるつもりだと思われますが……」

一機目が激突炎上《げきとつえんじょう》した九十九階の外壁《がいへき》は、いまなお激しい炎《ほのお》に包まれている。イーディスが無事だったということは、建物の内部には損傷が及《およ》ばなかったのだろうが、二機目の突撃《とつげき》にも耐《た》えられるという保証はない。しかし――。

「えっ」

というのが、イーディスの反応だった。驚《おどろ》いたような顔でアリスをまじまじと見返してから、軽く肩《かた》をすくめて言う。

「あの機竜《きりゅう》とかいうのに乗り込んで、アグマール六世の首を獲《と》るんじゃないの？　そうすれば、兵士は全員降伏《こうふく》するでしょ」

「えっ」

アリスも声を上げてしまう。確かに皇帝《こうてい》を実力で排除《はいじょ》すれば、部下たちはこちらを上位者と認める可能性が高いが、そもそも機竜《きりゅう》に乗り込む方法がないからいままで必死の防衛戦を繰《く》り広《ひろ》げてきたのだ。

ファナティオも同じことを考えたらしく、矢継《やつ》ぎ早《ばや》の質問を投げかけた。

「一キロル近くも離《はな》れている機竜《きりゅう》に、どうやって乗り込むつもりなの？　いくらあなたでも、自力で跳《と》び移《うつ》るのは無理でしょう？　それに、たとえ空を飛ぶ手段があったとしても、皇帝《こうてい》は私たちを監視《かんし》しているのよ。こちらの意図を察知されたら、その時点で機竜《きりゅう》を突撃《とつげき》させるかもしれないわ」

全てがもっともな指摘《してき》だ。強《し》いて言えば、この時代には風素《ふうそ》飛行術というものがあるのだがアリスは習得していないし、ティーゼ曰《いわ》く大きな音がするらしいので隠密《おんみつ》行動には使えない。

しかし、イーディスはまたしても平然と言い放った。

「あたしが騎士団《きしだん》最強の闇素《あんそ》使《つか》いなのを忘れたの？　夜なら、暗闇《くらやみ》に紛《まぎ》れて近づく方法なんかいくらでもあるわ」

「なら、移動手段は？」

「決まってるでしょ、飛竜《ひりゅう》で……」

突然《とつぜん》、イーディスは鋭《するど》く息を吸い込むと、大股《おおまた》で一歩ファナティオに近づいた。

「そうだ、あたしの霧舞《キリマイ》は!?　まだ飛竜《ひりゅう》厩舎《きゅうしゃ》の地下で眠《ねむ》ったままなの!?」

「厩舎《きゅうしゃ》は、ずいぶん昔に取《と》り壊《こわ》されたわ」

「うそっ……じゃ、じゃあ、霧舞は……」

「安心しなさい、私の藤結《フジユイ》や猊下《げいか》の雪織《ユキオリ》と一緒《いっしょ》に、凍結《とうけつ》状態のまま九十六階に移されたから」

「……そう……」

イーディスは深々と安堵《あんど》の息を吐《は》いてから、小さく眉《まゆ》を寄せた。

「……九十六階？　どうして元老院に？」

「話すと長くなるのよ。……とにかく、竜《りゅう》たちには人間用の解凍薬《かいとうやく》は使えないから、いますぐ目覚めさせることはできないわ」

「なら、あなたはどうするつもりだったの？」

さらに一歩詰《つ》め寄《よ》るイーディスの斜《なな》め後《うし》ろで、アリスもじっとファナティオの答えを待った。

副騎士長《ふくきしちょう》は落ち着いた表情で二人を見ると、きっぱり言い切った。

「陛下……ではなくキリトは零時《れいじ》になる前に戻《もど》ると約束したわ。なら彼は必ず戻《もど》ってくるし、私たちはそれまで耐《た》えればいいだけよ」

「キリ、ト………」

ぎこちなく呟《つぶや》いたイーディスは、怪訝《けげん》そうに首を傾《かし》げた。

「そんな騎士《きし》、いたっけ？　それとも、アリスちゃんみたいにあたしが凍結《とうけつ》されてから騎士《きし》になった子？」

「騎士《きし》じゃないわ。キリトは、全アンダーワールドの……」

ファナティオが、そこまで口にした時だった。

数百の雷鳴《らいめい》が同時に轟《とどろ》いたかのような、凄《すさ》まじい重低音がカセドラルをびりびりと震《ふる》わせた。

三人は揃《そろ》って体を回転させ、北北東の空を見やった。

セントリア市街を囲む円形の壁《かべ》の向こう、黒々とした森と湖のさらに奥で、真っ赤な火柱が垂直に噴《ふ》き上がっている。一瞬《いっしゅん》、火山が噴火《ふんか》したのかと思ったがセントリア郊外《こうがい》にそんなものあるはずがないし、よく見ると火柱は六本もあり、それが一直線に並んでいる。

「あれは……機竜《きりゅう》の熱素《ねつそ》エンジン……？」

轟音《ごうおん》の中、ファナティオの掠《かす》れ声《ごえ》がかろうじて聞こえた。

間違《まちが》いない。宇宙軍基地の上空に陣取《じんど》っていた大型機竜《きりゅう》が、六基のエンジンを全力噴射《ふんしゃ》しているのだ。しかし、炎《ほのお》が真上に迸《ほとばし》っているなら、機首は真下を向いているはず。つまり、あの機竜《きりゅう》も——。

「……自爆《じばく》するつもりです！」

無我夢中《むがむちゅう》で叫《さけ》んでから、アリスは気付いた。

大型機竜《きりゅう》は、わずか数百メルの高さで逆立ちしている。あの状態でエンジンを全開にしたら、あっという間に基地へ突っ込むはずだ。なのに機竜《きりゅう》は、もう十秒以上も全力噴射《ふんしゃ》を続けている。百個以上の永久熱素《えいきゅうねつそ》が生み出す推力と、機竜《きりゅう》そのものの巨大《きょだい》な重量を何が受け止めているのか。答えは一つ——キリトの心意《シンイ》だ。

アリスはファナティオと顔を見合わせ、副騎士長《ふくきしちょう》の見開かれた両目に、己《おのれ》が抱《いだ》いているものと同じ懸念《けねん》を見出《みいだ》した。基地上空の機竜《きりゅう》も自爆《じばく》命令を受けていて、キリトが一人でそれを阻止《そし》しているなら、タイムリミットの零時《れいじ》までにカセドラルへ戻《もど》れない可能性もある。

「ねえ……あれ、ちょっとまずい感じじゃない⁉」

状況《じょうきょう》を知らないはずのイーディスも、心配そうな声を響《ひび》かせる。

「だいぶまずいです！」

咄嗟《とっさ》にそう答えながら、アリスは懸命《けんめい》に目を凝《こ》らした。雲に届きそうなほど伸びた火柱が、鏃《やじり》のような形状の大型機竜《きりゅう》と、その真下にそびえる四角錐型《しかくすいがた》の宇宙軍司令部を赤々と照らし出している。

司令部の建物が、セントラル・カセドラルと同程度の優先度を備えているとは到底《とうてい》思えない。もしも機竜《きりゅう》が激突《げきとつ》、爆発《ばくはつ》したら、跡形《あとかた》もなく消し飛んでしまうだろう。その場合、心意《シンイ》防壁《ぼうへき》を破られたキリトも恐《おそ》らく無傷では済まないし、司令部のどこかにいるはずのロニエ、ティーゼ、スティカ、ローランネイ、そしてエオラインはなおのこと危険だ。

いや。キリトなら、絶対に何とかする。

アンダーワールドでの最高司祭アドミニストレータや暗黒神《あんこくしん》ベクタとの決戦でも、あるいはユナイタル・リング世界でのザ・ライフハーベスターや魔女《まじょ》ムタシーナとの激闘《げきとう》でも、キリトは決して諦《あきら》めることなく強大な敵に立ち向かっていった。今回もきっと、どれほど追い込まれようとも最後には、味方だけでなく敵兵の命すら全て救ってのけるはずだ。

――私も、そうしなくては。

愛剣の柄《つか》を握《にぎ》り締《し》めながら、アリスは自分を強く叱咤《しった》した。

時代がどれほど移ろおうと、アリス・シンセシス・サーティが人界《じんかい》の守護者たる整合騎士《せいごうきし》であることに変わりはない。アグマール・ウェスダラス六世を名乗る男が実際に西帝国皇帝家《にしていこくこうていけ》の末裔《まつえい》だったとしても、無辜《むこ》の市民に危害を加える者はあまねく騎士《きし》の敵だ。脅《おど》しに屈《くつ》して剣を捨てるなどもってのほかだし、これ以上カセドラルを傷つけさせることも、部下に自爆突撃《じばくとつげき》を強《し》いることも容認《ようにん》できない。

アリスの心意力《シンイりょく》では巨大《きょだい》な機竜《きりゅう》の突進《とっしん》を受け止められないし、愛剣の天命も残りわずか。闇《やみ》に紛《まぎ》れて乗り込もうにも飛行手段がなく、もちろん撃墜《げきつい》するわけにもいかない。

あの二機を、市街地に被害《ひがい》を出さずに着陸させる方法が、果たしてあるか。

リアルワールドの航空機は、石油を精製した燃料を燃やして飛ぶ。だから、飛行中に燃料が漏《も》れたりすると緊急《きんきゅう》着陸しなくてはならない。しかしアンダーワールドの機竜《きりゅう》は油槽《ゆそう》に貯《た》めた燃料ではなく、機外に存在する空間神聖力《くうかんリソース》で飛んでいる。目には見えず、心意《シンイ》にも反応しないリソースの供給を絶つすべは……。

そこまで考えた時。アリスの脳裏《のうり》に、かすかな声がこだました。

──峡谷《きょうこく》は、昼でも陽光が差さず、また植物がほとんど見当たらない。つまり、空間神聖力が薄《うす》いのです。

──開戦前に、それを根こそぎ消費してしまえば、敵軍は強力な術式を撃《う》てなくなる。

もう遥《はる》か昔のことに思える、東の大門での暗黒界軍との決戦。開戦直前の軍議で、副騎士長《ふくきしちょう》ファナティオがそう言ったのだ。

果ての山脈を貫《つらぬ》く荒涼《こうりょう》とした峡谷《きょうこく》と、人界《じんかい》で最も豊かな土地である央都セントリアを同列に扱《あつか》うわけにはいかないが、ローランネイの弟のフェルシイによれば数年前からセントリアでは神聖力の枯渇《こかつ》が問題になっているらしい。ましていまは真夜中、自然供給量は最低まで落ちているはずだ。

大門での戦いでアリスがしたように、大規模な術式でカセドラル周辺のリソースを涸《か》らしてしまえば、機竜《きりゅう》は浮いていられなくなる。しかも熱素《ねつそ》エンジンの出力は徐々《じょじょ》に低下するので、市街地の外に緊急《きんきゅう》着陸するくらいの余裕《よゆう》も与《あた》えられる。

問題は、どんな術式を使うかだ。皇帝《こうてい》が三人を監視《かんし》しているなら、巨大《きょだい》な鏡面の球体を作る《反射凝集光線術《はんしゃぎょうしゅうこうせんじゅつ》》に気付かないはずがないし、それ以外のどんな術式も、大量に生成された素因《エレメント》の煌々《こうこう》とした輝《かがや》きを隠《かく》すのは困難だ。

唯一《ゆいいつ》、闇素《あんそ》だけはほとんど光を発しない……が、大量の闇素《あんそ》ほど恐《おそ》ろしいものもそうはない。もしも制御《せいぎょ》を外れて全て同時に解放《バースト》すれば、アリスたちは周囲の空間ごと、髪《かみ》の毛《け》一本残さず消滅《しょうめつ》してしまう。

しかし先刻、イーディスは言っていた。あたしが騎士団《きしだん》最強の闇素使《あんそつか》いなのを忘れたの、と。出会ってから十分ほどしか経《た》っていないが、その言葉は信じられる気がする。

「イーディス殿《どの》」

西の空に浮《う》かぶ二つの黒影《こくえい》を睨《にら》んだまま、アリスは小声で黒リボンの騎士《きし》に呼びかけた。

「なあに、アリスちゃん？」

「同時に生成できる闇素《あんそ》の数は、最大でいかほどでしょうか」

「んー……頑張《がんば》って二十個かな。どうして？」

問い返してくるイーディスに意図を説明しようとしたのだが、一瞬《いっしゅん》早く。

「なるほど、東の大門での戦いと同じことをしようというのね」

ファナティオがそう囁《ささや》いたので、アリスは頷《うなず》いた。途端《とたん》、イーディスがいっそう怪訝《けげん》そうな声を出す。

「東の大門？　あんなところで、誰《だれ》が誰《だれ》と戦ったわけ？」

「あなたが眠《ねむ》っているあいだの出来事はあとでたっぷり話してあげるから、いまは我慢《がまん》して。

──アリスは、闇素《あんそ》を大量に生成することで、カセドラル周辺の神聖力を枯渇《こかつ》させられないかと考えたのよ」

ファナティオが狙《ねら》いを過不足なく説明してくれたので、アリスは無言でこくりと首肯《しゅこう》した。

しかし、イーディスの訝《いぶか》しげな表情はまだ消えない。

「どうして闇素《あんそ》なの？　大量に作るなら、扱《あつか》いやすい光素《こうそ》とか水素のほうが……」

そこまで言ってから、得心したように頷《うなず》く。

「ああ、素因光《そいんこう》で奴《やつ》らにバレるからってことね。確かに闇素《あんそ》なら、大量に作っても夜の暗さに紛《まぎ》れるだろうけど、半径一キロル以内の神聖力を涸《か》らすには二十個どころか二百個……いえ、さっき解放された熱素《ねっそ》のぶんを考えると三百個でも足りないわ。三人がかりで作ったとしても、その数には遠く及《およ》ばないでしょ？」

イーディスの推考は的を射ている。アリスが大門の戦いで峡谷《きょうこく》の神聖力を枯渇《こかつ》させることができたのは、大量の光素《こうそ》を鏡でできた球体に閉じ込める《反射凝集光線術《はんしゃぎょうしゅうこうせんじゅつ》》を使ったからだ。しかし、あらゆる物質を削《けず》り取《と》ってしまう闇素《あんそ》を安全に蓄《たくわ》えられる容器は、アリスの知る限り存在しない。たとえ分厚い鋼鉄の中に封《ふう》じても、闇素《あんそ》は内側から容器を侵食《しんしょく》し、数さえあればいつか穴を開けてしまう。

そこまでは、アリスも承知の上だ。

「イーディス殿《どの》の仰《おつしや》るとおりです。闇素《あんそ》を作って保持しているだけでは、神聖力を涸《か》らすなど到底《とうてい》不可能。ですが、生成した闇素《あんそ》を即座《そくざ》に処理し、また新たな闇素《あんそ》を作るというサイクルをひたすら繰《く》り返《かえ》せば……」

うっかりリアルワールドの言葉を使ってしまったが、アリスの意図するサイクルはちゃんと伝わったようだった。しかしこれでもまだ、練達の神聖術師《しんせいじゅつし》でもある古参騎士《きし》たちは納得《なっとく》するまい。

「処理って言っても、解放するだけじゃまた空間力に戻《もど》っちゃうわよ？　何かに閉じ込めるか、相殺《そうさい》させるかしないと。でも闇素《あんそ》の捕獲器《ほかくき》はカセドラルの宝物庫《ほうもつこ》にも一つ、二つしかないし、反応させられる物体も、手近にあるもので使えそうなのはあたしとファナティオの鎧《よろい》くらいよ」

淀《よど》みなく疑問点を指摘《してき》するイーディスに、アリスは再び頷《うなず》きかけた。

闇素《あんそ》を保存できる容器が実在していたとは驚《おどろ》きだが、恐《おそ》らく宝物庫《ほうもつこ》そのものがこの時代にはもうないだろう。そして、二人の鎧《よろい》の優先度がいかに高かろうと、それだけで数百個の闇素《あんそ》は到底相殺《とうていそうさい》しきれない。

だが、いまこの場所には、途轍《とてつ》もない体積と優先度を持つオブジェクトが存在しているのだ。数百個どころか、数千個の闇素《あんそ》でさえも平然と受け止めてのけるであろう、人界《じんかい》で最大最古の被造物《ひぞうぶつ》が。

「闇素《あんそ》を貯《た》めておくことはできずとも、相殺《そうさい》する方法はあります」

そう前置きしてから、アリスはアイデアの核心《かくしん》を二人の先輩騎士《せんぱいきし》に明かした。

「セントラル・カセドラルを使うのです。我々の足許《あしもと》の床材《ゆかざい》は、超高優先度に設定されているうえに自動修復術式が掛《か》かっているので闇素《あんそ》をぶつけても簡単には破壊《はかい》されません。加えて、自動修復も空間神聖力《くうかんしんせいりょく》を消費するので、単純に素因《エレメント》を生成するよりも遥《はる》かに速く神聖力を消費できます」

「……でも、カセドラルは公理《こうり》教会《きょうかい》と、最高司祭様の……」

いままでの闊達《かったつ》さが嘘《うそ》のように神妙《しんみょう》な声を零《こぼ》しながら、イーディスは背後の円形堂を見た。その横顔に、はっとしたような表情が浮《う》かんだのにアリスは気付いた。

しかしそれは瞬時《しゅんじ》に消え、赤い瞳《ひとみ》に決然とした光が宿る。結《ゆ》わえた髪《かみ》を揺《ゆ》らして振り向き、アリスとファナティオに向けて力強く頷《うなず》きかける。

「ごめんなさい、守るべきはカセドラルの中にいる人たちであって、建物自体じゃないわね。アリスちゃんの作戦、うまくいくと思うわ……でも、夜の暗さのほかにあと一つ、目眩《めくら》ましが必要ね」

「目眩《めくら》まし……？」

眉《まゆ》を寄せるアリスの前で、イーディスは剣帯《けんたい》から長刀を鞘《さや》ごと外し、そっと足許《あしもと》に置いた。確かにこの仕草を皇帝《こうてい》が見れば、降伏《こうふく》の準備だと解釈《かいしゃく》するだろう。堅物《かたぶつ》のデュソルバートなら「騎士《きし》の魂《たましい》である神器《じんき》を地べたに置くなど！」と憤慨《ふんがい》しそうだが、彼はいま九十九階で石像と化している。

左のファナティオも天穿剣《てんせんけん》の鞘《さや》を外すのを見て、アリスも剣帯に手を触《ふ》れさせた。アンダーワールドでは猫鉤《ねこかぎ》、リアルワールドでは茄子鐶《なすかん》と呼ばれる引《ひ》っ掛け金具《かなぐ》から、鞘《さや》についている小さな鉄輪《かなわ》を外す。満身創痍《まんしんそうい》の愛剣に「ちょっとだけ我慢《がまん》してね」と思念で語りかけ、冷たい大理石の上に置く。

背筋を伸ばし、一瞬《いっしゅん》だけ北の空を見る。

宇宙軍基地から天に向かって伸び上がる六本の火柱は、さらに長さを増したように見える。あの状態が、もう三分近くも続いているだろうか。大型機竜《きりゅう》の突進《とっしん》を受け止めるのみならず、自壊《じかい》すら防ぐキリトの心意力《シンイりょく》には驚嘆《きょうたん》するしかないが、あの状態を維持《いじ》するだけでも甚《はなは》だしい消耗《しょうもう》を強《し》いられるはずだ。せめて基地の防衛のみに集中してもらうためにも、カセドラルへの二回目の自爆攻撃《じばくこうげき》は絶対に阻止《そし》しなくてはならない。

アリスは、イーディス、ファナティオと横一列に並び、正面の機竜《きりゅう》を見据《みす》えた。

両手を体の後ろに回し、昂然《こうぜん》と胸を張る。剣は置いても、鎧《よろい》や制服まで脱《ぬ》ぎ捨《す》てるのは騎士《きし》として耐《た》えがたい――というように、皇帝《こうてい》には見えているはずだ。

タイムリミットの零時《れいじ》までは、およそ五分。

二人と呼吸を合わせ、後ろに回した両手の指先に、無詠唱《むえいしょう》で闇素《あんそ》を十個生成する。そのまま背後に三メルほど飛ばし、制御《せいぎょ》を切って落ちるに任せる。

バシッ、バシッ、という乾《かわ》いた炸裂音《さくれつおん》が立て続けに響《ひび》いた。闇素《あんそ》がテラスの大理石に触《ふ》れ、丸く抉《えぐ》り取《と》りながら消滅《しょうめつ》したのだ。

左右からも同じ音が聞こえてくる。アリスとファナティオが同時に十個、イーディスがその倍で合わせて四十個。それだけの闇素《あんそ》がいっせいに反応すると、まるで大粒《おおつぶ》の雹《ひょう》が叩《たた》き付《つ》けているかのような賑《にぎ》やかさだが、皇帝《こうてい》の機竜《きりゅう》には届いていないはずだ。

耳を澄《す》ませると、闇素《あんそ》が破裂《はれつ》する騒音《そうおん》に混じって、水晶《すいしょう》を爪弾《つまび》くような高音も聞こえてくる。大理石のブロックが自動修復される音だ。現在、セントラル・カセドラルは機竜《きりゅう》の自爆攻撃《じばくこうげき》で傷ついた九十九階の外壁《がいへき》も修復中で、消費される空間神聖力《くうかんしんせいりょく》は膨大《ぼうだい》な量にのぼると思われる。

問題は、五分以内に枯渇《こかつ》エリアが一キロル先の機竜《きりゅう》まで届くかどうか。

いや……届かせてみせる。

アリスは、あらん限りの心意力《シンイりょく》を振《ふ》り絞《しぼ》って次々と闇素《あんそ》を作り、飛ばし続けた。仮にいま、少し離《はな》れた場所から三人を眺《なが》めれば、まるで存在そのものが昇華《しょうか》されていくかのように、淡《あわ》い紫《むらさき》色《いろ》の光点が絶え間なく舞《ま》い散《ち》る様子を観察できるだろう。

魂《たましい》を削《けず》るような一分が過ぎ、二分が過ぎた頃《ころ》。アリスは、眼下の市街地が二百年前より暗くなっていることに気付いた。永久光素《えいきゅうこうそ》を用いた照明が、リソースの供給切れで次々と消灯しているのだ。

街灯だけでなく、機車《きしゃ》や冷温機、送風機のような素因《エレメント》を使う機械類は全て止まるはずなので避難《ひなん》行動中の住民はさらなる混乱と恐怖《きょうふ》を味わっているだろうが、辛抱《しんぼう》してもらうしかない。

暗闇《くらやみ》はみるみる広がり、西セントリアの行政区から商業区、居住区を呑《の》み込んでいく。

アリスが作った闇素《あんそ》の数が、ちょうど百個を超《こ》えた時だった。

左側の、皇帝《こうてい》が搭乗《とうじょう》していない機竜《きりゅう》が、翼《つばさ》の後ろ側から赤々とした炎《ほのお》を迸《ほとばし》らせた。

地鳴りめいた重低音を轟《とどろ》かせて、巨体《きょたい》が前へと動き始める。まだ零時《れいじ》までは二分近くあるが、皇帝《こうてい》も地上の異変を見逃《みのが》すほど愚《おろ》かではなかったということだ。

ここが勝負の鍔際《つばぎわ》。

同時に同じ直感を抱《いだ》いたのだろう、右側のイーディスが叫《さけ》んだ。

「はあああっ！」

負けじと、アスナとファナティオも気勢を上げる。もしここに神聖術師《しんせいじゅつし》のアユハ・フリアがいれば、「術式に雄叫《おたけ》びは邪魔《じゃま》なだけですよ」と言われてしまうかもしれないが、叫《さけ》ぶことで振《ふ》り絞《しぼ》れる力というものもある。

もう動作を隠《かく》す必要もないので、両手を後ろから前に持ってきて、生成した闇素《あんそ》を目の前の床《ゆか》にぶつける。破裂音《はれつおん》とかすかな閃光《せんこう》を放って大理石に無数の小穴が穿《うが》たれ、しかしそれらは修復術式によってじわじわと埋《う》まっていく。さすがに三人がかりだと修復よりも侵食《しんしょく》のほうがいくらか速いが、それでも分厚い大理石のブロックに穴が開く前に、空間リソースが枯渇《こかつ》するだろう。

その瞬間《しゅんかん》は、ほんの数秒後に訪《おとず》れた。

全力加速に入ろうとしていた機竜《きりゅう》の噴射炎《ふんしゃえん》が、不安定に揺《ゆ》らぎ。

アリスの指先に出現しつつあった闇素《あんそ》が、小刻みに瞬《また》いてから消えた。

空間リソースを収集できる距離《きょり》は、《ステイシアの窓》に記載《きさい》された術式行使権限《SC》レベルの数値によって決まる。アリスのSC権限値は、神話級宇宙獣《うちゅうじゅう》アビッサル・ホラーを倒《たお》した時に大きく上がって70を超《こ》えたが、ファナティオとイーディスも60近くはあるはずだ。収集距離《きょり》はレベル50で一キロルに達したと記憶《きおく》しているので、いまこの瞬間《しゅんかん》、カセドラルを中心としたリソース枯渇《こかつ》空間は半径一・五キロル近くまで広がっていてもおかしくない。機竜《きりゅう》の収集器がどれほど優秀《ゆうしゅう》でも、六基もの熱素《ねつそ》エンジンをまともに運転できるほどのリソースを確保できるはずがない。

まず、前に出ていた左の機竜《きりゅう》がぐらりと姿勢を乱し、推力を翼下《よくか》の滞空用噴射口《たいくうようふんしゃこう》へと回してかろうじて立て直した。直後、右の機竜《きりゅう》も前のめりに傾《かたむ》き、下方噴射《ふんしゃ》で持ちこたえる。

「さっさと引き下がりなさい、墜落《ついらく》するわよ！」

というイーディスの声が聞こえたわけではないだろうが、二機の機竜《きりゅう》は下方噴射《ふんしゃ》を続けつつ翼《つばさ》の前縁《ぜんえん》にある逆噴射口《ぎゃくふんしゃこう》からも炎《ほのお》を吐《は》き、ゆっくりと後退し始めた。噴射《ふんしゃ》はまるで安定せず、途切《とぎ》れるたびに巨体《きょたい》ががくっと沈《しず》む。墜落《ついらく》したら居住区が火の海なので、いまだけは頑張《がんば》れと応援《おうえん》せざるを得ない。

両手を下ろした三人が固唾《かたず》を呑《の》んで見守る先で、二機は市街地の上空をじりじりと後退し、三十秒ほどかけてセントリアの城壁《じょうへき》を越《こ》えた。その向こうは、二百年前と同じく農地と草原が広がっている。

逆噴射《ぎゃくふんしゃ》が停止し、下方噴射《ふんしゃ》も弱まった。二機は翼《つばさ》を左右に揺《ゆ》らしながらぎこちなく下降し、最後はほとんど落下じみた勢いで草原に巨体《きょたい》を埋《う》めた。暗いし遠いので詳細《しょうさい》には解《わか》らないが、機体に少なからず損傷を負ったことは間違《まちが》いない。これでリソース供給が復活しても、即座《そくざ》に離陸《りりく》することはできないだろう。

安堵《あんど》の吐息《といき》をいったん呑《の》み込み、アリスは急いで北の空を見た。

基地上空の火柱はいつの間にか消え、宇宙軍の司令部も健在だ。どうやらキリトは、機竜《きりゅう》の全力突撃《とつげき》を受け止めたのみならず、どこかに不時着させたらしい。

今度こそ深々とため息をつくと、アリスはまずファナティオを、次いでイーディスを見た。礼を言いたいが、二人もアリスと同じ責務を負った整合騎士《せいごうきし》だ。カセドラルと央都を守りたい気持ちは同じだろう。

「……お二方とも、見事なお手前でした」

礼の代わりに賞賛の言葉を口にすると、ファナティオが右手を伸ばし、アリスの左肩《ひだりかた》を軽く叩《たた》いた。

「あなたもね、アリス。それに、セントリア中の神聖力を涸《か》らそうなんて作戦、私にはとても思いつけなかったわ。まるでキリトが考えそうな……」

その時。

二人の会話を聞いていたイーディスが、何かを感じたかのように顔を仰向《あおむ》けた。

「……あれ、何……？」

掠《かす》れ声《ごえ》を漏《も》らすイーディスの視線を、アリスも追いかけた。

夜空の真ん中が、星一つない漆黒《しっこく》に染まっている。何かが星明かりを遮《さえぎ》っているようだが、じっと目を凝《こ》らしても、それがどれくらいの高さに浮《う》いているのか、生物なのか人工物なのかさえ解《わか》らない。

一瞬《いっしゅん》、新手の機竜《きりゅう》かと身構えかけたものの、熱素《ねっそ》エンジンの駆動音《くどうおん》がまったく聞こえないし噴射炎《ふんしゃえん》も見えない。それに影《かげ》の形は細長い楔形《くさびがた》で、ブーメランに似たアーヴス級の形状とはかけ離《はな》れている。翼《つばさ》を持たない機竜《きりゅう》、いや航空機など、アンダーワールドにもリアルワールドにも存在しないはず。

と——不意に、影《かげ》の先端《せんたん》近くが赤く光った。

光は急激に明るくなり、まるで圧力に耐《た》えかねて弾《はじ》けたかの如《ごと》く十字の光芒《こうぼう》を煌《きら》めかせる。少し遅《おく》れて、遠雷《えんらい》のような低い轟《とどろ》きが耳に届く。

アリスが眉根《まゆね》を寄せた、その時。夜空に漂《ただよ》う墨色《すみいろ》のちぎれ雲が赤い光に触《ふ》れ、ぱっと環状《かんじょう》に吹《ふ》き払《はら》われた。

あれは単なる光ではなく、高高度から発射された超《ちょう》高温の火球だ。

つまり夜空に貼《は》り付《つ》く細長い楔形《くさびがた》の黒影《こくえい》は、やはり機竜《きりゅう》だったということになる。しかし、雲よりずっと高いところに浮《う》かんでいるのにこうもはっきり視認《しにん》できるなら、全長は百メルや二百メルどころではない。それほど巨大《きょだい》な、しかも翼《つばさ》を持たない鋼鉄の塊《かたまり》が、下方噴射《かほうふんしゃ》せずにいったいどうやって滞空《たいくう》しているのか。

いや、いまはそんなことを考えている場合ではない。少なく見積もっても熱素《ねつそ》五十個ぶんはありそうな大火球に直撃《ちょくげき》されたら、アリスたちも無事では済まないし、闇素《あんそ》で削《けず》ってしまったカセドラルの屋上が崩落《ほうらく》する可能性もある。

アリスが火球に向けて右手を突き出したのとまったく同時に、ファナティオとイーディスも同じ動作をした。カセドラル周辺の神聖力は完全に涸《か》れているので、もう闇素《あんそ》球殻《きゅうかく》は作れない。

心意《シンイ》防壁《ぼうへき》だけで受け止めるしかないが、いままでの戦闘《せんとう》で、頭の中の心意力《シンイりよく》を生み出す場所が限界近くまで消耗《しょうもう》しているのを感じる。

……気のせいだ。アンダーワールド人の魂《たましい》は、生体脳ではなくライトキューブに格納されているので、疲労《ひろう》物質が溜《た》まったりはしない。

自分にそう言い聞かせ、アリスは意識の隅々《すみずみ》から力を掻《か》き集《あつ》めようとした。

その時——。

アリスとイーディスのあいだから、四本目の手が高々と掲《かか》げられた。しなやかさと逞《たくま》しさを兼《か》ね備《そな》えた五指の先で、空間が波紋《はもん》となって震《ふる》える。

恐《おそ》るべき強度を秘めた、それでいてどこか温かく感じられる心意《シンイ》がアリスたち三人の心意と融《と》け合い、カセドラルの屋上をすっぽりと覆《おお》うほど巨大《きょだい》な防壁《ぼうへき》を作り出した。

刹那《せつな》の後、轟音《ごうおん》とともに落ちてきた火球が防壁《ぼうへき》を直撃《ちょくげき》し、全セントリアを照らし出すほどの大爆発《だいばくはつ》を引き起こした。心意の回線を通じて、右手に熱と衝撃《しょうげき》が逆流してくる。

アリスは火球の生成に使用された熱素《ねっそ》の総数を五十個前後と見積もったが、どうやら目算を誤ったようだ。爆発《ばくはつ》の規模は、大型機竜《きりゅう》が自爆《じばく》した時と大差ない。つまり、火球に内包されたエネルギーは、熱素《ねっそ》換算《かんさん》で少なくとも百個以上。

夜空を真紅《しんく》に染め上げる爆炎《ばくえん》は、何も破壊《はかい》できなかったことに怒《いか》り狂《くる》うかの如《ごと》く十秒以上ものたうち回ってから、徐々《じょじょ》に薄《うす》れて消えた。

心意防壁《シンイぼうへき》を解いたアリスは、振り向いて助《すけ》っ人《と》に礼を言おうとした。しかし口を開く前に、すぐ後ろに立っていた黒衣の人影《ひとかげ》がぐらりと揺《ゆ》れ、前のめりに傾《かたむ》いた。

「キリト！」

叫《さけ》びながら、咄嗟《とっさ》に左腕《ひだりうで》を掴《つか》む。反対側でも、イーディスが右腕《みぎうで》を支える。

ファナティオとの約束を守り、零時《れいじ》になる前に帰還《きかん》したキリトは、一瞬《いっしゅん》だけ二人に全体重を掛《か》けたものの踏《ふ》みとどまり、体を起こした。

「悪い、待たせた」

掠《かす》れ声《ごえ》でアリスに謝ってから、右側に目を向ける。

「………えーと……」

首を捻《ひね》るキリトと同じくらい怪訝《けげん》そうに、イーディスも言った。

「あなた、誰《だれ》？」

「俺はキリト」

「その服、ジャルミエが仕立てた騎士服《きしふく》よね。整合騎士《せいごうきし》なの？」

「ジャルミエ……って誰《だれ》だ？　て言うか、あんたは……？」

要領を得ない二人の会話に、ファナティオが割り込んだ。

「キリト、イーディス、あとでちゃんと紹介《しょうかい》するから、いまはあれをどうにかしないと」

その言葉に、アリスは再び夜空を振《ふ》り仰《あお》いだ。

楔形機竜《くさびがたきりゅう》までの距離《きょり》は相変わらず掴《つか》みづらいが、雲の上にいることと、神聖力枯渇《こかつ》エリアの半径が約一・五キロルに達することを考えると、二キロル前後は離《はな》れているはずだ。なのに、伸ばした右手の人差し指より大きく見えるのは、全長三百メルを超《こ》えているとしか思えない。全幅《ぜんぷく》四十メルのアーヴス型機竜《きりゅう》が小型機に思えるほどの、信じがたいスケール。

当然、装甲《そうこう》も遥《はる》かに分厚いだろうし、総重量に至っては概算《がいさん》すら不可能。そもそもこちらの心意《シンイ》も術式も届かないのに、どうにかする方法など果たして存在するのか。

立《た》ち尽《つ》くすアリスの耳に、ゆったりとした鐘《かね》の音が届いた。一日のうちで最も静かな旋律《せんりつ》を奏《かな》でる、午前零時《れいじ》の時鐘《じしょう》だ。

皇帝《こうてい》アグマールに宣告されたタイムリミットだが、すでにアリスたちは二機のアーヴス型を強制着陸させ、頭上の超大型機竜《ちょうおおがたきりゅう》も火球爆弾《ばくだん》を投下してきたので、もう対話の余地はない……と思ったのだが。

超大型機竜《ちょうおおがたきりゅう》の下腹から白い光線が幾筋《いくすじ》も放射され、それらが重なり合って巨大《きょだい》な立体映像を描《えが》き出した。出現したのは、またしても皇帝《こうてい》アグマール・ウェスダラス六世。どうやら皇帝《こうてい》は、不時着した機竜《きりゅう》ではなく、高高度の闇《やみ》に潜《ひそ》む超大型機竜《ちょうおおがたきりゅう》に乗っていたらしい。ファナティオがぴくりと右腕《みぎうで》を動かすが、さしもの天穿剣《てんせんけん》のレーザーも二キロル上空までは届かない。

皇帝《こうてい》は、高みからアリスたちを睥睨《へいげい》してから、おもむろに口を動かした。

『我が親衛機を全て退けたこと、褒《ほ》めてつかわす』

殷々《いんいん》と響《ひび》く雷声《らいせい》を聞いた途端《とたん》、アリスとファナティオに支えられたままのキリトが掠《かす》れ声《ごえ》で毒づく。

「自分で突撃《とつげき》命令を出しといてよく言うぜ」

当然その声が届くはずもなく、皇帝《こうてい》はなおも傲然《ごうぜん》と言い放った。

『しかし、アーヴス級に手こずっているようでは、この《プリンキピア》には傷一つつけられぬぞ。そして余の温情ももはや消《き》え失《う》せた。猛火《もうか》の中で燃《も》え尽《つ》きるまでの数秒間のあいだに、せいぜい己《おのれ》の愚《おろ》かさを悔《く》いるがよい』

細い口髭《くちひげ》を嘲《あざけ》るように持ち上げたまま、皇帝《こうてい》の映像は夜空に溶《と》けて消えた。再び、キリトの声が低く響《ひび》く。

「プリンキピア……《原理》か。公理《こうり》教会《きょうかい》に対抗《たいこう》したネーミングなんだろうけど、いったい誰《だれ》が……」

イーディスとファナティオは怪訝《けげん》そうな顔をしたが、アリスには言葉の意味が理解できた。アンダーワールドで使われている人界語《じんかいご》はリアルワールドの日本語、そして神聖語《しんせいご》は同じく英語なのだが、向こうには他にも多くの言語が存在し、その数は五千以上にも達するという。アリスはいま英語とドイツ語を学習中だが、プリンキピアという単語は響《ひび》きからして恐《おそ》らく、多くのヨーロッパ言語の祖先となったラテン語だろう。無論、アンダーワールドでは使われていない。

つまりキリトは、何者かが皇帝《こうてい》一派に、ラテン語で《原理》を意味する単語を教えたのではないかと考えたのだ。

そしてそれは、菊岡《きくおか》がキリトに調査を依頼《いらい》した、リアルワールドからの侵入者《しんにゅうしゃ》かもしれない。もしそうなら、侵入者《しんにゅうしゃ》は皇帝《こうてい》の近くに……ことによるとあの超大型機竜《ちょうおおがたきりゅう》に同乗している可能性もある──。

アリスは、瞬時《しゅんじ》に巡《めぐ》らせた推測をキリトに伝えようとした。

しかし、口を開くよりも早く、真紅《しんく》の光が上空で煌《きら》めいた。

超大型機竜《ちょうおおがたきりゅう》が、二度目の火球攻撃《こうげき》の準備を開始したのだ。しかし一度目とは様子が異なる。赤く発光している場所は同じだが初期状態の明るさがまるで違《ちが》うし、まだ発射前なのに甲高《かんだか》い共鳴音が聞こえる。

「……いったい、いくつの熱素《ねっそ》を……」

呟《つぶや》いたファナティオに、キリトがいっそう嗄《しわが》れた声で答えた。

「千個だ」

「せ……千んん⁉」

今度はイーディスが叫《さけ》び、キリトはそちらを見て頷《うなず》く。

「ああ、あの機竜《きりゅう》には六千前後の熱素《ねっそ》が貯蔵されてるけど、飛行用には使われていない。いま、そのうち千個が段階的に加圧されてる。発射されるまで、たぶん五分くらいだ」

「五分……」

アリスはほとんど声に出さずに繰《く》り返《かえ》し、再び上空のプリンキピアを仰《あお》ぎ見《み》た。

砲口《ほうこう》から漏《も》れる熱素《ねつそ》の光が、機竜《きりゅう》の底面を赤々と照らし出している。細長い楔形《くさびがた》の中央に、巨大《きょだい》な紋章《もんしょう》が二つ、縦に並んでいるようだ。上の紋章《もんしょう》の図柄《ずがら》は盾《たて》と飛竜《ひりゅう》──かつて存在した、ウェスダラス西帝国《にしていこく》の国章。そして下の紋章《もんしょう》は、鋭利《えいり》な紡錘《ぼうすい》が八本、放射状に並んだ八芒星。

こちらは、現代でも二百年前でも見たことがない。

光は着実に強さを増していく。いまですら目の奥が痛くなるほどの輝《かがや》きを放っているのに、これがあと三分も続いたらどうなってしまうのか。

それだけの時間があれば、セルカとエアリーを連れてカセドラルから避難《ひなん》することは可能だ。ファナティオもイーディスも、恐《おそ》らくキリトさえもその選択肢《せんたくし》が脳裏《のうり》を過《よぎ》ったに違《ちが》いないが、誰《だれ》も逃げようとは言わない。凍結騎士《とうけつきし》たちを見捨てて逃げるなど論外だと、全員が心に刻んでいるのだ。

九十九階では、セルカたちが騎士《きし》の解凍《かいとう》作業を進めているはずだが、この短時間ではさらに二人か三人を目覚めさせるのが精一杯《せいいっぱい》だろう。高度二キロルに陣取《じんど》るプリンキピアを攻撃《こうげき》する手段がない以上、可能なのは防御《ぼうぎょ》だけだ。つまり、一千個もの熱素《ねつそ》が圧縮された巨大《きょだい》火球を、どうにかして阻《はば》むか逸《そ》らすしかない……のだがその方法が見つからない。

原理的には、一千個の凍素《とうそ》でシールドを作れば巨大《きょだい》火球を相殺《そうさい》できる計算だ。しかし現在、カセドラル周辺の神聖力は完全に枯渇《こかつ》していて、何らかの手段で補給しない限り一千個どころか十個作るのも覚束《おぼつか》ない。またもや心意《シンイ》に頼《たよ》らざるを得ない状況《じょうきょう》だが、アリスたちだけでなく、キリトも限界が近いようだ。

「……ねえ、ファナティオ」

キリトの右腕《みぎうで》を掴《つか》んだままのイーディスが、ちらりと背後の円形堂を見やりながら言った。

「この状況《じょうきょう》でもまだアドミニストレータ様がお目覚めにならないってことは……もしかして、猊下《げいか》はもう……」

「…………」

問われたファナティオは、一瞬《いっしゅん》だけ目を伏《ふ》せてから、意を決したようにまっすぐ背筋《せすじ》を伸ばした。

しかし、副騎士長《ふくきしちょう》が口を開く寸前——。

せわしない足音が二つ、重なって響《ひび》いた。続けて、張《は》り詰《つ》めた叫《さけ》び声《ごえ》。

「姉様!!」

アリスは急ぎ振り向こうとしたが、右手でキリトを支えたままでは横しか向けない。それを察したらしいキリトが「俺は大丈夫《だいじょうぶ》」と言ったので頷《うなず》いて手を離《はな》し、改めて体を反転させる。

塔内《とうない》に続く開口部から、二つの人影《ひとかげ》が飛び出してくる。停電したせいで屋上は真っ暗だが、現れたのが長いローブを脱《ぬ》いだセルカと、ナツを抱《だ》いたエアリーであることはひと目で解《わか》る。

開口部の近くには、キリトと一緒《いっしょ》に基地から転移してきたのであろうティーゼとロニエの姿もある。

飛ぶように走る最愛の妹を見詰《みつ》めた途端《とたん》、もしかしたらこれが最後の触《ふ》れ合《あ》いになるのかもしれないという考えが頭を過《よぎ》った。たとえアリスがいまここで死んでも、ラース六本木支部《ろっぽんぎしぶ》に存在するマシンボディのライトキューブに影響《えいきょう》は及《およ》ばないが、恐《おそ》らくユニットIDが消滅《しょうめつ》してアンダーワールドには二度とダイブできまい。

せっかく再会できたのに、そんなことになったら寂《さび》しいなどというものではないが、しかしきっと耐《た》えられる。セルカたちを救うための代償《だいしょう》としてならば。

駆《か》け寄《よ》ってくる妹を両手で抱《だ》き留《と》めたかったがかろうじて自制し、代わりに深く息を吸うとアリスは語りかけた。

「セルカ、よく聞いて。もうすぐこの場所には熱素《ねつそ》千個ぶんの威力《いりょく》の火炎弾《かえんだん》が落ちてくるの。あなたとエアリーは、飛翔盤《ひしょうばん》で脱出《だつしゅつ》してちょうだい」

「姉様たちを置いて逃げるわけないでしょ！」

アリスの懇望《こんもう》を一蹴《いっしゅう》すると、セルカは張《は》り詰《つ》めた口調でまくし立てた。

「そんなことより、よく聞いて。さっきの機竜《きりゅう》の衝突《しょうとつ》で、カセドラルの最上位命令が解放されたの」

「さ……最上位？」

「詳《くわ》しいことはエアリーが！」

セルカに背中を押されたエアリーが、つんのめるように前へと出てくる。腕《うで》の中にすっぽり収まったミミナガヌレネズミのナツは、この状況《じょうきょう》でも心地《ここち》よさそうに眠《ねむ》ったままだ。

エアリーはさっと一礼すると、普段《ふだん》より二割ほど口早に話し始めた。

「時間がありませんので簡潔に説明いたします。先ほど、セントラル・カセドラルの天命減少量が規定の数値に達したため、最上位システム管理命令が解放されました」

「それは、あなたが発動させたエマージェンシー・モードとは別のものなのね？」

つい口を挟《はさ》んでしまったアリスに、エアリーは素早《すばや》く頷《うなず》き返した。

「はい、エマージェンシー・モードで可能なのは防御壁《ぼうぎょへき》の展開と修復機能の強化だけですが、最上位命令ではさらに攻撃《こうげき》機能と退避《たいひ》機能を使用できます」

「攻撃《こうげき》機能……それを使えば、あの超《ちょう》大型《おおがた》機《き》竜《りゅう》を撃退《げきたい》できるの？」

「恐《おそ》らく。しかし、威力《いりょく》の調整はできませんので、もし撃墜《げきつい》してしまった場合はセントリアに多大な被害《ひがい》が出ると予想されます」

「…………」

ファナティオたちと顔を見交《みか》わし、同時にかぶりを振る。アーヴス級ですら撃墜《げきつい》しないよう細心の注意を払《はら》ったのに、その十倍近くも巨大《きょだい》なプリンキピアを市街地に墜落《ついらく》させるわけにはいかない。

「攻撃《こうげき》はできないわ。退避《たいひ》機能というのは、カセドラル内の全員が退避《たいひ》できるの？　凍結中《とうけつちゅう》の騎士《きし》や飛竜《ひりゅう》たちを含《ふく》めて？」

「はい、可能です」

「………………」

再び絶句してしまう。恐《おそ》らくは塔内《とうない》に転移ゲートを作る機能だろうが、騎士《きし》たちはともかく、石化している巨大《きょだい》な飛竜《ひりゅう》をどうやって通過させるのか。

いや、あれこれ問《と》い質《ただ》している余裕《よゆう》はない。ずっとカセドラルを守り続けてきたエアリーができると言うなら信じるだけだ。

同じ結論に至ったらしいファナティオが、アリスに代わって指示した。

「エアリー、いますぐ退避《たいひ》機能を発動させて。火炎弾《かえんだん》が発射されるまで、あと三分くらいしかないわ」

「了解《りょうかい》しました」

エアリーは、抱《だ》いていたナツをセルカに預けると、両手をやや広げながら前へと伸ばした。すうっと息を吸い込み、毅然《きぜん》とした声で――。

「システム・コール！　アクティベート・スプリーム・システム・スーパーバイザー・オーダー！」

ぶうん……という低い振動音《しんどうおん》とともに、青紫色《せいししょく》に輝《かがや》く巨大《きょだい》なウインドウが出現した。

アリスがアンダーワールドで目にしてきたどんなウインドウとも、まるで異なるデザインだ。文字も数字も一切《いっさい》存在せず、紋章《もんしょう》のような画像が全体を占《し》めている。縦に並んだ二本の剣と、その上下左右を取り巻く薔薇《ばら》と金木犀《きんもくせい》の花……星王《せいおう》の紋章《もんしょう》。

菱形《ひしがた》の紋章《もんしょう》の下には四角い枠《わく》が三つ並んでいるが、中は空っぽだ。エアリーはウインドウを空中に固定すると二歩下がり、言った。

「最上位システム管理命令……別名《SSSオーダー《トリプルエス》》は、キリトさま、アスナさま、そして騎士《きし》さまどなたかお一人の認証《にんしょう》によって全機能が解放されます。下の枠《わく》に掌《てのひら》を当ててください、場所の指定はありません」

「……しかし、アスナはまだ……」

アリスの言葉を聞いた途端《とたん》、エアリーは弾《はじ》かれたように顔を上げ、少し離《はな》れたところに立つイーディス・シンセシス・テンを見た。訝《いぶか》しげに眉《まゆ》を寄せてから、両目をいっぱいに瞠《みは》る。

「えっ……い、イーディスさま⁉」

「そうよ。あなたは昇降係《しょうこうがかり》ちゃんよね、久しぶり」

「お……お久しぶりです。でも、どうして……」

心底驚《おどろ》いた様子のエアリーを見て、アリスはいくつかのことを推測した。

エアリーは恐《おそ》らく、屋上が暗いせいでイーディスをアスナだと誤認《ごにん》していたのだ。となると、イーディスを覚醒《かくせい》させたのはセルカたちではない。凍結中《とうけつちゅう》の騎士《きし》がひとりでに目覚めることは有り得ないし、いったい誰《だれ》が、どうやって——。

いや、いまはそれよりも。

「エアリー、認証《にんしょう》はキリトと騎士《きし》二人じゃできないの⁉」

アリスが訊《たず》ねようとしたことを、一瞬《いっしゅん》早くファナティオが問《と》い質《ただ》した。しかし、エアリーは素早《すばや》く首を横に振る。

「キリトさまとアスナさま、お二人ともが必要です」

「…………」

唇《くちびる》を噛《か》みながら、アリスは上空を見た。

プリンキピアの熱素砲《ねっそほう》は、煮《に》えたぎった溶岩《ようがん》を思わせる赫々《かくかく》とした光を放っている。一千個もの熱素《ねっそ》を圧縮した猛火《もうか》が降り注ぐまで、もう二分もない。

アスナには、キリト経由で救援要請《きゅうえんようせい》を伝えてもらったが、現実世界の彼女の自宅とラース六本木支部《ろっぽんぎしぶ》は直線距離《きょり》で七キロル、いや七キロメートル以上も離《はな》れている。移動だけで二十分、諸々《もろもろ》の準備を含《ふく》めれば倍の時間がかかってもおかしくない。

それを言うなら、三十キロ離《はな》れた街に住んでいるキリトがアスナより早くダイブできるはずがないのだが、詮索《せんさく》はあとでいい。せっかく解放された最上位命令が使えないのは口惜《くちお》しいが、別の対応策を捻《ひね》り出さなくては。

放置されている飛翔盤《ひしょうばん》に飛び乗り、単身プリンキピアに突撃《とつげき》して、命と引《ひ》き換《か》えに熱素砲《ねっそほう》を破壊《はかい》することをアリスが考えた……その時。

突然《とつぜん》、いままで沈黙《ちんもく》していたキリトが、瞬間《しゅんかん》移動じみた勢いで下り階段の入り口へと走った。

もちろん逃げたわけではなく、開口部の手前で立ち止まるや右手を伸ばし、心意《シンイ》の腕《かいな》を発動させる。

「きゃああっ⁉」

という悲鳴とともに、屋上へ文字通《もじどお》り飛び出してきたのは——アリスと同じ機士団《きしだん》の制服を着た、栗色《くりいろ》の髪《かみ》の女性だった。

「……アスナ！」

アリスが叫《さけ》んだ時にはもう、キリトは落ちてくるアスナを横抱《よこだ》きにキャッチしていた。悲鳴を停止させたアスナが、キリトをまじまじと見てから甲高《かんだか》い声を出す。

「ええっ……き、キリトくん⁉　どうやってここに……⁉」

「それはあとで説明する！」

キリトは再び猛《もう》ダッシュで戻《もど》ってくると、ウインドウの前にアスナを立たせて叫《さけ》んだ。

「アスナ、下の四角に、どこでもいいから手をタッチさせてくれ！」

何がどうなっているのか見当もつかない状況《じょうきょう》だろうが、アスナはキリトの表情から緊急性《きんきゅうせい》を察したらしく、何も訊《き》かずに右手を伸ばした。右側の枠《わく》に掌《てのひら》を押し当てると、ぶん……と短い振動音《しんどうおん》が響《ひび》き、枠《わく》が仄《ほの》かな青紫色《せいしょく》に輝《かがや》く。

7

「うわあ……。すっ……ごい眺《なが》めね……」

隣《となり》に立つリズベットが、たっぷりと溜《た》めを入れながら呟《つぶや》いた。

「ほんとですね……」

シリカも深々と頷《うなず》き、一歩前に進んだ。途《と》端《たん》、リズベットにレザーアーマーのストラップを摑《つか》まれてしまう。

「ちょっと、危ないわよ！」

「子供じゃないんですから……」

思わず苦笑《くしょう》してから、おとなしく元の場所に戻《もど》る。

二人が立つ場所からほんの二メートル先で、岩石質の地面がすぱっと垂直に断《た》ち切《き》られて、鋭利《えいり》な稜線《りょうせん》を晒《さら》している。その下は高さ二百メートルの断崖絶壁《だんがいぜつぺき》で、空を飛べないユナイタル・リング世界では、確かに落ちたら即死《そくし》は免《まぬが》れ得《え》ない。

しかし、断崖《だんがい》の南に広がる景色があまりにも壮観《そうかん》すぎて、眺《なが》めているだけで落下死の恐怖《きょうふ》を忘れてしまう。近景にはうっそうとした大森林と、その中央やや右を蛇行《だこう》しながら流れる大河。遠景には茫漠《ぼうばく》たる大草原と、その一角にそびえ立つ異様に急峻《きゅうしゅん》な岩山。そして、それら全てを静かに照らす蒼白《そうはく》の満月——。

フィールドの規模感はアルヴヘイムと大差ないし、あの世界にも高低差二百メートル程度の崖《がけ》はざらに存在する。そもそも、シリカたちの生活と冒険《ぼうけん》の拠点《きょてん》だった新生《しんせい》アインクラッドは、一万メートルもの高さに浮《う》かんでいたのだ。

なのに、ユナイタル・リング世界の風景を眺《なが》めていると、ＡＬＯでは味わったことのない、魂《たましい》が吸い寄せられるような感覚に襲《おそ》われる。単に視覚的な解像度が高いだけではない……頰《ほお》を撫《な》でる風の感触《かんしょく》、土と草と水の香り、彼方《かなた》で響《ひび》く獣《けもの》の遠吠《とおぼ》え、五感に入力される情報の全てが圧倒的《あっとうてき》なリアリティを備えているので、あたかも本物の異世界に佇《たたず》んでいるかのような旅情を感じてしまうのだ。ここまでの異邦感《いほうかん》を味わうのは、ソードアート・オンラインに囚《とら》われていた頃《ころ》以来かもしれない。

いや、正確にはあと一度だけある。忘れもしない今年の七月七日早朝、ユイの要請《ようせい》を受けてダイブした真なる異世界アンダーワールド。シリカたちが出現したのは、ダークテリトリーと呼ばれる不毛の荒野《こうや》だったが、それでも砂の一粒一粒《ひとつぶひとつぶ》までが再現されているかの如《ごと》き高精細さに驚愕《きょうがく》したものだ。

現実世界では、あれからもうすぐ三ヶ月が経《た》つ。シリカは異界戦争《いかいせんそう》の全貌《ぜんぼう》までは知らないが、多くの血が流れたあの戦い以降も、時間加速されたアンダーワールドでは動乱が続いたらしい。ログアウトせずに残ったキリトとアスナの尽力《じんりょく》もあり、ようやく平和な時代が訪《おとず》れて、それはいまも保たれているものと思っていたのだが……。

　シリカは振り向き、北を見やった。

　左前方に、半ば崩《くず》れた石造りの四阿《あずまや》がある。断崖《だんがい》の上と下を繋《つな》ぐ、長大な階段ダンジョンの出口だ。

　そこから、うっすらとした小道が荒《あ》れ地《ち》を貫《つらぬ》いて北へ延びている。道を十分ばかり走ると、下界のマルバ川ほどではないがかなり大きな川にぶつかる。その川を渡《わた》った対岸には小規模な村の廃墟《はいきょ》があり、リズベット以外の仲間たち——シノン、クライン、アルゴ、リーファ、ユイ、ホルガー、ザリオン、シシー、フリスコルと、ペットのアガーとクロ、そしてログアウト中のキリトとアスナはそこにいる。

　シリカとリズベットがわざわざ川を渡《わた》り、二キロ近くも走ってこの場所に戻《もど》ってきたのは、四阿《あずまや》から廃墟《はいきょ》までのルートを改めて偵察《ていさつ》するためだ。

　全体像を見たわけではないが、どうやらユナイタル・リング世界は、円盤状《えんばんじょう》のフィールドが三段積み重なった構造をしているらしい。ＡＬＯ組のスタート地点となったスティス遺跡《いせき》は、一段目のほぼ南端《なんたん》に存在する。そこから二十五キロ北に行ったところに、元キリトタウンことラスナリオの街があり、そのさらに三キロ北に高さ二百メートルの断崖《だんがい》——《最果《さいは》ての壁《かべ》》がそびえる。階段ダンジョンで断崖《だんがい》を上った先、つまりいまシリカたちが立っているこの場所が、二段目フィールドのとば口というわけだ。

ユナイタル・リングに集められた全プレイヤーの目標は、まだ見ぬ三段目フィールドの中心、《極光《きょっこう》の指し示す地》に誰《だれ》よりも早く到達《とうたつ》すること。当然、シリカたちも一番乗りを狙《ねら》っているのだが、闇雲《やみくも》に突《つ》っ走《ぱし》るだけでゴールできるほどこの世界は甘くない。

飢えポイント《SP》、渇きポイント《TP》の存在と、クラフト機能の異様なまでの充実《じゅうじつ》は、ユナイタル・リングの本質がサバイバルRPGであることを示している。つまりこの世界では補給態勢《ほきゅうたいせい》が何より重要なのだ。となると、二段目フィールドに到達《とうたつ》したいま真っ先に考えるべきことは、新たな拠点《きょてん》の構築と、本拠点《ほんきょてん》であるラスナリオからの補給線《ほきゅうせん》の確保。モンスターが跋扈《ばっこ》する階段ダンジョンを何度も往復するのは、いかにも効率が悪い。

「ここから廃墟《はいきょ》までのルート上には、モンスターはほとんど湧《わ》かないっぽいね」

リズベットの声に、シリカは左肩《ひだりかた》でうとうとしているピナを撫《な》でながら言った。

「そうですね……やっぱり第二拠点《きょてん》は、あの廃墟《はいきょ》に造るのがいいと思います」

「建物も利用できるしね。あとは、こことラスナリオをどう結ぶかだよねぇ～。崖《がけ》の外に階段、造れないかなあ～」

「キリトさんは、それを妨害《ぼうがい》するギミックがあるんじゃないかって言ってましたね……。崖《がけ》の途中《とちゅう》に、めちゃくちゃ強いモンスターが巣くってるとか……」

「あー、ありそう。家を建てただけでクマだのイノシシだのが襲《おそ》ってくるくらいだもんね……。うーん……」

ひとしきり唸《うな》ると、リズベットは再び体を反転させて断崖《だんがい》のほうを向いた。なおも唸《うな》り声《ごえ》を上げながら、すたすた歩き始める。それを見て、シリカは慌《あわ》てて叫《さけ》んだ。

「ちょ、ちょっと！　危ないって言ったのリズさんですよ！」

「え……あっ、ごめんごめん」

ぺろりと舌を出し、ストレージを開く。取り出したのは、棒結びにまとめられたロープだ。

この世界に飛ばされてきたばかりの頃《ころ》は、どこにでも生えているアマネ草という植物の葉を撚《よ》り合《あ》わせただけの《粗雑《そざつ》な細縄》ばかり使っていたが、ラスナリオの街が発展した現在では亜麻《あま》の繊維《せんい》を三つ打ちにした《丈夫《じょうぶ》な麻縄《あさなわ》》、すなわちリネンロープをバシン族《ぞく》が営《いとな》む店で入手できるようになっている。

アマネ草のロープより遥《はる》かに強靱《きょうじん》なそれを解くと、リズベットは片端《かたはし》を近くに生えている低木の幹に結び、反対の端《はし》を自分のベルトに通してからシリカに投げてきた。

「あんたもベルトに通して、あっちの木に結んで」

「……了解《りょうかい》です」

言われたとおりにすると、シリカは念のためにロープを強く引いた。仮想世界なのだから、ロープかベルトか低木の耐久度《たいきゅうど》がゼロにならない限りは大丈夫《だいじょうぶ》と頭では解《わか》っているが、亜麻《あま》のちくちくする手触《てざわ》りがリアルすぎてつい確かめたくなってしまう。

「結びましたけど……まさか、崖《がけ》を降りたりはしないですよね？」

「しないしない！　降りるにはロープの長さがぜんぜん足りないでしょ」

もっともなことを言うと、リズベットは崖際《がけぎわ》に近づき、腹ばいになった。頭だけを稜線《りょうせん》から突き出し、真下を覗《のぞ》き込む。

スリルを味わいたいだけじゃなかろうな……と思いながら、シリカはピナを地面に下ろし、リズベットの隣《となり》でうつ伏《ぶ》せになった。じりじりと前進し、同じように断崖《だんがい》を見下ろす。

途端《とたん》、軽い目眩《めまい》に襲《おそ》われる。二百メートルといえば、東京都庁《とうきょうとちょう》の展望室とほぼ同じ高さだ。街灯はなくとも、仮想世界ならではの明るい月光と暗視スキルのおかげで眼下の森もはっきり見える。

広大なゼルエテリオ大森林の一角で、温かい柑子色《こうじいろ》の光を放っているのがラスナリオの街。そこから真下まで視線を動かすと、丸く枝葉を広げたひときわ立派な広葉樹が目に入る。あの樹冠《じゅかん》の中にあるドーム状の空間には、《ギルナリス・ホーネット》というハチ型モンスターが巨大《きょだい》な巣を築いていた。こちらは二十四人もいたのにあわや犠牲者《ぎせいしゃ》を出すところだったので、遅《おく》れて合流したキリトたちに、ハチの群れが再湧出《リポップ》していなかったと聞いた時には心底ほっとしたものだ。

しかし、今後もずっと復活しないという保証はないし、ドームの中に入り口がある階段ダンジョンの雑魚《ざこ》モンスターは湧《わ》いていたらしいので、安定した補給線を確保するためには確かにドームとダンジョンを迂回《うかい》できるルートを構築したいところだ。それに、シリカがテイムしたトゲバリホラアナグマのミーシャは体格的にダンジョンを通れないので、第二階層まで連れてこようと思ったら別の移動手段が必要になる。せっかく、アインクラッドやアルヴヘイムでは不可能だった《フィールドでの自由建築》が許されているゲームなのだから、それを活用しない手はない。

「壁《かべ》がほとんど垂直だから、資材さえあれば外階段を設置できそうですけどね……」

シリカが呟《つぶや》くと、リズベットが頷《うなず》く気配がした。

「だよねー。でもさ、ほら、あそこ……見える？」

そう言いながら、さらに十五センチほど身を乗り出して絶壁《ぜっぺき》の一点を指差す。よく考えたら、同じロープで繋《つな》がっているのだから、リズベットが滑落《かつらく》したら自分も道連れなのでは……と思いながらシリカも少しだけ前進し、じっと目を凝《こ》らした。

崖《がけ》の中腹、高さ百メートルあたりの場所が、おにぎり型に窪《くぼ》んでいる――ように見える。窪《くぼ》みの幅《はば》も高さも、二階建ての家くらいある。奥行《おくゆ》きは不明だが、陰影《いんえい》の感じからしてそれ以上に凹《へこ》んでいそうだ。

「あんなでっかい窪《くぼ》み、どうして下から見上げた時に気付かなかったんだろ……」

独りごちるシリカの視界で、リズベットの指がひらひら動いた。

「あの森、林冠《りんかん》にぜんぜん隙間《すきま》がないからね。森の中を歩いてる時は、崖《がけ》なんてほとんど見えなかったし、森の端《はし》からだと角度が急すぎて見えないんだろうね」

「なるほど……。リズさんはどうして気付いたんです？」

「ダンジョンを上ってる時に、階段の途中《とちゅう》で唸《うな》り声《ごえ》みたいなのが聞こえた気がしたんだよね。てっきりボスの声かなって思ったんだけど、ボスはゴーレムだったじゃん？」

「えっ、それだけで崖《がけ》の外に何かいると思ったんですか？」

「だって、いかにもでしょ」

平然と言い切るリズベットに思わず唖然《あぜん》とさせられるが、しかし確かにいかにもではある。フルダイブ以前のオープンワールドRPGでも、《かすかな足音や唸《うな》り声《ごえ》》は定番のヒントであり警告だった。声が聞こえたなら、それを発した何かが必ず近くにいるのだ。

「……キリトさんの推測、当たってそうですね。あの窪《くぼ》みの中に激強《ゲキツヨ》モンスターが潜《ひそ》んでて、崖《がけ》を外から登ろうとすると襲《おそ》ってくる……」

「問題は、反応圏《はんのうけん》がどれくらいの広さなのかよね」

「単純な球形じゃない……でしょうね。この崖《がけ》は東西にぐるっと何百キロも続いてますから、一匹《ぴき》でかなりの広範囲《こうはんい》をカバーしてるはずです」

「真ん中あたりまで登ると襲《おそ》ってくるとかかなー」

「安全にチェックできる方法があるといいんですけどね……」

二人同時に、うーむと考え込む。

このゲームを作った何者かとしては、《最果《さいは》ての壁《かべ》》は簡単には行き来できないようにして、第二階層の拠点《きょてん》は再びゼロから造らせたいのかもしれない。しかし、ユイを拉致《らち》しようとした《アポカリプティック・デート》の獣人《セリアン》たち曰《いわ》く、壁《かべ》からほんの数キロの場所に大規模な拠点《きょてん》というか街を築くことに成功した勢力は、現時点ではキリトチームの他には存在しないらしい。ならば、そのアドバンテージはどうしても活《い》かしたい。

「せめて、モンスターの顔くらいは拝みたいよねえー」

「うーん……」

再び首を傾《かたむ》けながら、シリカは特にあてもなくストレージを開いた。強制コンバートからの一週間で、なんだかんだと溜《た》まってしまった雑多なアイテムを指先でスクロールさせていく。半分以上が石やら丸太やらの素材類で、次に多いのが水と食料。ＡＬＯではお店を開けるほど持っていたお洒落《しゃれ》用《よう》の装備品など一つもない。

使えそうなものはないっぽいなあ……と思いつつ、新規入手順に並んでいるアイテム欄《らん》を、いちばん底までスクロールした時だった。細縄やら小石の中に、《素焼《すや》きの壺《つぼ》》がたった一つ、ぽつんと存在しているのを見つけてシリカは首を傾《かし》げた。

飲み水は全て、ラスナリオのログハウスで作った素焼《すや》きの瓶《びん》に保存していて、アイテム名も《水入りの素焼《すや》き瓶《びん》》に変わっているはずだ。単なる空っぽの壺《つぼ》かとも思ったが、その場合はアイテム名が《素焼《すや》きの壺《つぼ》（空）》になる。

ずりずりと後退してから上体を起こし、壺《つぼ》の名前をタップして実体化。ウインドウ上に出現した小さめの壺《つぼ》は、蓋《ふた》が蠟《ろう》のような物質で密封《みっぷう》されている。改めてタップし、プロパティ窓を覗《のぞ》き込む。アイテム名と重量、耐久度《たいきゅうど》の下に小さな文字で書いてある解説文は──。

【何かが入っている素焼《すや》きの壺《つぼ》。蓋《ふた》を開けないと中身は解《わか》らない】

「なんやソレ！」

思わず叫《さけ》んでしまうシリカに、リズベットが怪訝《けげん》そうな顔を向けてくる。

「シリカ、何なのそれ？」

「それが解《わか》らないんですよ……。入手時間の降順でソートしたら、手に入れたのは初日みたいなんですが」

「ふうん……。開けてみなさいよ」

あっさりと言い放つリズベットに、シリカは両手で壺《つぼ》をずいっと差し出した。

「だったら、リズさん開けてください」

「なんであたしが⁉　あんたのツボでしょ」

「何かいいもの入ってたらリズさんにあげますよ」

「おっ、言ったな！　宝石がギッシリ入ってても全部貰《もら》うからね！」

ニッと笑うと、リズベットは壺《つぼ》を受け取った。ベルトからナイフ──もちろん石器ではなく自作の鋼鉄製だ──を抜き、蓋《ふた》を封印《ふういん》している蠟《ろう》に切り込みを入れていく。

切っ先が一周すると、壺《つぼ》全体がかすかにフラッシュした。アイテム名も変化したはずだが、開けたほうが早い。

リズベットは、気を持たせるようにゆっくりナイフを鞘《さや》に収め、蓋《ふた》のつまみを指先で摑《つか》んだ。さらにたっぷり三秒ほども焦《じ》らしてから、ぱかっと蓋《ふた》を持ち上げる。途端《とたん》——。

「「くっっっっさ‼」」

二人は声を揃《そろ》えて叫《さけ》んでしまった。近くの草むらで寝ていたピナまでもが、「きゅぺっ！」と聞いたことのない声を出す。

凄《すさ》まじいニオイだ。単なる悪臭《あくしゅう》や腐敗臭《ふはいしゅう》ではなく、無数の匂《にお》い成分が極限まで凝縮《ぎょうしゅく》された、超濃密《ちょうのうみつ》な発酵臭《はっこうしゅう》とでも言うべきものが鼻腔《びこう》から頭のてっぺんを痛撃《つうげき》してくる。

「だ、だんだどよごで！」

不明瞭《ふめいりょう》な声で喚《わめ》くリズベットに、シリカも鼻呼吸を止めつつ叫《さけ》び返した。

「でぃずさん、ぶた、ぶた！」

「豚《ぶた》ってばび……ああ、蓋《ふた》か」

リズベットが蓋《ふた》を閉めても、匂《にお》いは夜風に抗《あらが》ってしぶとく居座《いすわ》り続け、約十秒後にようやく消えた。

すーはーと何度も呼吸を繰《く》り返《かえ》してから、シリカは右手を伸ばしてもう一度壺《つぼ》をタップし、プロパティ窓を出した。予想したとおり、アイテム名が変わっている。【素焼《すや》きの壺《つぼ》】から、【完全熟成イヅラスープ入りの壺《つぼ》】に。

「「完全熟成イヅラスープぅ……？」」

再びリズベットと異口同音に呟《つぶや》き、顔を見合わせる。イヅラというのは、ギヨル平原に生えている草の名前だったはず……いや、それともう一つ。

「シロダツ！」とリズベットが叫《さけ》び、

「ニイモジ！」とシリカも叫《さけ》んだ。直後、至近距離《きょより》から睨《にら》み合《あ》う。

ユイによれば、シロダツもニイモジも、ズイキ——すなわちサトイモ類の茎《くき》の異名らしい。ギヨル平原の盆地《ぼんち》で暮らすバシン族《ぞく》というNPCは、荒縄状《あらなわじょう》に編んだイヅラ草の煮《に》込み料理が大好物で、その食感がズイキの煮物《にもの》にそっくりなのだ。シリカとリズベットとユイは、初日の夜にバシン族《ぞく》と出会い、テントに招かれてイヅラスープを振《ふ》る舞《ま》われ、シリカはお代わりまでしてしまった。確かにまた食べたいと思ってはいたが、それがなぜストレージに入っていて、しかも凄《すさ》まじい匂《にお》いを放っているのか。

再び首を捻《ひね》りながら、プロパティ窓の解説テキストを読む。

【壺《つぼ》に密封《みっぷう》し、一週間かけて発酵《はっこう》熟成させたイヅラスープ。成功率が低く、ほとんどは途中《とちゅう》で壺《つぼ》が破裂《はれつ》してしまう。完全に熟成したものはバシン族《ぞく》にとって最高の美味とされ、一人で一壺《ひとつぼ》完食した者は勇者と讃《たた》えられる】

「……ストレージの中で破裂《はれつ》したらどうなってたんだろ……」

その惨状《さんじょう》を想像し、ぶるりと体を震《ふる》わせてから、シリカは言った。

「イヅラスープの壺《つぼ》がなんであたしのストレージに入ってたのかは謎《なぞ》ですけど、一週間かけて熟成したってことみたいですね……。ストレージ内の食べ物は腐《くさ》らないはずですけど、熟成は別なのかな……」

「最高の美味なのに、完食したら勇者って矛盾《むじゅん》してない？」

リズベットの疑問はもっともだが、答えはバシン族《ぞく》に訊《き》かなければ解《わか》らない。どうであれ、完食チャレンジするつもりはないし、再びストレージに戻《もど》すのも御免被《ごめんこうむ》る。

「リズさん、食べます？」

いちおう確認《かくにん》したが、無言で激しくかぶりを振るので、シリカは壺《つぼ》を持ち上げて近くの岩の上に置いた。耐久度《たいきゅうど》がいつまで保つかは不明だが、これが餓死《がし》寸前の誰《だれ》かを救うことだって、絶対にないとは言えない。

時刻はもうすぐ午前零時《れいじ》。崖《がけ》に潜《ひそ》むモンスターをおびき出すことはできなかったが、廃墟《はいきょ》へのルートの安全を確認《かくにん》できただけでも良しとしなくては。

「じゃあそろそろ……」

戻《もど》りますか、という言葉をシリカは呑《の》み込んだ。置いたばかりの壺《つぼ》をまじまじと眺《なが》めてから、リズベットに視線を戻《もど》す。

「ねえ、リズさん」

「やっぱり食べるの？」

「食べません！　そうじゃなくて……あの壺《つぼ》、窪《くぼ》みに落としたらどうなると思います？」

「……………」

しばし沈黙《ちんもく》してから、リズベットは言った。

「嗅覚《きゅうかく》があるモンスターなら、マジギレすると思う」

「ここまで登ってきますかね？」

「登ってきたら、ロープを切って四阿《あずまや》の階段に逃げ込めばいいんじゃない？　いくらなんでもダンジョンの中までは追いかけてこないでしょ」

「……信じますね、リズさん！」

にっこり微笑《ほほえ》みかけると、シリカは再び熟成イヅラスープ入りの壺《つぼ》を手に取った。ベルトに通した命綱《いのちづな》が木の幹にしっかり固定されていることを確かめてから、崖際《がけぎわ》までそろそろ歩いて下を覗《のぞ》き込む。

問題の窪《くぼ》みは、底面が岩棚状《いわだなじょう》に一メートルばかり突き出している。崖《がけ》に沿って壺《つぼ》を落とせば岩棚《いわだな》に衝突《しょうとつ》させられそうだが、ぎりぎりを狙《ねら》いすぎて壁面《へきめん》の凹凸《おうとつ》に接触《せっしょく》するとそこで割れるか、弾《はじ》かれて岩棚《いわだな》の外まで飛んでいってしまうだろう。

壺《つぼ》を持った両腕《りょううで》を虚空《こくう》に突き出し、慎重《しんちょう》に狙《ねら》いを定める。横向きの力がわずかでも加われば、どこに飛んでいくか解《わか》らない。真下に垂直落下させるべく、両手に伝わる重さに神経を集中し、均等になったと感じた瞬間《しゅんかん》にそっと手を離《はな》す。

途端《とたん》、シリカの体がぐらっと前に傾《かたむ》いた。しかし、背後のリズベットがそれを予期していたかのように命綱《いのちづな》を引いてくれたので、危《あや》うく墜死《ついし》を免《まぬが》れる。

危険を冒《おか》した甲斐《かい》あって、壺《つぼ》は完璧《かんぺき》な等加速度《とうかそくど》直線運動《ちょくせんうんどう》で落下していき、たちまち夜闇《やあん》に紛《まぎ》れて見えなくなり──およそ四・五秒後に、パリーンとかすかな破砕音《はさいおん》が聞こえた。

隣《となり》に進み出てきたリズベットと一緒《いっしょ》に、鼻をくんくんさせてしまう。さすがに百メートルも離《はな》れていれば匂《にお》いは感じられないだろうと思ったが、例の曰《いわ》く言《い》いがたい発酵臭《はっこうしゅう》が上昇《じょうしょう》気流に乗ってごくかすかに届いてくる。

思わず一歩下がりかけた、その時。

長い革紐《かわひも》を高速で振り回すかのような、異様な音が耳朶《じだ》を打った。それが生き物の咆哮《ほうこう》だと気付くのに、少し時間がかかった。

リズベットと顔を見合わせてから、恐《おそ》る恐《おそ》る断崖《だんがい》を覗《のぞ》き込む。

ほとんど同時に、遥《はる》か下方の窪《くぼ》みから、真っ黒い影《かげ》が飛び出してきた。

幅《はば》は三メートル強、長さはその二倍近くありそうだ。細部は定《さだ》かでないが、獣《けもの》でも鳥でもドラゴンでもない。単純な長楕円型《ちょうだえんけい》をした胴体《どうたい》の両側が、小刻みに波打っているように見える。

あれは……脚《あし》だ。細くて短い、といっても五十センチはある節足が体の側面に何十本も生え、それで岩肌《いわはだ》をしっかりとホールドしている。全体の印象は、超巨大《ちょうきょだい》なフナムシかワラジムシといったところか。

巨大《きょだい》節足動物は、窪《くぼ》み——巣穴の数メートル上で静止し、長い触覚《しょっかく》をゆらゆらと動かした。すぐに何かを感知したらしく、再び「ビュルルルウウウッ！」と奇怪《きかい》な声で吼《ほ》えると、巨体《きょたい》に見合わないスピードで垂直の断崖《だんがい》をまっすぐ駆《か》け上《のぼ》ってくる。

「……あれ、ここまで来るんじゃないですか？」

シリカが言うと、リズベットが「そうかも」と首肯《しゅこう》し、二人の間で崖下《がけした》を覗《のぞ》いていたピナも「きゅいー」と鳴いた。

熟成イヅラスープの芳香《ほうこう》が攻撃《こうげき》判定されたのか、巨大《きょだい》フナムシの頭上には深紅《しんく》のスピンドルカーソルが浮《う》かんでいる。HPバーは三日前に死闘《しとう》を演じた超大型《ちょうおおがた》モンスター、《ザ・ライフハーベスター》と同じ三段で、固有名は【Genoligia】。ジェノリジア……と読めるが、意味はまったく解《わか》らない。

節足をざわざわ波打たせながら疾走《しっそう》するジェノリジアは、あっという間に中間地点を突破《とっぱ》し、さらに登攀《とはん》を続ける。

「逃げましょう！」

シリカは叫《さけ》び、ピナを抱《かか》え上げた。リズベットも異論はないようで、素早《すばや》くナイフを抜いて命綱《いのちづな》を切る。二人同時にくるりと振り向き、四阿《あずまや》めがけてダッシュ——しようとしたその寸前、細波《さざなみ》のようなジェノリジアの足音が途《と》切《ぎ》れた。

前傾《ぜんけい》姿勢を維持《いじ》したまま、しばし耳を澄《す》ませる。しかし、聞こえるのは夜風が周囲の低木を揺《ゆ》らす音だけ。

これ絶対、油断させておいて実は目の前まで来てるやつでしょ……と思いつつも、シリカはじりじり崖《がけ》に近づき、下をちらりと覗《のぞ》いた。

すると、ジェノリジアは三十メートルほど下、つまり高さ百七十メートルあたりで停止し、体長の半分ほどもある触覚《しょっかく》をゆらゆらさせていた。この距離《きょり》からだと、月明かりに照らされた細部がくっきりと視認《しにん》できる。

全長六メートルの巨体《きょたい》は無数の体節に分かれ、脚《あし》はとても数え切れない。丸っこい頭部には湾曲《わんきょく》した複眼が二つと丸い単眼が四つ並び、口からは鉄骨カッターじみた大顎《おおあご》が突き出ている。あの顎《あご》に挟《はさ》まれたら、分厚い装甲《そうこう》を持つカブトムシ人間のザリオンでさえ、三秒もかからずに真っ二つにされてしまうだろう。

ジェノリジアは、明らかにシリカたちを感知している──それどころか巣穴に激臭爆弾《げきしゅうばくだん》を投げ込んだ張本人だということさえ認識《にんしき》している様子だが、三十メートルラインから動こうとしない。数秒後、不満そうに体の向きを変え、ゆっくり崖《がけ》を降りていく。

ふうーっと息を吐《は》いたリズベットが、右手にナイフを握《にぎ》ったまま言った。

「どうやら、あのへんから上には移動できないみたいね……」

「ですね。垂直方向の移動範囲《はんい》は、巣穴から上下に七十メートルずつって感じでしょうか」

「だね。でもたぶん、水平方向には何キロも動くんじゃないかな。あいつが止まったあたりをよーく見ると、崖《がけ》の色……っていうか質感が、上下でちょっと違《ちが》うと思わない？」

言われてみれば、ジェノリジアが止まったラインから下は、岩肌《いわはだ》の光沢感《こうたくかん》が少しばかり強い気がする。

「……あいつが這《は》い回《まわ》ってるエリアは、摩擦《まさつ》で岩肌《いわはだ》が磨《みが》かれたみたいになってる……ってことですか？」

「たぶんね。森の中の見晴らしがいい場所から昼間にチェックすれば、移動範囲《はんい》を絞《しぼ》り込めると思う」

「じゃあ、そこから充分《じゅうぶん》に離《はな》れれば、階段を設置できるかも……」

「それはどうかな……。あのクソデカフナムシの縄張りを回避《かいひ》しても、別のモンスターが崖《がけ》を守ってる可能性が高いよ」

「そっか……パッテル族《ぞく》やバシン族《ぞく》に、《最果《さいは》ての壁《かべ》を登るべからず》っていう掟《おきて》があるのは、どこであれ登ったらあの手のモンスターに必ず襲《おそ》われるから、なのかもですね」

「うん。残念だけど、この崖《がけ》に補給ルートを作るのは無理じゃないかな……」

リズベットの言葉に、シリカはこくりと頷《うなず》いた。垂直の壁面《へきめん》を自由自在に高速移動できる、しかもゲージ三段クラスのボスモンスターと、高さ二百メートルの断崖《だんがい》で戦うのは危険すぎる。

他の方法もあるのかもしれないが——たとえば崖上《がけうえ》から巣穴に油を流し込んで火をつけるとか——、そういう奇策《きさく》を弄《ろう》すると、縄張りラインを越《こ》えて攻撃《こうげき》してくるという可能性もないとは言えない。何せ、ちょっと匂《にお》うスープを放り込まれただけであれほど怒《おこ》ったのだ。ちょっと、ではなかったかもしれないが。

「……障壁《しょうへき》ボスの情報をゲットできただけでも良しとしましょうか」

そう応じ、シリカは両腕《りょううで》で抱《かか》えていたピナを頭に乗せた。

最後にもう一度、眼下に広がる大森林と、その一隅《いちぐう》に灯《とも》るオレンジ色の光を見詰《みつ》める。今後、第二階層に新たな拠点《きょてん》を築くなら、ラスナリオの街にはしばらく帰れないかもしれない。

豊富な素材に囲まれたあの場所にログハウスが落ちたのは偶然《ぐうぜん》の成り行きだったらしいし、墜落《ついらく》の衝撃《しょうげき》で壊《こわ》れなかったのも、数々の危難から守り抜くことができたのも、あれほど大きな街に発展したのも、チーム全員の頑張《がんば》りはもちろんのこと、同じくらいの幸運にも恵《めぐ》まれたおかげだ。

家の所有者はキリトとアスナだが、シリカにとっても、たぶんリズベットや他の仲間たちにとっても、あのログハウスは大切なホーム……仮想世界にあるもう一つの我《わ》が家《や》とさえ呼べる場所なのだ。

——絶対に、帰ってくるからね。

心の中でラスナリオの灯火《ともしび》に語りかけ、シリカは振り向いた。

すると、リズベットが先ほど切断した麻縄《あさなわ》を両手に持ち、じっと見入っていた。

「……ロープ、切らせちゃってすみませんでした。あたし、《麻《あさ》の繊維《せんい》》を持ってますから、廃墟《はいきょ》に戻《もど》ったら修繕《しゅうぜん》を……」

シリカの謝罪を、リズベットは大きくかぶりを振って遮《さえぎ》った。

「あ、違《ちが》う違《ちが》う、そうじゃなくて。……この世界のロープって、最長で何メートルくらいまで延ばせるんだろ？」

「へ？」

予想外の問いに、何度か瞬《まばた》きしてからシリカは答えた。

「……同じ種類のロープの端《はし》同士は、素材アイテムを使えば繋《つな》ぎ合《あ》わせられるわけですから……現実世界と同じで、延ばすだけならいくらでも延ばせるんじゃないですか？　ただ……」

果てしなく長いロープを思《おも》い浮《う》かべながら、言葉を続ける。

「延ばせばそれだけ重くなるわけで、いつかはロープ自体の重量が耐久度《たいきゅうど》を上回っちゃって、空中に張っただけで切れるようになる気がします」

「だよね……」

同じ結論に至っていたらしく、リズベットは深々と頷《うなず》いてから言った。

「だったら、チョー軽くてチョー強いロープがあったら、す～っごい遠くまで張《は》り渡《わた》せるってことだよね」

「そ、それはまあ……。──遠くって、百メートルとかですか？」

「ううん、三キロ」

「さ、三キロぉ⁉」

思わず叫《さけ》んでしまう。

確か、箱根《はこね》のロープウェイが全長四キロメートルくらいだったと記憶《きおく》しているが、ロープは太い鋼鉄製だし、それを支える柱も十本以上あったはずだ。支柱なしで張《は》り渡《わた》されたロープの世界最長記録までは知らないが、三キロはいくらなんでも不可能だろう。現実世界の科学力でできないことが、まだ麻縄《あさなわ》しか作れないユナイタル・リング世界で実現できるとは思えない。

そもそも、リズベットはなぜそんなことを──。

そこまで考えを巡《めぐ》らせた時、シリカの脳裏《のうり》に一つのイメージが浮《う》かんだ。

素早《すばや》く振り向き、再びラスナリオの灯《あか》りを見る。体の向きを戻《もど》し、リズベットの手から垂れ下がるロープを眺《なが》める。

「……まさか、ここと、ラスナリオを、あの……斜《なな》めのロープを滑車《かっしゃ》でしゅばーって降りるやつ……」

「ジップライン」

「それ！　ジップラインで繋《つな》ぐつもりですか？」

「イエス！」

両手のロープをぐっと持ち上げるリズベットを、シリカはしばし呆然《ぼうぜん》と見詰《みつ》めた。

五秒ほどしてから口を開き、勘違《かんちが》いを一つ指摘《してき》する。

「……ロープが三キロじゃ足りませんよ。ここはラスナリオより二百メートル高いんですから、三平方の定理で……」

「あ、そっか。えーと、底辺が三千で高さが二百ってことは、斜辺《しゃへん》の長さは……うーんと……」

「リズさん、受験生ですよね？」

「やなこと思い出させないでよ」

渋面《じゅうめん》を作ったものの、リズベットはなかなかの速度で暗算してみせた。

「三千の二乗が九百万、二百の二乗が四万、足して九百四万の平方根は……三千六てんなんぼ？　ほとんど誤差じゃん！」

「ロープがたるむぶんと、結束に使うぶんも計算に入れると、プラス百メートルくらいは必要でしょうね。それに……傾斜《けいしゃ》も四度ないくらいだから、ちゃんと滑《すべ》り降《お》りられるかどうか……」

「四度の坂をナメちゃなんねー！　アシストなしのチャリだとだいぶキツイよ！」

「はいはい」

頷《うなず》いてから、シリカはもう一度ラスナリオの灯《あか》りを見やった。

話を聞いた瞬間《しゅんかん》に無茶だと思ってしまったが、脳裏《のうり》に浮《う》かんだイメージはいっこうに消える気配がない。それどころか、時間が経《た》つにつれどんどん鮮《あざ》やかになっていく。

この場所とラスナリオをロープで繋《つな》ぎ、猛《もう》スピードで滑降《かっこう》できたらどんなに爽快《そうかい》だろうか。

それに、ジップラインなら断崖《だんがい》に近づかずに済む。仮にジェノリジアが遠隔攻撃《えんかくこうげき》能力を持っていたとしても、ラインを三十メートル降下した時には、崖《がけ》から四百メートル以上も離《はな》れている計算になる。どんな遠隔攻撃《えんかくこうげき》だろうと、その距離《きょり》まで届くとは到底《とうてい》思えない。

「……実現可能かどうかはさておき、みんなに相談してみる価値はありそうですね」

ラスナリオを見下ろしたままシリカが言うと、隣《となり》に進み出てきたリズベットが芝居《しばい》がかった口調で諳《そら》んじた。

「できると信じれば、半分はできたようなものだ……セオドア・ルーズベルト」

8

白金台駅《しろかねだいえき》の二番出口から地上に出ると、ちょうど雨が降り始めたところだった。

明日奈《あすな》はステンカラーコートのボタンを首元まで留《と》め、ショルダーバッグから折《お》り畳《たた》み傘《がさ》を出して広げると、目黒通《めぐろどお》りの歩道を北東方向に歩き始めた。

十月四日日曜日、午前十時四十分。近辺にはこれという商業施設《しせつ》も観光スポットもないので、休日でも通行人の姿はまばらだ。

白基調のマンションやオフィスビルが立ち並ぶ通りを、足早に進む。この道を歩くのはほぼ四年ぶりだが、風景はほとんど変わっていない。

やがて通りの左側に、スクールゾーンを示す緑色に塗《ぬ》られた脇道《わきみち》が現れる。そちらに折れて五分も行けば、かつて明日奈が通っていた学校──私立エテルナ女子学院の校門に辿《たど》り着《つ》く。

しかし明日奈は脇道《わきみち》をちらりと見ただけで通り過ぎ、そのまま高輪《たかなわ》方面へ続く坂を下る。

緩《ゆる》やかな右カーブの途中《とちゅう》にある横断歩道で、通りの反対側に渡《わた》る。目の前にそびえる老舗《しにせ》のシティホテルが、今日の目的地だ。エントランスキャノピーの下で傘《かさ》の水滴《すいてき》を払《はら》って折《お》り畳《たた》み、二段構えの自動ドアを通《とお》り抜ける。

暖房《だんぼう》が程《ほど》よく効いたメインロビーを斜《なな》めに横切り、ラウンジカフェへ。案内のウェイターに

「待ち合わせです」と告げ、奥へ進む。事前にメールでテーブルの位置を知らされているので、きょろきょろ探す必要はない。

広い店内は、正面の壁一面《かべいちめん》がガラス張りになっていて、見事に紅葉した中庭を一望できる。ガラス窓の手前に並ぶ二人席は半分以上空いているが、伝えられたのは右の壁際《かべぎわ》の四人席だ。明日奈《あすな》がそちらに近づいていくと、その気配を感じたのか一人で座っていた待ち合わせ相手が顔を上げ、人懐《ひとなつ》こい笑《え》みを浮《う》かべた。

「おっす、アーちゃん」

「こんにちは、アルゴさん」

立とうとする《鼠《ねずみ》》のアルゴこと帆坂朋《ほさかとも》を押しとどめ、明日奈はコートを脱《ぬ》いだ。四人席は丸テーブルの周りにアームチェアが二脚《きゃく》とソファーが一脚《きゃく》という構成で、朋は壁側《かべがわ》のチェアに座っているので、コートとバッグをソファーの隅《すみ》に置いてその横に腰掛《こしか》ける。

「悪いナ、朝っぱらから」

申し訳なさそうに言う朋は、グレーのモヘアニットにカーキのベアトップサロペットという秋らしい出《い》で立《た》ちだ。トレードマークの芥子色《からしいろ》のシェルパーカーは、畳《たた》んで丸テーブルの下段に入れてある。

「ううん、ぜんぜん。昨夜《ゆうべ》はしっかり眠《ねむ》れたから」

「そっか、そりゃ良かっタ」

挨拶《あいさつ》が終わるのを見計らったように、ウェイトレスがお冷やとおしぼりとメニューを中央の丸テーブルに並べ、一礼して去った。朋《とも》の前にも水のグラスしかないので、明日奈《あすな》が来るまで待っていたようだ。

「今日はオレっちのオゴリだから、何でも好きなもの頼《たの》んでくれヨ……と言いたいとこだケド、ケーキセットまでにしといてくれると助《たす》かル」

率直《そっちょく》な発言に思わず苦笑《くしょう》してから、明日奈は答えた。

「いいわよ、奢《おご》りだなんて。ケーキセットだって安くないし」

「イヤイヤ、呼び出した相手に財布《さいふ》まで出させたら情報屋の沽券《こけん》に関わるヨ」

「……そこまで言うなら、ありがたくご馳走《ちそう》になるわね」

引き下がり、メニューを開く。フードはほとんどが三千円超《ご》え、ドリンクも二千円前後と、帰還者《きかんしゃ》学校の食堂と比べると大げさではなく一桁《ひとけた》高い。その中でケーキセットは二千二百円とリーズナブル……とは到底《とうてい》言えないが、朋は高校生でありながら国内最大手のゲームメディア《MMOトゥデイ》でライター兼《けん》リサーチャーとして活躍《かつやく》しているという話なので、持ち前の情報力に見合った収入を得ているのだろう。そもそもこのホテルラウンジを待ち合わせ場所に指定したのは朋のほうなのだ。

明日奈はケーキのページをじっくりと眺《なが》め、言った。

「わたしはポム・ヴェールとダージリンにするわ」

「オレっちは……ティラミスとカプチーノかナ」

ウェイトレスに合図してオーダーを済ませ、ベロア生地《きじ》のソファーに背中を預ける。天気のせいか時間帯のせいか客入りは三割ほどで、談笑《だんしょう》の声よりもラウンジの中央に設けられた泉の水音のほうが大きい。懐《なつ》かしいその音に、つい聞き入っていると――。

「アーちゃんは、ここ初めてじゃないのカ？」

不意にそう問われ、明日奈《あすな》は瞬《まばた》きしてから答えた。

「え……アルゴさん、知っててこのお店を選んだんじゃなかったの？」

「いーや、何にも。さすがのオレっちも、友達のリアル情報をほじくり返すよーな真似《まね》はしないヨ」

「そっか……そうよね。――わたし、四年前まで、このホテルのすぐ近くにある学校に通ってたんだ」

明日奈がそう明かすと、朋《とも》はちらりと左側――エテルナ女子学院がある方向を見やったが、すぐに視線を戻《もど》した。四年前というのが、SAO世界に囚《とら》われるまでという意味であることも即座《そくざ》に解《わか》っただろうが、無言で続きを促《うなが》す。

「もちろん、小学生や中学生が一人でこんなお店には入れないけど、保護者会とか行事とかで母親が学校に来る機会がけっこうあって、そんな日は帰りによくここに連れてきてくれたの。まあ……わたしのためというより、自分が気に入ってたんだと思うけどね」

「なるほどナ」

朋《とも》が相づちを打ったタイミングで、左腕《ひだりうで》にトレイを載《の》せたウェイトレスが現れた。ケーキと飲み物を丁寧《ていねい》に並べ、明日奈《あすな》のカップに紅茶を注ぐと、テーブルの端《はし》に伝票ホルダーを伏《ふ》せて立ち去る。

「冷めないうちにいただこうゼ」

朋の言葉に頷《うなず》き、いただきますを言うと、明日奈はダージリンティーのカップを持ち上げてオレンジペコー茶葉の華《はな》やかな香りを楽しんだ。初等科の頃《ころ》はジュースやソーダばかり注文していたが、中等科に上がった頃《ころ》にはすっかり紅茶好きになり、それはいまも変わらない。

だから昨日アンダーワールドで、星王妃《せいおうひ》がコーヒーそっくりなコヒル茶の新品種を開発し、《夕月夜《ゆうづくよ》》と名付けたと聞いた時は少し驚《おどろ》いた。星王妃《せいおうひ》が本当にあの世界に残った自分なら、コヒル茶より紅茶の品種改良に精励《せいれい》するのではないかと思ったからだ。

しかし、星王《せいおう》と星王妃《せいおうひ》はアンダーワールドで百年以上も生きたという話なので、それだけの時間が流れれば好みが変わることもあるだろう。最初は苦いばかりだったストレートの紅茶が、いつの間にか大好きになったように。

ダージリンを一口含《ふく》み、以前と変わらず丁寧《ていねい》に抽出《ちゆうしゆつ》された軽《かろ》やかな味わいを堪能《たんのう》してから、カップをソーサーに戻《もど》す。朋は早くもティラミスに取りかかっているので、明日奈もフォークを持ち、青林檎《ボム・ヴェール》のムースケーキを艶《つや》やかな緑色のグラサージュごとそっとすくい取る。

口に入れると、青林檎《あおりんご》の爽《さわ》やかな香りとホワイトチョコの優《やさ》しい甘さがふわりと広がって、儚《はかな》く溶《と》けていく。この店のケーキは季節ごとに顔ぶれが変わるが、ルナ女に通っていた頃《ころ》にも一度だけ、同じものを食べた記憶《きおく》がかすかに残っている。

やはり紅茶と一緒《いっしょ》に注文した気がするので、初等科ではなく中等科に上がってからだろう。しかし、明日奈《あすな》は私服ではなく学校の制服を着ていて……一緒《いっしょ》にいたのは母親ではなかった。あの日は月曜日で、校門を出たあと、他の生徒たちの目を気にしながらこの店まで来たのだ。ルナ女時代にそんなことをしたのは、八年間で——正確には七年半の間で、たったの一度だけ……。

「ン～、こりゃあお値段に見合う味だナ」

朋《とも》が小声でコメントしたので、明日奈はハッと我に返り、頷《うなず》いた。

「ええ、とっても美味《おい》しい」

「けど、量的にはいささか物足りないナ……。アーちゃん、ユナリンで再現してくれヨ」

「え、ティラミスを……？　ＡＬＯならともかく、ユナイタル・リングじゃ無理だよ。小麦粉もバターもチョコレートもないもの」

「ニシシ、そりゃそーカ」

悪戯《いたずら》っぽく笑うと、朋はティラミスの最後の一片《ぺん》を頬張《ほおば》った。時間をかけて味わってから、カプチーノもこくんと飲み干す。

「ふう……。保谷《ほうや》からここまで来るのは大変だったケド、来た甲斐《かい》はあったかナ」

「そっか、アルゴさん、学校の近くにアパート借りたんだっけ。いいなあ、近くて」

「アーちゃんちは世田谷《せたがや》の宮坂《みやさか》だっケ？」

「うん」

「いまの学校も登下校に時間かかるだろーケド、前の学校も大変じゃないカ？　えーと、まず世田谷線《せたがやせん》で三軒茶屋《さんげんぢゃや》まで行って、田園都市線《でんえんとしせん》で渋谷《しぶや》、山手線《やまのてせん》で目黒《めぐろ》、三田線《みたせん》で白金台《しろかねだい》……いや、三茶《さんちゃ》から半蔵門線《はんぞうもんせん》直通に乗って永田町《ながたちょう》、そこから南北線《なんぼくせん》……かナ？」

「よく何も見ないでそんなややこしいルート探索《たんさく》ができるわね」

思わず感心してしまってから、明日奈《あすな》は少しだけ首を縮めて言った。

「実は、初等科の頃《ころ》は車で洗足駅《せんぞくえき》まで送ってもらってたの。中等科からは電車とバスだったけどね」

「あー、洗足からなら白金台まで乗《の》り換《か》えナシだもんナ」

納得《なっとく》したように頷《うなず》く朋《とも》に、改めて訊《たず》ねる。

「でも、だとしたら、どうしてこのお店を選んだの？　吉祥寺《きちじょうじ》とか荻窪《おぎくぼ》とか、いっそ新宿《しんじゅく》でもよかったんじゃ……」

「まあ、ナ」

ひょいと肩《かた》をすくめると、朋はソーサーに載《の》っている小さなビスケットをつまみ上げた。

明日奈《あすな》が朋《とも》に、「日曜の午前に、リアルで会えないか」と言われたのは、昨日——ではなく今日の午前二時、ユナイタル・リングの中でのことだ。

土曜日は、本当に激動の一日だった。日付が変わる直前、父親の運転する車でラース六本木《ろっぽんぎ》支部《しぶ》に駆《か》けつけた明日奈はそのままアンダーワールドにダイブし、セントラル・カセドラルの屋上で何が何やら解《わか》らないまま謎《なぞ》のウインドウに右手をタッチさせられた。直後、カセドラルがロケットの如《ごと》く飛び立ち、上空に浮《う》かんでいた超大型機竜《ちょうおおがたきりゅう》のすぐそばをすり抜けて宇宙まで到達《とうたつ》し、そこで蓮《はす》の花を模した宇宙要塞《ようさい》とドッキングしたのだ。

あまりのことに明日奈は呆然《ぼうぜん》としてしまったのだが、驚《おど》かなかったのはエアリーだけだったようだ。いや——正確にはもう一人、宇宙要塞《ようさい》を管理していたリリールーという名前の女性がいたのだが、自己紹介《じこしょうかい》をする機会さえなかった。なぜなら、明日奈がスーパーアカウントの地形操作能力で岩を生成し、それをキリトが心意《シンイ》で鋼素《こうそ》と晶素《しょうそ》に転換《てんかん》し、それでエアリーがカセドラルの外壁《がいへき》を修復する……という仕事に自ら志願したからだ。

しかし岩を二十数個作ったところで少し頭痛がしてきて、明日奈は大丈夫《だいじょうぶ》だと言ったのだがキリトとアリスがそれ以上の能力使用と頑《がん》として認めず、覚醒《かくせい》直後の整合騎士《せいごうきし》ファナティオと、初対面の騎士《きし》イーディスに慌《あわ》ただしく挨拶《あいさつ》してからログアウトした。リアルワールドのことを知らないイーディスは、かなり怪訝《けげん》そうな顔をしていたが。

結局、アンダーワールドにダイブしていた時間は四十分にも満たず、明日奈としてはさして役に立てた気もしなかったのだが、エアリーによれば明日奈《あすな》があの不思議な紋章《もんしょう》ウインドウのロックを解除しなければセントラル・カセドラルは離陸《りりく》できず、超大型機竜《ちょうおおがたきりゅう》の砲撃《ほうげき》で上層階を吹《ふ》き飛《と》ばされていたらしい。

リクライニングチェアに横たわるアリスに「頑張《がんば》ってね」と声を掛《か》け、明日奈はSTL室を出た。通路に凛子《りんこ》と彰三《しょうぞう》の姿はなかったが、かすかに話し声が聞こえるほうへ歩いていくと、ドアを開け放した応接室で二人が和《なご》やかに談笑《だんしょう》していた。

密室にしなかったのは、凛子の「ビジネスの話をするつもりはない」という意思表示だろう。彰三も意を汲《く》み、政治や経済に関する四方山話《よもやまばなし》に留《とど》めていたようだ。しかし帰りの車の中で、「神代博士《こうじろはかせ》はなかなかの傑物《けつぶつ》だな」と言っていたので、経営者として大いに感じ入るところがあったらしい。

世田谷区《せたがやく》の自宅に帰り着いたのは一時十五分頃《ころ》で、さすがに母親の京子《きょうこ》も帰宅していたが、彰三が「私が明日奈をドライブに誘《さそ》ったんだ」とかばってくれたおかげで叱《しか》られずに済んだ。

自室に戻《もど》った明日奈は、放置したままの自分のアバターを安全な場所に移動させるために、眠気《ねむけ》を堪《こら》えながらユナイタル・リングに再ダイブした。

しかし、驚《おどろ》いたことに明日奈が不在だったほんの二時間ばかりのあいだに仲間たちは大量の素材を集め、穴だらけだった廃屋《はいおく》の壁《かべ》を修復していた。屋根を直すことも可能だったようだが、アルゴによれば既存《きそん》の廃屋《はいおく》を完全修復すると《主体建築物》として登録され、加護効果が発生するいっぽうでそのエリアのヌシモンスターを引き寄せるらしい。第二階層のヌシは、初日にログハウスを襲《おそ》ってきたトゲバリホラアナグマより遥《はる》かに強力だと予想されるので、ひとまず壁《かべ》の修復だけで止めておいたのだそうだ。

それでも分厚い石壁《いしかべ》は、雑魚《ざこ》モンスターから身を守るだけなら充分《じゆうぶん》以上の強度を備えていることはラスナリオで実証済みなので、明日奈《あすな》たちは午前二時にその日の冒険《ぼうけん》を終え、解散することにした。枯《か》れ草《くさ》のベッドに横たわり、改めてログアウトしようとした時、アルゴが小声で話しかけてきて、午前中にちょっと会えないか、と訊《き》かれたのだ。

そのアルゴこと朋《とも》は、ビスケットのセロハンを綺麗《きれい》に剝《は》がすと、コリッと音を立てて囓《かじ》った。しばらく口をもぐもぐさせてから、水を一口飲み——。

「実はナ、アーちゃん。この店を選んだのは、オレっちじゃないんダ」

「え……？　どういうこと？」

「不意打ちで悪いんだケド……アーちゃんに、会ってほしい人がいてサ……」

「わたしに……？」

思わぬ展開に、まじまじと朋の顔を見てしまう。

もちろんいいよ、という言葉が喉《のど》に引っかかって出てこなかったのは、もしかしたら自分のコミュニケーション能力に自信が持てなくなっているせいかもしれない。

ほんの何日か前まで、明日奈は自らを、どちらかと言えば社交的な人間だと認識《にんしき》していた。

初対面の相手とだって気後《きおく》れせずに話せるし、話していれば自然と仲良くなれるのだ、と。

しかし、帰還者《きかんしゃ》学校に編入してきたばかりの神邑樒《かむらしきみ》に「明日の昼食を一緒《いっしょ》に」と誘《さそ》われた時、明日奈《あすな》は快諾《かいだく》しつつも少しだけ気詰《きづ》まりに感じてしまった。錯覚《さっかく》ではない。なぜなら翌日、樒の欠席を知った時に、心のどこかでほっとしたからだ。彼女は、同じ中学校出身の明日奈を頼《たよ》ってくれたのかもしれないのに。

そこまで考えてから、もしかして……と思う。

朋《とも》が言った、会ってほしい人というのは神邑樒なのだろうか。

彼女はエテルナ女子学院から帰還者《きかんしゃ》学校に転校してきたのだから、このホテルのラウンジを知っていてもまったく不思議はない。

黙《だま》り込む明日奈に、朋が怪訝《けげん》そうな視線を向けてくる。誰《だれ》なの？　と訊《き》けばいいだけなのに、口が動いてくれない。

と――その時。

背後で、硬《かた》いソールが絨毯《じゅうたん》を踏《ふ》むコッコッ、という足音が響《ひび》いた。明日奈の左斜《ひだりなな》め後方《こうほう》にあるエントランスから、誰《だれ》かがまっすぐ近づいてくる。体を強張《こわば》らせたまま、じっとその音に耳を澄《す》ませる。長くも短くも思えた数秒間が過ぎ去り、足音がすぐ近くで止まる。

「……アスナ」

その呼びかけを訊《き》いて、明日奈《あすな》は小さく息を呑《の》んだ。

榓《しきみ》の冷々《れいれい》たるハイトーンとはまったく違《ちが》う。少し掠《かす》れているのによく通る、低くて勁《つよ》い声。

かつて、どこかで確かに聴《き》いた声……。

深呼吸でどうにか金縛《かなしば》りから抜け出すと、明日奈は恐《おそ》る恐《おそ》る体を左に向けた。

最初に見えたのは、茶革《ちゃかわ》のブーツと黒のスキニーパンツに包まれた、ほっそりした二本の脚《あし》。

シャドーボーダーのカットソーに鳩羽《はとば》色《いろ》のライダースジャケットを重ね、脱《ぬ》いだモッズコートを左手に抱《かか》えている。

一度瞬《まばた》きしてから、明日奈は自分を名前で呼んだ相手の顔を見た。

「…………!!」

鋭《するど》く息を吸う。ポニーテールに結《ゆ》った長い髪《かみ》、滑《なめ》らかな額と通った鼻筋、仄《ほの》かに緑がかった切れ長の目――記《き》憶《おく》にある面差《おもざ》しよりもいくらか大人びているが、見間違《みまちが》えようはずもない。

無意識のうちに立ち上がると、一歩前に出て、震《ふる》え声《ごえ》で呼びかける。

「ミト……」

相手と同時にもう一歩踏《ふ》み出し、腕《うで》を広げ、しっかりと抱《だ》き合《あ》う。ふわりと漂《ただよ》ったシトラス系のフレグランスは、アインクラッドで愛用していた香水《こうすい》とよく似ている。

五秒以上もそのままでいてから、明日奈《あすな》はようやく抱擁《ほうよう》を解いた。しかし距離《きょり》は取らずに、間近から顔を覗《のぞ》き込む。

「……元気そうだね」

少しばかり詰《つ》まった声で囁《ささや》きかけると、相手もうっすらと濡《ぬ》れた瞳《ひとみ》を瞬《しばたた》かせ、言った。

「アスナも。……会えて嬉《うれ》しい」

「うん……わたしも」

ようやく一歩下がると、通路でウェイトレスが待機しているのに気付く。旧友をソファーに座らせ、自分も隣《となり》に腰掛《こしか》ける。

卓上《たくじょう》にお冷やとおしぼりとメニューが並び、空いた皿とカップが回収されているあいだも、明日奈は涼《すず》しげな横顔から目が離《はな》せなかった。

ミトこと兎沢深澄《とざわみすみ》は、明日奈と同じSAO生還者《サバイバー》だ。しかし、アインクラッドでは別の名で知られていた。カリスマ裁縫師《テーラー》、アシュレイ——誰《だれ》よりも早く裁縫《さいほう》スキルを完全習得《カンスト》、つまり熟練度一〇〇〇に到達《とうたつ》したと言われる伝説的な生産職プレイヤー。

キリトがゲームクリア時に着ていた黒のロングコート、《ブラックウィルム・コート》や、同じくアスナの白と赤の騎士服《きしふく》《セリーン・コルサージュ》もアシュレイの手になるものだ。ブラックウィルム・コートは、名前のとおり黒竜型《こくりゅうがた》ネームド・モンスターの皮とたてがみを

素材にしていて、一針縫《ぬ》うのに十秒かかったらしい。だが、アスナの騎士服《きしふく》はもっと苦労したとよく零《こぼ》していた。その理由は、確か──。

「……こうしてると思い出すね」

オーダーを済ませた深澄《みすみ》が、ソファーに深く体を預けながらそう呟《つぶや》いたので、明日奈《あすな》は我に返って訊《たず》ねた。

「え……いつのことを？」

「アスナが、ギルドカラーのセットアップをオーダーしてきた時。いま着てるのとデザインは変えずにスペックだけ最高クラスにしてくれって言われて、頭を抱《かか》えたよ」

どうやら、深澄もまったく同じ記憶《きおく》を蘇《よみがえ》らせていたらしい。明日奈はくすっと笑ってから、軽く首を傾《かし》げた。

「あの時も、お店のソファーにこんなふうに並んで座ったよね。結局、どうやってデザインを再現したんだっけ……？」

「前の服の型紙を取り寄せてもらって、まず型紙に指定されてる生地《きじ》で服を自動作成《オートクラフト》してから、それを全部パーツにバラして、その形をＳ級生地《きじ》に写し取って裁断して手縫《てぬ》いで仕立てたのよ。あんなことをしたのは、後にも先にもあの時だけ」

「わあ……聞いただけでめんどくさっ、てなるね」

「誰《だれ》のオーダーだったと思ってるの？」

「ごめんごめん、あれはギルドの制服でデザインを変えられなかったのよ。でも、どうしてもアシュレイ……ミトに作ってほしかったから」

「ずるいなあ、その言い方」

明日奈《あすな》を横目で軽く睨《にら》んでから、深澄《みすみ》は昔と変わらない穏《おだ》やかな笑《え》みを口許《くちもと》に滲《にじ》ませたが、それは日向《ひなた》の淡雪《あわゆき》の如《ごと》く瞬時《しゅんじ》に消えてしまった。

「……ごめん、アスナ」

不意にそう言うと、視線を自分の膝《ひざ》に落としたまま続ける。

「二年間、一度も連絡《れんらく》しなくて。実は、あの世界にいるあいだに親が勝手に携帯《けいたい》を解約して、アカウントも消しちゃったの。私がSAOに手を出したのは友達のせいだって思い込んだみたいで。本当は逆なのにね……」

「…………」

咄嗟《とっさ》に大きくかぶりを振ると、明日奈は言った。

「わたしがSAOにダイブしたのは、ミトのせいじゃないよ。家族が手に入れて当日使えなくなったナーヴギアを、気まぐれで被《かぶ》ってみたの……本当にそれだけ」

「でも、アスナにSAOのことを教えたのは私だし……。それがなければ、気まぐれを起こすこともなかったんじゃないの？」

そう訊《き》かれると、即座《そくざ》に否定もできない。深澄がソードアート・オンラインの名を口にした時のことは、いまでもよく覚えているからだ。

明日奈《あすな》と深澄《みすみ》は、かつてエテルナ女子学院の同学年生だった。初等科の六年間ではほとんど話したこともなく、背が高くて目立つ深澄の存在を知ってはいたという程度だったが、八年生、つまり中等科二年生の時に初めて同じクラスになり……そして一ヶ月と少し経《た》ったとある日、思いがけない事件が起きたのだ。

その日は土曜で授業はなかったが、自主学習する生徒のためにいくつかの施設《しせつ》は開放されていて、明日奈は午前中に図書室で調べ物をしてから下校し、買い物のため渋谷《しぶや》に立ち寄った。目当ての店に行く途中《とちゅう》、ゲームセンターの前を通りかかると、店頭の大画面モニターに店内で開催中《かいさいちゅう》の格闘《かくとう》ゲーム大会の様子が映し出されていた。当時の明日奈はゲームと名のつくものにまったく興味がなかったのでそのまま素通《すどお》りしかけたのだが、視界の端《はし》を掠《かす》めた映像がなぜか気になって足を止め……そしてそこに、レバーとボタンを目まぐるしく操《あやつ》る、兎沢《とざわ》深澄らしき女性プレイヤーの姿を見つけたのだ。

ルナ女の校則では、ゲームセンターに類する施設《しせつ》への立ち入りは固く禁じられていたので、他人の空似だと思いつつも明日奈はガラス越《ご》しに店内を覗《のぞ》き込んでみた。問題のプレイヤーはキャップにパーカーというラフな格好だったが、どこか少年めいたシャープな横顔は、深澄に間違《まちが》いなかった。

明日奈《あすな》は驚《おどろ》いたが、それ以上に羨望《せんぼう》にも似た感情を覚えた。対戦に没頭《ぼっとう》する深澄《みすみ》の姿からは、店の外まで伝播《でんぱ》してくるかのような熱気が立ち上っていて、果たして自分はいままで何かにそこまでのめり込んだことがあっただろうかと考えてしまったのだ。

しかしもちろん店に入って声を掛《か》けることなどできようはずもなく、明日奈はその場を離《はな》れかけた。瞬間《しゅんかん》、深澄が何かを感じたかのように振り向き、まっすぐに明日奈を見た。

本人に確認《かくにん》したことはないが、恐《おそ》らく深澄はそのまま対戦を続けるか、同級生を追いかけて口止めするか、大いに葛藤《かっとう》したことだろう。彼女は後者を選び、店から飛び出してきて明日奈の行く手を遮《さえぎ》り——しばし無言で顔を見交《みか》わしてから言ったのだ。月曜の放課後に、ちょっと時間作って、と。

翌々日、深澄は校外で落ち合った明日奈を、なんとシティホテルのラウンジへ連れていった。いま二人が向き合っている、まさにこの店だ。ルナ女の制服のままだったが、店員は保護者と待ち合わせていると思ったのか何も言わず、二人を窓際《まどぎわ》のテーブルに案内した。

深澄はメニューに記された値段を見ると、なかなかに悲壮感漂《ひそうかんただよ》う表情で明日奈に交換《こうかん》条件を提示した。ケーキをご馳走《ちそう》するから、土曜のことは忘れて——。

当時、中等科二年生だった深澄にとって、ケーキセット二人ぶんで四千四百円という出費は決して安いものではなかったはずだ。しかし、そうでなくては口止めの体《てい》を成さないし、深澄も安心できないと考えた明日奈は心を鬼《おに》にして頷《うなず》き、ガトー・シャンティ・オ・フレーズ——

すなわち苺《いちご》のショートケーキとダージリンを注文した。

クリームは明日奈《あすな》好《ごの》みの軽さで苺《いちご》も新鮮《しんせん》だったが、正直味はよく解《わか》らなかった。ほぼ会話もなく食べ終え、ホテルを出ると、明日奈は深澄《みすみ》に「ご馳走様《ちそうさま》、これでわたしも校則破りの共犯だから安心して」と耳打ちして帰路に就《つ》いた。まさかその日から、深澄との奇妙《きみょう》な友達関係が始まろうとは思いもせずに——。


「……ミトがSAOのこと教えてくれたのは、二学期が始まってしばらく経《た》った頃《ころ》だったよね。あの日のことはよく覚えてるけど……」

囁《ささや》くようにそこまで言ってから、明日奈は深く息を吸い、改めて告げた。

「でも、やっぱりわたしがSAOに入ったのは、ミトのせいじゃないよ。たぶん、ミトと友達になってなくても、わたしはあの日ナーヴギアを被《かぶ》ってたと思う」

左手を伸ばし、ソファーの座面に力なく投げ出された深澄の右手にそっと重ねる。

深澄は俯《うつむ》けていた顔を上げて明日奈を見ると、再び首を左右に振った
「それでも、現実で向かい合ってちゃんと謝って……あと、お礼も言わなきゃいけなかった。あのデスゲームをクリアして、私たちを解放してくれたのはアスナなんだから。連絡先《れんらくさき》くらい、その気になれば調べられたのに……」

「クリアできたのは、わたし一人の力じゃぜんぜんないし、会おうとしなかったのはわたしも

同じ。現実世界に戻《もど》ったあと、一回だけミトに連絡《れんらく》しようとしたんだけど、電話もメールも、メッセージアプリも繋《つな》がらなくて……。ルナ女の誰《だれ》かに訊《き》けば解《わか》るかもって思ったけど……」

「ううん、解《わか》らなかったよ。私、復学したの一年後だし、学校の誰《だれ》にも新しい連絡先《れんらくさき》を教えてないから」

呟《つぶや》くように言った深澄《みすみ》に、明日奈《あすな》はしばし躊躇《ためら》ってから言った。

「ミト……ルナ女に復学したんだね」

どうして帰還者《きかんしゃ》学校に来なかったの、と続けたかったがぐっと堪《こら》える。保護者の意向にせよ、深澄自身の選択《せんたく》にせよ、安易に触《ふ》れていいことではない。

深澄も小さく頷《うなず》いただけで、視線を明日奈から朋《とも》へと移した。

「アルゴ……じゃなくて帆坂《ほさか》さん、今日は私のわがままを聞いてくれてありがとう」

目礼する深澄に、朋はしばらく閉じていた口を綻《ほころ》ばせた。

「いやいや、礼を言うのはこっちサ。正直、三回くらいは断られるのを覚悟《かくご》してたヨ。向こうでオーダーメイドを依頼《いらい》した時みたいにナ」

「……そう言われると私が凄《すご》く勿体《もったい》ぶってたみたいだけど、単純に注文が溜《た》まりすぎてただけだからね」

「人を雇《やと》えって何度も言ったのにサ……NPCの店番すら使わないんだからナー」

「身軽でいたかったのよ。そういうあなただってずっと一匹狼《いっぴきおおかみ》、じゃなくて一匹鼠《いっぴきねずみ》だったでしょ」

二人の急ピッチな言い合いを聞いていると、まるでSAO時代に戻《もど》ったような気がしてきて、明日奈《あすな》は両目を瞬《しばたた》かせた。ウッドをふんだんに用いた内装や雨に煙《けむ》る紅葉、泉のせせらぎも相まって、ふとここが現実世界なのか仮想世界なのか解《わか》らなくなる。

軽く頭を振ってから、明日奈は二人の会話に割り込んだ。

「アルゴさん、ミト……ええと、そもそも、今日はどういう成り行きでこのお店に集まることになったの……？」

二人は揃《そろ》って明日奈を見詰《みつ》め、ちらりと視線を交《か》わすと、まず朋《とも》が口を開いた。

「ん｜とナ……オレっちがとあるSAO生還者《サバイバー》を捜《さが》してること、ア｜ちゃんにはこの前言ったよナ」

「ええ……」

そっと頷《うなず》く。

朋は、ラ｜スの菊岡誠二郎《きくおかせいじろう》に依頼《いらい》されて、とあるVRMMOゲ｜ムを調査していたらしい。リリ｜スしたのはオ｜グマ｜を開発したカムラの子会社だが、同時接続ユ｜ザ｜数《CCU》からするとどう考えても赤字なのに、梃子入《てこい》れするでも閉鎖《へいさ》するでもなくひっそり運営され続けているのだという。確かに不思議な話だが、そういうタイトルが他にもまったくないわけではないし、菊岡がわざわざリサ｜チャ｜を雇《やと》うほど気にする理由も謎《なぞ》と言えば謎《なぞ》だ。

そのリサーチャーである朋《とも》は、調査の報酬《ほうしゅう》として、総務省仮想課が持っている機密情報——すなわち特定のSAO生還者《サバイバー》の身元データを要求した。そこまでは先日教えてもらったが、その生還者《サバイバー》が誰《だれ》なのかは明かそうとしなかったし、明日奈《あすな》も訊《き》かなかった。

朋は躊躇《ためら》いを振り切るように冷水を飲み干すと、グラスを手に持ったまま続けた。

「ソイツは、本名はもちろんプレイヤーネームも性別も解《わか》ってナイ。手がかりはたった二つ、何月何日何時何分にアインクラッドのドコにいたっていう位置情報と、不確かなニックネームだけダ。そこで、あの仮想課のオジサマに、旧SAOサーバーに保存されてた全プレイヤーの移動ログを解析《かいせき》してもらって、その結果がようやく昨日届いたんだけどナ……」

思わず身を乗り出す明日奈と深澄《みすみ》に、朋はひょいと肩《かた》をすくめてみせた。

「該当《がいとう》するプレイヤーは存在せず、だとサ」

「え……？　そんなこと、あるの……？」

明日奈に続いて、深澄も途惑《とまど》ったように言う。

「ログが間違《まちが》ってるわけないし、位置情報も確かなんでしょ？」

「ああ、何せオレっちがこの目で見たからナ。ソイツが、ラフコフのメンバーと話してるとこをナ……」

「…………!!」

自分が息を呑《の》む微音を、明日奈は聞いた。ラフコフ——正式名称《めいしょう》、《ラフィン・コフィン》。

アインクラッドで邪悪《じゃあく》の限りを尽《つ》くした殺人《レッド》ギルドだ。デスゲームSAOがクリアされた後も、ラフコフがまき散らした悪意はザ・シード連結体《ネクサス》に暗い影《かげ》を落とし続けている。

不意に口の乾《かわ》きを意識し、明日奈《あすな》はグラスに左手を伸ばした。そこで、まだポットに紅茶が残っていることに気付き、空いたカップに注ぐ。とっくに冷めてしまっているが、いまはその微温《ぬる》さがちょうどいい。

こくんと喉《のど》を鳴らしてダージリンを飲み下すと、明日奈は朋《とも》に訊《たず》ねた。

「アルゴさんが捜《さが》してる生還者《サバイバー》も、ラフコフのメンバーなの？」

「イヤ……正式なギルメンじゃないと思うナ。ソイツのカーソルは通常カラーで、ラフコフのギルドタグも入ってなかったからナ……」

「ああ、そっか……SAOって、えんもゆかりもないプレイヤーは、HPバーとギルドタグしか見えないんだったね」

深澄《みすみ》の呟《つぶや》き声《ごえ》に、朋は口をへの字にして頷《うなず》いた。

「そーなんだヨ……ソイツの姿を目視できたのは後にも先にもその一回だけでサ。もう少しで隠《かく》れ場所《ばしょ》から飛び出してデュエルをふっかけるとこだったヨ、そうすりゃプレイヤーネームが見えるからナ」

「ちょっと、やめてよね！」

つい大きめな声を出してしまってから、明日奈は音量を絞《しぼ》って続けた。

「デュエルPKはあいつらの十八番《おはこ》なのよ。アルゴさんの腕前《うでまえ》を疑うわけじゃないけど、わざわざ申し込むなんて自殺行為《こうい》よ」

「アーちゃん、現在形になってるゾ」

朋《とも》に指摘《してき》され、一瞬《いっしゅん》きょとんとしてから気付く。ここは現実世界で、ラフコフはずっと前に壊滅《かいめつ》したのだ。

放心する明日奈《あすな》の右腕《みぎうで》に軽く触《ふ》れると、朋は言った。

「ありがとナ、心配してくれテ。でも大丈夫《だいじょうぶ》、もう危ないことはしないヨ……オレっちはただ、アインクラッドでやり残した仕事にケリをつけたいだけなんダ」

「……その気持ちは解《わか》るよ」

そう呟《つぶや》いたのは深澄《みすみ》だった。

「たぶん、ほとんどの生還者《サバイバー》は、あの世界に大なり小なり心残りがあるんだと思う。私だってあの時ああしてればとか、あんなことしなければとかいまも考えるから。……でも、アルゴはさっき、もう危ないことはしないって言ったけど、ラフコフの関係者を追いかけるのは充分《じゅうぶん》に危険だと思う。去年の末にガンゲイル・オンラインで起きた事件のこと、忘れたわけじゃないでしょ？」

「そりゃ、もちロン。捜《さが》してる相手の身元が割れても、一人でヤサに突撃《とつげき》したりはしないヨ。しかるべき筋に情報を渡《わた》して終わりサ」

肩《かた》をすくめながらそう言う朋《とも》に、明日奈《あすな》はしかるべき筋とはどの筋なのか訊《たず》ねようとした。しかしそこで、深澄《みすみ》が注文したレアチーズケーキとベルベイヌティーが届いたので、いったん口を閉じる。

深澄はレモンに似た香りがするハーブティーを一口すすり、ほっと息を吐《は》いてから明日奈を見た。

「アスナたちはもう食べたんだよね？　ごめんね、遅《おそ》くなって」

「ううん、ぜんぜん……ミトが来るって知ってれば、注文しないで待ってたんだけど」

そう答えてから、澄《す》まし顔《がお》で二つ目のビスケットを囓《かじ》っている朋を軽めに睨《にら》む。朋は深澄を呼んでおきながら、明日奈を驚《おどろ》かせるために内緒《ないしょ》にしていたのだ。

しかしそもそも、朋はどうやって深澄に連絡《れんらく》したのだろう。二人が知り合ったのはSAOの中だし、まさか向こうで連絡先《れんらくさき》を交換《こうかん》していたわけでもあるまい。

と、明日奈のその疑問を感じ取ったかのように、朋が説明を再開した。

「……とまあ、そんなワケで、最後の望みだった移動ログも空振《からぶ》りでサ。依頼人《いらいにん》のオジサマも悪いと思ったらしくテ、ギャラを上積みするって言ってくれたんだケド、だったらその権利を使って、いっこお節介《せっかい》をしよーと思ってサ……」

そこで言葉を切ると、朋はチーズケーキを頬張《ほおば》る深澄を見てぺこりと低頭した。

「悪いナ、ミーちゃん。リアル情報、仮想課のデータベースから抜かせてもらったヨ」

「そんなことだろうと思ってた」

深澄《みすみ》はくすっと笑い、指先でフォークを器用に一回転させた。

「チーズケーキでチャラにするわ。私も昔、ここのケーキセットでアスナを懐柔《かいじゅう》したから」

「アー、それでこの店を指定したのカ。なるホド、二人の思い出の場所なんだナ」

納得《なっとく》したように頷《うなず》く朋《とも》を見ながら、明日奈《あすな》は言い知れぬ感慨《かんがい》に浸《ひた》っていた。

再会したのは一週間前だが、恐《おそ》らく朋／アルゴはその遥《はる》か以前から、アスナとミトのことをずっと心に留《と》めていたのだろう。そしてキリトチームにミトがいないと知り、報酬《ほうしゅう》の上乗せをふいにしてまで、こうして二人を引き合わせてくれたのだ。

「……ありがとう、アルゴさん」

改めて明日奈が謝意を伝えると、朋は面映《おもは》ゆそうに笑った。

「いやー、ただの成り行きと思いつきサ。こっちこそ、お節介《せっかい》がすぎたかなって思ってたカラ、そう言ってもらえると助かるヨ。それに、ちょっとした思惑《おもわく》がなくもないしナ」

「思惑《おもわく》って……？」

「実は、二人に訊《き》きたいことがあってサ」

不意に笑《え》みを消すと、朋は一呼吸置いてから口を開いた。

「例の、オレっちが捜《さが》してるSAO生還者《サバイバー》だけどナ。さっき、解《わか》ってるのは位置情報が一件と、不確かなニックネームだけだ……って言ったロ？」

「言ってたわね。なんていうニックネームなの？」

訊《たず》ねた明日奈《あすな》の隣《となり》で、深澄《みすみ》も身を乗り出す。

朋《とも》はカールした前髪《まえがみ》の奥の瞳《ひとみ》に、またしても刹那《せつな》の躊躇《ためら》いを過《よぎ》らせてから言った。

「──《メンソール》。SAO時代に、そういう名前を聞いたこと、ないカ？」

「は……？」

思わず深澄と顔を見合わせてしまってから、明日奈は朋に確認《かくにん》した。

「メンソールって、あのスーってする、ハッカの成分の……？」

「たぶんナ」

「………ミントさんなら血盟騎士団《KoB》にいたし、メルトンウールって人も聖竜連合《DDA》にいた気がするけど、メンソールっていう人は記憶《きおく》にないかな……」

「同じく」

頷《うなず》いた深澄が、顔を左に傾《かたむ》ける。

「ねえアルゴ、なんでプレイヤーネームじゃなくてニックネームだって解《わか》るわけ？」

「そりゃもちろん、黒鉄宮《こくてつきゅう》の《生命《せいめい》の碑《ひ》》で、メンソールって読めそうなプレイヤーネームを洗い出して、一人残らず追跡《ついせき》調査したからだヨ。でも、全員外れだっタ」

「……そんなことまでしたの？」

唖然《あぜん》としながら、明日奈は問《と》い質《ただ》した。

「確かにラフコフはゲームクリアの最大の障害だったけど、頭脳はPoH《プー》、ザザ、ジョニー・ブラックの三人で、他のメンバーは忠実な……いえ、洗脳された手駒《てごま》みたいなものだったわ。どうして、そのメンソール一人にそこまでこだわるの……？」

「……確かに、オレっちもそう思ってたヨ……当時はナ」

かすかに苦みを帯びた声で呟《つぶや》くと、朋《とも》はまるで盗《ぬす》み聞《ぎ》きを警戒《けいかい》するかのように周囲をちらりと見てから、いっそうボリュームを落として続けた。

「こいつは何の確証もない、オレっちの推測なんだけどナ。ラフコフが次から次に編み出した殺しの手口……単純なM《モンスター》PKや毒PK以外の、決闘《けっとう》PKだとか睡眠《すいみん》PK、回廊《かいろう》PKみたいなゲームシステムを巧妙《こうみょう》に利用するやり方は、ほとんどがそのメンソールのアイデアだったかもしれないんダ」

9

耳元で響《ひび》いた軽《かろ》やかな旋律《せんりつ》が、俺の意識を深密な暗闇《くらやみ》の表面近くまで浮《う》かび上がらせた。

半醒半睡《はんせいはんすい》のまま、ここは三つの世界のどれだっけ……と考える。ALOには自動切断機能があるが、ユナイタル・リングはそこまで過保護ではないので寝落ちしてもアバターが残留し、攻撃《こうげき》されれば普通《ふつう》に死ぬ。ゆえに敢《あ》えて中で寝る理由はないし、いまのところ干し草を粗雑《そざつ》な布で覆《おお》ったゴワゴワガサガサのベッドしか存在しない。

自動切断しないのはアンダーワールドも同じなれど、セントラル・カセドラルのベッドは、見習《みなら》い掃除《そうじ》係《がかり》のものでも信じがたいほどスベスベフワフワしている。いま体の下にあるのは、ゴワゴワでもスベスベでもないポリエステルの敷《し》きパッドと高反発ウレタンのマットレスだ。ということは、ここは現実世界の我が居室。

当たり前の結論に、たっぷり六十秒以上も費《つい》やして辿《たど》り着《つ》くと、俺は二、三度瞬《まばた》きしてから重い瞼《まぶた》を持ち上げた。

カーテンの隙間《すきま》から入り込む光は、弱々しい灰色。耳を澄《す》ますと、さーっという音がかすかに聞こえる。雨が降っているようだ。

横たわったまま、手探《てさぐ》りで携帯端末《けいたいたんまつ》を摑《つか》んで顔の前まで持ってくる。ロック画面には仔猫《こねこ》の写真を使った着信アイコンが表示されていて、これ誰《だれ》だっけ……と眉《まゆ》を寄せつつ名前を見るとアスナだ。そこでやっと、アイコンの写真が本物の仔猫《こねこ》ではなく精巧《せいこう》な仔猫型《こねこがた》ロボット、すなわちラース謹製《きんせい》の《ヨンちゃん》であることに気付く。どうやら、昨日預かったヨンちゃんをさっそくメッセージアプリのアイコンにしたらしい。

思わず微笑《ほほえ》みながら画面に触《ふ》れ、顔認証《かおにんしょう》でロックを解除。起動したアプリにはアスナからのメッセージが届いているが、本文はなく写真一枚だけだ。

美しく紅葉した木々を背景に、女の子が二人、笑顔《えがお》で並んでいる。右側の、オフホワイトのステンカラーコートを着ているのがアスナだ。しかし左側の、アッシュパープルのライダースジャケットを羽織った女子には見覚えがない。アスナより三センチばかり背が高く、長い髪《かみ》をポニーテールにまとめている。俺が知らない帰還者《きかんしゃ》学校の友達だろうか？　しかし、それなら本文に何か書くはずだ。

……いや。ポニーテールの女子の、クールな顔立ちにはかすかだが見覚えがある気がする。いったいどこで会ったのか──学校でなければラースの関係者、にしては若すぎるしアスナとツーショットを撮《と》っている理由も謎《なぞ》だ。

あとはもう仮想世界しか思いつかないが、ユナイタル・リングもＡＬＯもアバターは生身とまったく別の姿なので、現実で撮影《さつえい》された写真を見て記憶《きおく》が刺激《しげき》されるのは理屈《りくつ》に合わない。リズやシリカたちは例外だが、それは旧ＳＡＯで生成された生身そっくりなアバターをいまも使っているからで――――。

「…………あっ！」

そこでやっと正解に辿《たど》り着《つ》き、俺は小さく声を上げた。

間違《まちが》いない。帰還者《きかんしゃ》学校の生徒ではないが、この女子もSAO生還者《サバイバー》なのだ。そう確信した途端《とたん》、遠い記憶《きおく》が連鎖的《れんさてき》に蘇《よみがえ》り、今度は「ああー……」と嘆息《たんそく》する。

これはアシュレイだ。俺が持ち込んだネームド・ドラゴンの素材から、ブラックウィルム・コートを仕立ててくれたアインクラッド一の凄腕裁縫師《すごうでテーラー》。彼女作の防具とリズベット作の剣がなければ、俺は最前線で戦い続けることはできなかった。アルゴと同じく、SAOクリア後は消息不明だったが、無事に現実世界へ帰還《きかん》していたのだ。

俺はアプリの入力欄《にゆうりよくらん》をタップし、【再会できて良かったな。アシュレイが元気そうで、俺も喜んでるって伝えてくれ】とメッセージを送ると端末《たんまつ》をワイヤレス充電《じゆうでん》パッドに置いた。

時刻は午前十一時五十分。たっぷり六時間近くも寝てしまったが、アスナが端末《たんまつ》を鳴らしてくれなければあと二時間くらいは寝ていたかもしれない。

そう思った途端《とたん》に、胃の裏側がきゅうっとせり上がるような感覚に襲《おそ》われる。

本当は、眠《ねむ》りを貪《むさぼ》っていられる状況《じようきよう》ではないのだ。アンダーワールドの宇宙軍基地から拉致《らち》されたエオライン・ハーレンツを、一刻も早く救出しなくてはならないのだから。

彼は恐《おそ》らく――いや間違《まちが》いなく、超大型機竜《ちようおおがたきりゆう》《プリンキピア》の内部に監禁《かんきん》されている。

整合機士団長《せいごうきしだんちょう》にして、星界統一会議長《せいかいとういつかいぎちょう》オーヴァース・ハーレンツの子息という超《ちょう》重要人物なのだから拷問《ごうもん》されたり、ましてや即処刑《そくしょけい》されたりということはないはずだが、皇帝《こうてい》アグマールは自分の部下が乗った機竜《きりゅう》に特攻《とっこう》を命じるような、かつての皇帝《こうてい》ベクタとタメを張る冷血漢だ。エオラインが自分に従わないと知れば、どんな暴挙に出るか予測できない。

こうなると、逆説的ではあるが、エオラインを攫《さら》ったトーコウガ・イスタルが頼《たの》みの綱《つな》だ。イスタルはエオラインの喉《のど》にナイフを押し当て、皮一枚ぶん傷つけたが、俺はなぜかナイフがそれ以上動くことはないと確信していた。互《たが》いを《コウガ》《エオル》と呼び合うあの二人の間には、恐《おそ》らく余人に窺《うかが》い知《し》れない因縁《いんねん》がある。右目の封印《ふういん》のせいで皇帝《こうてい》には逆らえずとも、イスタルはエオラインに危害が及《およ》ばないよう、可能な範囲《はんい》で手を回すはずだ。

焦《あせ》る気持ちを抑《おさ》え込み、俺はベッドから降りた。

すぐ目の前の床《ゆか》には、奇妙《きみょう》な物体が鎮座《ちんざ》している。アルミ削《けず》り出しの地肌《じはだ》が鈍《にぶ》く光る、縦横三十センチ、高さ五十センチほどの直方体。見た目ほどは重くなく、上面《じょうめん》にボルト留《ど》めされたキャリングハンドルを使えばかろうじて持ち運べる。

直方体の下部には電源用と通信用のコネクタがあり、両方にケーブルが挿さっている。その反対側の面には、操作パネルと電源ボタン。電源を入れると、真ん中少し下を横切るラインで全体が二分割《ぶんかつ》され、上半分が自動的にせり上がって内部のインターフェースが露《あら》わになる。

タッチ式の操作パネルの下にごく薄《うす》くレーザーエッチングされているのは、ラースのロゴと

【ＳＴＬＰ１．０】という英数字。《ソウル・トランスレーター・ポータブル・バージョン１》の略だ。

昨日の夕方、ラース六本木支部《ろっぽんぎしぶ》を出た俺とアスナは、菊岡誠二郎《きくおかせいじろう》が運転する車でそれぞれの自宅まで送り届けてもらった。しかし当然と言うべきか、菊岡はただの親切で送ってくれたわけではなく、車にはとんでもないお土産《みやげ》が積んであった。

アスナには、仔猫型《こねこがた》ロボットのヨンちゃん。そして俺には、このＳＴＬＰ。

これは名前のとおり、六本木支部に存在する巨大《きょだい》なＳＴＬを、頑張《がんば》れば持ち運べる大きさと重さにまでダウンサイズした代物《しろもの》だ。魂《たましい》の読み取り解像度とでも言うべき性能値はＳＴＬには劣《おと》るらしいが、ちゃんとニーモニック・ビジュアル方式でアンダーワールドにダイブできるし、心意力《シンイりょく》も行使できる。これがなければ、俺は昨夜アリスから救援要請《きゅうえんようせい》が来た時に、バイクで一時間以上もかけて六本木までとんぼ返りしなくてはならなかった。当然、アーヴス型機竜《きりゅう》が宇宙軍基地に突っ込むのも阻止《そし》できなかっただろうし、その場合基地が——エオラインやロニエたちがどうなっていたのかは想像もしたくない。

果たして菊岡は、アンダーワールドの状況《じょうきょう》を予見した上で俺の家にＳＴＬＰを届けたのか、あるいは単なる偶然《ぐうぜん》なのか。

まあ偶然《ぐうぜん》だよな……と思いながら俺はもう一度時計を見た。ふと、何かを忘れているような気がして眉《まゆ》を寄せた、その時。

部屋のドアが「ココン！」と高速ノックされ、直後に勢いよく開いた。飛び込んできたのは、ジャージ姿の直葉《すぐは》だ。

「お兄ちゃん、いつまで寝てんの！」

そう叫《さけ》んだ直葉は、左手に持っていたお盆《ぼん》をずいっと俺の目の前に突き出した。

「ほら、早くこれ食べて！」

「ま……待った待った。まず、俺起きてるし」

「五分前まで寝てたでしょ！」

と指摘《してき》されれば、「ハイ」と頷《うなず》くしかない。

とりあえずお盆《ぼん》を受け取ると、載《の》っているのは冷たい緑茶とキュウリのサンドイッチだった。

「おお、サンキュー」

礼を言ってベッドに座る。お盆《ぼん》をサイドテーブルに置き、渇《かわ》いた喉《のど》を緑茶で湿《しめ》らせてから、サンドイッチを一切れ取る。

これは、アメリカに単身赴任中《ふにんちゅう》である親父《おやじ》、桐ヶ谷《きりがや》峰嵩《みねたか》の得意料理だ。具材はキュウリだけのシンプルなサンドイッチだが、均一《きんいつ》にスライスしたキュウリを塩、胡椒《こしょう》、ワインビネガーに漬《つ》け込み、丁寧《ていねい》に水気を取ってから、薄《うす》くバターを塗《ぬ》ったパンに挟《はさ》んで馴染《なじ》ませる……と存外手間がかかる。

きっと直葉は、一緒《いっしょ》に食べるつもりでこのサンドイッチを作ったのだろう。なのに、起きてこない俺をぎりぎりまで寝かせておいてくれたのだ。せめて、じっくり味わわなければ——と思ったのだが。

「そんなん一口でいけるでしょ！　急いで急いで！」

隣《となり》に座った直葉《すぐは》にせっつかれ、やむなく手に持った一切れを丸ごと頬張《ほおば》る。水切りしたキュウリの心地《ここち》よい歯ごたえと爽《さわ》やかな風味を堪能《たんのう》してから呑《の》み込み、言う。

「美味《うま》い。腕《うで》を上げたな」

「え、ほんと？」

えへへ……と笑った顔を、直葉は即座《そくざ》に引《ひ》き締《し》めた。

「じゃなくて、あと五分しかないよ！」

「十二時に何かあったっけ……？」

「やっぱり忘れてる。アポデ組の人と会うんでしょ！」

「………あ」

俺があんぐりと開けた口に、直葉が新しいサンドイッチを突っ込んだ。

食事を終え、三倍速で後片付けと歯磨《はみが》きを済ませると、俺は二階の自室に駆《か》け上《のぼ》った。ドアを開けた途端《とたん》に「早く早く！」と急《せ》かされる——と思いきや、直葉はベッドに腰掛《こしか》けたまま、床《ゆか》の謎《なぞ》オブジェクトを不思議そうに眺《なが》めていた。やべっ……と一瞬《いっしゅん》首を縮めかけたが、よく考えたら特にやばいこともない。

「ねえお兄ちゃん、これ何？」

「書いてあるだろ」

「だから、ＳＴＬＰって何……えっ!?」

口に出したことで、やっとその四文字が持つ意味に気付いたようだ。ベッドから転げ落ちるように近づき、正面のパネルをまじまじと覗《のぞ》き込む。

「まさか、これってＳＴＬのちっちゃい版なの!?　これ使えば、ここからアンダーワールドにダイブできるの!?」

「ああ。昨日、菊岡《きくおか》さんが届けてくれたんだ」

そう答えた途端《とたん》、再び昨夜の記憶《きおく》が蘇《よみがえ》る。

ＥＶセダンのトランクに入っていたＳＴＬＰは、専用のキャリングケースを使っても一人で持つにはいささか重く、母さんはまだ会社、直葉《すぐは》はユナイタル・リングにダイブ中だったので、菊岡が二階まで運び上げるのを手伝ってくれたのだ。

この部屋にスーツ姿の菊岡誠二郎《せいじろう》がいるのは何とも不思議、というか現実感のない光景で、俺はＳＴＬＰの初期設定と動作確認《かくにん》をする菊岡《きくおか》をぼんやりと眺《なが》めてしまった。考えてみると、自室に両親と直葉、ユイ、アスナ、そして宅配便事件の時のアリス以外の誰《だれ》かを入れたのは、小学生の頃《ころ》以来だったかもしれない。

作業を終えた菊岡《きくおか》は、何やら解釈《かいしゃく》困難なニュアンスの微笑《びしょう》を浮かべつつ俺の部屋を見回し、すてきな部屋だね、とだけ感想を述べて帰っていった。どこがだよと思わずにいられないが、どうやらプライベートはミニマリスト寄りらしいので、案外本気だった可能性もある。いつか東雲《しののめ》エリアにあるという彼の部屋を急襲《きゅうしゅう》し、お世辞だったのか否《いな》かの答え合わせをしなければなるまい……。

「えーっ、昨日って何時ごろ？」

直葉《すぐは》の声で刹那《せつな》の物思いから覚めた俺は、壁《かべ》の時計を一瞥《いちべつ》してから答えた。

「たぶん、スグが階段ダンジョンを攻略《こうりゃく》してる頃《ころ》かな」

「あー、そっか……。ちゃんとお茶とか出したの？」

「いや、すぐ帰っちゃったよ」

「忙《いそが》しい人だもんね……」

納得《なっとく》したように頷《うなず》くと、直葉はＳＴＬＰの外装パネルをそっと撫《な》でた。

「これ、今度あたしにも使わせてね」

「いいけど……お前、確かテラリアのアカウントで……」

「さあ、いまはユナイタル・リングの時間だよ！」

立ち上がった直葉が、アミュスフィアを被《かぶ》ってベッドの壁側《かべがわ》に寝転《ねころ》がる。自分の部屋でダイブしろよと言いたいが、時刻はもう十二時を過ぎている。

俺もアミュスフィアを被《かぶ》り、直葉《すぐは》の隣《となり》に横たわると、声を揃《そろ》えて「リンク・スタート！」と叫《さけ》ぶ。虹色《にじいろ》のトンネルをくぐり、両足が仮想の地面に触《ふ》れたと感じるやいなや、待機姿勢から勢いよく立ち上がる。途端《とたん》、

「おっそい！」

という声が降ってきて、俺は首を縮めた。

見上げると、太い梁《はり》の上に、マスケット銃《じゅう》を肩《かた》に掛《か》けたシノンが座っている。その隣《となり》には、ショートボウを抱《かか》えたユイの姿もある。二人の頭上の屋根は七割がた崩《くず》れ落《お》ちていて、薄曇《うすぐも》りの空がよく見える。

「パパ、おはようございます！」

笑顔《えがお》で手を振るユイに、右手を挙げて応える。

「遅《おそ》くなって悪い！　見張り番、ありがとう！」

俺がユナイタル・リングをログアウトしたのは、昨夜——というか今朝の四時。以降八時間、ユイがほぼ一人でこの拠点《きょてん》を警備してくれていたのだ。便利なＡＩ扱《あつか》いはしたくない、などと言いつつこういう形で働かせてしまうのは忸怩《じくじ》たるものがあるが、アインクラッドで生まれてからずっとオブザーバーだった彼女が、俺たちと同じプレイヤーとなったいま、自らの能力を最大限に発揮したいと望むのをどうして止められようか。

再び視線を彼方《かなた》に向けるユイを見上げながらそんなことを考えていると、背後でトットッと

柔《やわ》らかい足音が響《ひび》いた。振り向くと、巨大《きょだい》なクロヒョウが駆《か》け寄《よ》ってきて、俺の胸に頭を擦《こす》り付《つ》ける。顎下《あごした》を掻《か》いてやると、嬉《うれ》しそうに喉《のど》を鳴らす。

「お前もサンキューな、クロ」

「がうっ！」

どこまでこちらの言葉が解《わか》っているのか、セルリヤミヒョウのクロはその場でお座りすると、催促《さいそく》するように長い尻尾《しっぽ》を左右に振った。苦笑《くしょう》しつつストレージを開き、干し肉を取り出して与《あた》える。

そういえば、同時にログインしたはずの直葉《すぐは》はどこに……と周囲を見回す。

俺がいるのは、そこそこ大きな建物の中だ。見つけた時はいまにも崩《くず》れそうな廃屋《はいおく》だったが、石積みの壁《かべ》と板張りの床《ゆか》を手持ちの素材で修復したので、仮拠点《かりきょてん》としてなら充分《じゅうぶん》以上の強度と快適さを備えている。残念ながら屋根はまだ穴だらけだが、それは完全に修復してしまうと、主体建築物と判定されてヌシモンスターが襲《おそ》ってくるかもしれないからだ。

どうやらこの建物は普通《ふつう》の民家ではなく兵士の詰《つ》め所《しょ》か何かだったようで、間仕切《まじき》りの壁《かべ》はほぼ存在せず、大部屋が一つと倉庫らしき小部屋が二つあるだけだ。大部屋の壁際《かべぎわ》には、例の《粗雑《そざつ》な木と干し草のベッド》が整然と並び、ログアウト中の仲間たち——アスナ、アルゴ、シリカ、ホルガー、ザリオン、シシーが横たわっている。俺が床《ゆか》で待機姿勢を取っていたのは、単にベッドが足りなかったからだが、さしものユナイタル・リングも、長時間しゃがんでいたせいで脚《あし》が痺《しび》れたりはしない。

ベッドに姿がないチームメンバーは現在ログイン中ということになるが、建物内にいるのは俺、ユイ、シノン、クロと、シリカのベッドに潜《もぐ》り込んで寝ているピナ、アスナの足許《あしもと》の床《ゆか》で丸くなっているアガーだけ。

とりあえず、クロと一緒《いっしょ》に外へ出てみる。空はやや曇《くも》っているが気温は快適で、南の川面《かわも》を渡《わた》ってきた微風《そよかぜ》が心地《ここち》よく襟足《えりあし》を撫《な》でていく。

この廃墟《はいきょ》には、仮拠点《かりきょてん》にした詰《つ》め所《しょ》の他に、石造《せきぞう》の見張り台と木造《もくぞう》の厩舎《きゅうしゃ》が存在している。見張り台は南向きなので、恐《おそ》らく第一階層へと続く道を監視《かんし》するための施設《しせつ》だったのだろう。もっとも、入り口を巨大蜂《きょだいばち》の群れに、出口をゴーレムに守られた階段ダンジョンを突破《とっぱ》できる者がそうそういたとは思えないが。

逆に言えば、この監視所《かんしじょ》を設置した人々は、それだけ下層からの侵入《しんにゅう》を警戒《けいかい》していたということになる。だったら階段ダンジョンを丸ごと埋《う》めてしまえば良さそうなものだが、何らかの理由で上から下に行く必要はあったのかもしれない。

いかにも人為的《じんいてき》な三段同心円構造といい、第一階層のあちこちに点在する真円盆地《しんえんぼんち》といい、いったいこの世界は何なのか。アポカリプティック・デート《アポカリプティック・デート》の先遣《せんけん》部隊が第二階層西側の森で遭遇《そうぐう》したというダークエルフは、どうしてリュースラと名乗っているのか……。

詰《つ》め所《しょ》の前に突っ立ったまま、そこまで考えた時。

「おーいキリト〜、こっちこっち！」

リズベットの声が聞こえ、俺は視線を巡《めぐ》らせた。すると廃墟《はいきょ》の西側に、仲間たちが集まっているのが見えた。同時にログインしたはずのリーファの姿もある。

小走りに近づくと、どうやら一同は誰《だれ》かと向かい合っているようだ。左端《ひだりはし》に立つクラインの横から顔を出した途端《とたん》、「あれっ」と声を漏《も》らしてしまう。

少し離《はな》れたところに立っているのは、ほっそりした肢体《したい》に艶《つや》やかな暗赤色の毛皮をまとった二足歩行のキツネ人間だった。昨日、ユイを拉致《らち》したアポデの獣人《セリアン》四人組の一人、アズキだ。

「アズキ、どうしてここに？　待ち合わせは西の橋だったよな？」

俺がそう訊《たず》ねると、アズキは尖《とが》った鼻面《はなづら》を突き出し、猛然《もうぜん》とまくし立てた。

「何ノンキなこと言ってるのよ！　あんたが約束の時間までに現れないから、こうしてウチが様子を見にきたんでしょ！」

「あー、そりゃ申し訳ない」

頭を搔《か》きつつ謝る。俺は昨日アズキたちに「明日の正午までに廃墟《はいきょ》の西にある橋に行く」と伝えたが、視界右下のデジタル時計はすでに十二時十分を示している。

「え……アズキ、あの橋からここまで十分で移動したのか？」

ついそう訊《たず》ねると、アズキは少々自慢《じまん》そうに胸を張った。

「ウチの脚《あし》をナメないでよね。第二階層まで来てる獣人二百人の中で、五番目か六番目に速く走れるんだから」

だったらどうしてユイ拉致《らち》の実行役はサル人間のマサルだったんだ、と不思議に思うがまた怒《おこ》りそうなので黙《だま》っておく。恐《おそ》らく、アズキでは腕力《わんりょく》が足りなかったのだろう。

「ねえねえ、やっぱり一番はチーターの獣人《セリアン》なの？」

リーファの無邪気《むじゃき》な質問に、アズキは「まあね」と頷《うなず》いてから続けた。

「でもチーターは持久力がないのよね、それはウチもだけど。総合的な速さなら、スプリングボックとかの羚羊系《れいようけい》かなあ……って、しれっと情報抜いてんじゃないわよ、お金取るわよ！」

唖然《あぜん》とする一同を端《はし》から睨《ね》めつけると、アズキは最後に俺を見据《みす》え、言った。

「さあ、キリト、返事を聞かせてもらうわよ！　ウチたちと共闘《きょうとう》するの、しないの⁉」

「する」

「言っておくけど、ウチをここまで来させておいてゼロ回答とか有り得ないからね……え？　いま、するって言った？」

「する」

「…………」

アズキは毒気を抜かれたように、長い睫毛《まつげ》を何度かしぱしぱさせてから頷《うなず》いた。

「……そ、そう、あんがと。えーっと……そういうことなら、一回ウチらのリーダーに会ってちょうだい。あと、連絡用《れんらくよう》にフレンド登録もしてもらうわよ」

「了解《りようかい》」

ウインドウを開き、アズキと相互《そうご》フレンド登録を済ませる。途端《とたん》、リーファとリズベットが左右から詰《つ》め寄《よ》る。

「あたしともしよ！」「あたしもあたしも！」

「……………まあ、いいけど」

とアズキが応じた、その時だった。

いままで沈黙《ちんもく》していたクラインが、右手を真上にぴんと伸ばして叫《さけ》んだ。

「オ、オレともお願いしまーす！」

その場の全員が沈黙《ちんもく》した理由が、感嘆《かんたん》なのか驚愕《きようがく》なのかそれとも呆《あき》れ返《かえ》っただけなのか、俺には咄嗟《とつさ》に判断できなかった。

アポデ組の先遣《せんけん》部隊四十人を率いるのは、《キャスパルク》――通称《つうしよう》キャスパーという名のネコ人間らしい。

アズキはリーファ、リズベット、クラインともフレンド登録すると、その場でキャスパーにメッセージを飛ばし、すぐに届いた返事を一瞥《いちべつ》してから言った。

「会談の場所は、ここととウチらのキャンプの中間地点。時間は今日の夜九時。いい？」

「ちょ……ちょっと待った。中間地点って、何キロ離《はな》れてるんだ？」

「んーと、三百キロくらいかな」

「さんびゃく…………」

しばし絶句してしまう。遠いのは解《わか》っていたが、改めて言葉にされると想像が追いつかない。

現実世界なら新幹線に乗る距離《きょり》だ。

「……ってことは、あんたらはユイを攫《さら》うために六百キロも移動してきたのか？　何時間……いや、何十時間かかったんだ……？」

「え～～～っと……」

しばし言《い》い淀《よど》んでから、アズキは仕方ないか、というように答えた。

「スピードとスタミナが三倍になるアイテム……秘薬があるのよ。それを飲めば、アライグマのラルカスでも時速九十キロ出せる。だからだいたい七時間弱かな……」

「時速九十キロ⁉　……マサルはどうしてユイを攫《さら》った時、それを使って逃げなかったんだ？」

「あんたたちがペットに乗って追いかけてくるのは想定外だったの」

アズキは俺の横でお座りしているクロをちらりと見てから続けた。

「その秘薬は、獣人《セリアン》と獣《セリア》にしか効果がない。だから、薬はペットに飲ませて、あんたたちは背中に乗って移動することになる。騎乗《ライド》できるペットはその子と、この前のトカゲちゃん以外にはいないの？」

「えっと……」

ミーシャをここまで移動させられるのか判断しかねる俺に代わって、渉外《しょうがい》担当のフリスコルが答えた。

「デカいクマがいるけど、脚はそこのクロヒョウほど速くないし、そもそも階段ダンジョンを通過できない」

「あー……あのダンジョン、ペットのサイズ選別装置にもなってるっぽいからね」

アズキたちも苦労したのか、鼻先から伸びた細いヒゲがぴくぴく動く。

「うーん、いまからこのあたりのモンスターをテイムしてたんじゃレベルや親密度が足りないだろうし……。となると、会談場所まで行けるのはアンタともう一人だけだね」

「そのもう一人は、自動的にユイになるんじゃないのか？　ダークエルフと話ができる可能性があるのはユイだけなんだし……」

「あの子の大きさなら、オットーが背中に乗せて走れる。イヤじゃなければ、だけどね」

「……それは当人に訊《き》いてみないとな……」

と俺が首を傾《かし》げた、その時。二十メートル以上も離《はな》れた詰《つ》め所《しょ》から、ユイの精一杯《せいいっぱい》の大声が届いた。

「私は大丈夫《だいじょうぶ》ですよー！　トラさんに乗せてもらうの、楽しみです！」

するとアズキは、了解《りょうかい》したとばかりにユイに向けて手を振ると、俺を見て言った。

「ひぇー、あそこからこのボリュームの会話が聞こえてたワケ？　ウチより耳がいいね」

「ウム、まあな」

しかつめらしく頷《うなず》いたが、ユイは生体脳では言葉と認識《にんしき》できない微弱《びじゃく》な信号でも周波数解析《かいせき》によって復元できるので、人によってはチートと思うかもしれない。しかしこれも弓の腕前《うでまえ》と同じく、意図せず放り込まれたこの世界で、自分と仲間を守るために力の限りを尽《つ》くしているだけのことだ。だいたい、ユイがＡＩだと明かしたところで、アズキたちは信じようとしないだろう。

そのアズキは、もう一度ユイとシノンをちらりと見やってから、ふさふさの尻尾《しっぽ》をくるりと巻き上げた。

「あんないいコなのに、怖《こわ》がらせて悪いコトしちゃったなあ……」

「ホントだぜ。最初から穏便《おんびん》に交渉《こうしょう》してくれりゃ良かったのによォ」

そう嘯《うそぶ》くクラインに、アズキはじとっとした視線を送る。

「そんなコト言えるのは、あんたたちが両隣《りょうどなり》とガチバトルにならなかったからよ。アポデ組は、左の《ソルソ》と右の《ブルパラ》に攻《せ》められて、最初の三日でプレイヤーが三割減ったんだからね」

「お、オオ……そりゃ大変だったな……」

クラインが、一転同情するような声を出したのも無理はない。

ソルソこと《ソウルレス・ソイル》は、魂無《たましいな》き大地という意味のタイトルに似つかわしい重厚《じゅうこう》かつ陰惨《いんさん》な世界観と、ワンミスで即死《そくし》してしまうハードさがコアゲーマー層に支持されているVRMMOだ。

いっぽうブルパラこと《ブルー・パラレリズム》は、VRMMOでは珍《めずら》しいセルアニメ調のトゥーンレンダリングと、オシャレかつクリーンな世界観で若年層《じゃくねんそう》に人気がある。どちらもザ・シード連結体《ネクサス》では上位の同時接続《C》ユ《C》ー《U》ザー数を維持《いじ》していて、その二タイトルに挟撃《きょうげき》されれば人口三割減もむべなるかな……と俺も思ったのだが。

「でもよぉアズアズ、アポデは最初からほとんど内輪揉《うちわも》めしなかったんだろ？　なんで初期に主導権争いが起きなかったんだ？」

フリスコルの問いかけに、アズキは「誰《だれ》がアズアズよ！」と噛《か》みついてから、再びくいっと体を反らせた。

「そりゃ、サイコーのリーダーがいるからに決まってんでしょ！」

「さっき言ってたキャスパルクか？」

「ううん、キャスパーさんもすっごくいいリーダーだけど、あの人の上にもう一人いんのよ。めっちゃ難しくて、アホほど長い連《れん》クエをクリアした人だけがなれる《上位幻獣人《ハイ・ミセリアン》》……その中でも最難関の《古竜人《エルダー・ドラゴニュート》》に、アポデ史上初めて転生した……」

そこでぴたりと口を閉じると、アズキは可愛《かわい》らしい肉球つきの右手でびしっとフリスコルの顔を指差した。

「だから、情報抜くなって言ってんでしょ！　あーもー、話終わったからウチ帰る！」

「ちょ、ちょっと待った！」

振り向きかけたアズキを、俺は慌《あわ》てて呼び止めた。

「その秘薬ってのはいつ貰《もら》えるんだ？　あと、会談場所へは案内してくれないのか？」

「あ、そうだった。えっーと……」

再びリングメニューを出し、コミュニケーションタブを覗《のぞ》き込むと、アズキは言った。

「こっちも色々準備があるから、午後四時に例の崩《くず》れた橋んとこで待ち合わせね」

「了解《りょうかい》。あと二つだけ教えてくれ……まず、その秘薬ってやつは、デメリットはないのか？　たとえば最大HPが減るとか、確率で死ぬとか……」

「そんなモン、ウチらが飲むわけないでしょ」

呆《あき》れ声《ごえ》でそう言うと、アズキはこほんと咳払《せきばら》いしてから続けた。

「もちろんデメリットはあるけど、TPとSPの減りが加速するだけ。だからお水と食べ物をたくさん持ってれば問題ないよ」

「そっか。あと一つ……秘薬は、鳥にも効果があるのか？」

「あるわよ、アポデじゃ鳥人《アビシアン》も獣人《セリアン》のうちだし。……まさか、そのへんの鳥をテイムして、それに掴《つか》まって飛ぼうってんじゃないでしょうね。言っとくけど、秘薬でブーストされるのはスピードとスタミナだけで、パワーは上がらないんだからね！」

「解《わか》ってる解《わか》ってる」

俺がこくこく首を振っても、アズキはしばらく疑わしそうに三角耳をぴくつかせていたが、やがて「だったらいいけど」と答えた。ぴょーんと後ろにジャンプし、右手を軽く持ち上げる。

「そんじゃ四時にね。次は遅《おく》れるんじゃないわよ！」

しっかり釘《くぎ》を刺すと、ひらりと身を翻《ひるがえ》して走り去る。五番目か六番目と豪語《ごうご》するだけあって、華奢《きゃしゃ》なシルエットはみるみる遠ざかり、緩《ゆる》やかな丘《おか》に隠《かく》れて見えなくなる。

数秒後――。

「「かっ……かわい〜〜〜〜っ!!」」

リーファとリズベットが、声を揃《そろ》えて叫《さけ》んだ。

「見ましたリズさん!?　耳とかヒゲとか、本物のキツネみたいに動いてましたよ！」

「見た見た！　それにあのツヤツヤフワフワの毛皮……あーっ、モフらせてって頼《たの》みたかった〜〜！」

「次に会ったら絶対頼《たの》みましょうね！」

「ってか、断られてもモフる！」

盛り上がる二人を見ながら、俺あのキツネッ子の顔に《腐《くさ》れ弾《だま》》ぶちこんだんだよな……と思ったがもちろん口には出さず、横移動してクラインとフリスコルに話しかける。

「あのさ……向こうのリーダーとの会談には俺とアスナとユイが行くことになりそうだけど、さすがに片道三百キロとなると日帰りは厳しいし、交渉《こうしょう》の流れによってはそのままアポデ組のキャンプに行く展開もあると思うんだ。その場合は、三日くらい戻《もど》れないかもしれない」

「だろうなァ。オレも行きてーなァ……ネコのキャスパーちゃんも可愛《かわい》いんだろうなァ……」

遠い目をするクラインはそっとしておいて、話を続ける。

「ただ、ここに来る前にラスナリオの様子を見たんだけど、だいぶカオスな感じになっててさ……エギルは、移住してきたALOプレイヤーたちがいずれNPCの居住地の明け渡《わた》しを要求してくるんじゃないかって予想してるらしいし……」

「あー、あれなあ……。オレも少し調べてみたんだけど、ラスナリオのレベル3加護の話が、スティス遺跡《いせき》でけっこう広まっててさ……」

加護というのは、ラスナリオの主体建築物となっているログハウスに付与《ふよ》された特殊《とくしゅ》効果で、レベル3は《半径五十メートル以内の全ての付帯建築物に最大十万の追加耐久力《たいきゅうりょく》を与《あた》える》というものだ。現在、一人でも建築可能な木や石の小屋の耐久力《たいきゅうりょく》はせいぜい三千から四千、枝で造った掘《ほ》っ立《た》て小屋《ごや》は千あるかどうかなので、十万の追加はまさしく破格、大ボーナスもいいところだ。

いつの間にか夢世界から戻《もど》ってきたクラインが、無精髭《ぶしょうひげ》をじょりじょり擦《こす》りながら唸《うな》る。

「加護のエリア内は、とっくに埋《う》まっちまってるからな。いま、小屋一軒《けん》がだいたい八百から千エルで取り引きされてるらしいぜ」

「はっぴゃく……!?　俺、百エルも持ってないぞ」

「あー、キリの字はギルナリス・ホーネット戦に不参加だったもんな。ハチの巣、金銀財宝がざっくざくだったんだぜ」

　にんまりするクライン、ぐぬぬと歯ぎしりする俺。壁《かべ》の外に建っている小屋が一軒《けん》千エルもするなら、ラスナリオそのものを売りに出したらいくらになるのだろう……という益体《やくたい》もない思考を鼻息ひとつで振り払い、本題に戻《もど》る。

「……で、本当に明《あ》け渡《わた》し要求が出る前になんとか状況《じょうきょう》を改善したいと思ってるんだけど……抜本的《ばっぽんてき》な対策は二つだよな。ログハウスから五百メートル以上離《はな》れた場所に新しい家を建ててそっちもレベル3まで育てるか、ログハウスをさらにレベルアップさせるか。できれば、俺とアスナが出発するまでの三時間で、どっちかやっちゃいたいんだけどな……」

「うーん、三時間か……」

　短く唸《うな》ったフリスコルが、思案顔で続ける。

「ここと ラスナリオは往復一時間かかるから、向こうで使えるのは二時間だな。正直どっちもキツいけど、レベルアップのほうがまだイケそうか。移住者グループが川っぺりに建てた家がイノシシのヌシモンスターにぶっ飛ばされた話、聞いたろ？　やべー強さだったらしいぜ」

「戦ってみたい気もするけど、できれば倒《たお》すんじゃなくて、万全《ばんぜん》の準備を整えてテイムしたいな。てことはログハウスのレベルアップか……問題は、どれくらい増築すればレベルが上がるかだな……」

「さすがにそこまでは情報ない、つーかたぶんユナリン全体でもレベル4になったプレイヤーホームは存在しねーよ。スタート地点の近くじゃ素材がぜんぜん足りねーし、離《はな》れると襲《おそ》ってくるヌシモンがクソつえーしな……。第二階層まで到達《とうたつ》してるアスカもアポデも、第一階層に中間拠点《きょてん》を作るのは諦《あきら》めて、百人規模の荷物持ち《ポーター》部隊を組織してどうにか補給をやりくりしてるって話だ」

「へえええ……」

俺は頭の七割を使ってフリスコルの情報を咀嚼《そしゃく》しつつ、残りの三割で昔のことを思い出していた。

この細面《ほそおもて》の火妖精族《サラマンダー》と初めて会ったのは去年の一月、アルヴヘイムの《ルグルー回廊《かいろう》》という巨大洞窟《きょだいどうくつ》の中だった。世界樹《せかいじゅ》を目指す俺とリーファを襲撃《しゅうげき》してきた、火妖精族《サラマンダー》の大部隊の一員だったのだ。たった一人生き残ったフリスコルは俺が持ちかけた取引にあっさりと乗り、別れ際《わかぎわ》にこれで二度と会うこともあるまいと思った記憶《きおく》があるが、一年と九ヶ月も経《た》ってから別の世界で偶然出遭《ぐうぜんであ》って仲間になるのだから、人生とは不思議なものだ……。

——などと感慨《かんがい》に浸《ひた》っている場合ではない。現在時刻は十二時三十分、ラスナリオに戻《もど》るなら遅《おそ》くとも一時には出発する必要があるが、情報もしっかり整理しておきたい。

「荷物持ち部隊《ポーター》……ってことは、武装は限界まで削《けず》って、補給物資の運搬《うんぱん》に特化した部隊ってことだよな。そいつらに、スタート地点と第二階層を往復させるわけか……。ルートの安全は確保してるんだろうけど、危なっかしい話に聞こえるなあ」

「いやぁ、実際危ねーだろ」

　クラインが、南の空をちらりと見やる。

「オレもラスナリオとマルバ川の間に安全な道を作りたくて、柵《さく》を立てたり壁《かべ》で囲ったりしてみたんだけどよ、そういう工作をすればするほど強めのモブが寄ってくる気がするんだよな。アポデ組やアスカ組の安全確保ってのがどういう方法なのかは知らねーけど、武装が不十分な大部隊を何度も往復させられるほど、このゲームは甘《あま》かねぇと思うぜ」

「同意する」

「右に同じ」

　三人揃《そろ》ってウームと唸《うな》る。

　アスカ組は完全なるライバルだし、アポデ組も最終的にはそうなるのだろうが、協力態勢を築けるかもというこの段階で大損害を負ってほしくはない。会談の時に、どうやって補給路の安全を確保しているのか忘れずに聞いてみよう、たぶん教えてくれないだろうけど……などと考えていると。

「キリトさん、その話なんですけど」

背後からそう声を掛《か》けられ、俺は振り向いた。

するといつの間にログインしたのか、ピナを頭に乗せたシリカが、リーファ、リズベットと並んで立っていた。

「おっす、シリカ。……その話って？」

「補給路です。あたしたちも、ラスナリオからこの拠点《きよてん》まで、食料とか資材を運ぶ必要がありますよね？」

「そうだな……。確か、断崖《だんがい》にはフナムシみたいなボスが巣くってるんだろ？　垂直の壁面《へきめん》で戦えるとは思えないし、階段ダンジョンを地道に上《のぼ》り下《お》りするしかないだろうなあ……」

今朝がた、断崖《だんがい》の偵察《ていさつ》から戻《もど》ったシリカとリズベットが皆《みな》に伝えてくれた値千金《あたいせんきん》の情報を思い出しつつ俺がそう言うと、二人は顔を見合わせてからにんまり笑った。

「しなくていいかもしれませんよ、上《のぼ》り下《お》り」

シリカの言葉に、俺のみならずクラインとフリスコルも首を傾《かし》げる。

すると今度はリズベットが、両手で握《にぎ》った五十センチほどの生成《きな》り色《いろ》のロープを、びん！　と勢いよく引っ張ってから言った。

「これ、亜麻《あま》の繊維《せんい》とニーディーさんの糸を半々で編んで作った試作品。一回、これで試《ため》してみたいんだ」

「試《ため》すって……何を？」

俺の質問に、シリカとリズベットは声を揃《そろ》えて叫《さけ》んだ。

「「ジップライン！」」

10

「どうぞ、アリスちゃん」

差し出されたカップを、アリスは両手で受け取った。

「ありがとうございます、イーディス殿《どの》」

礼を言ってから、無駄《むだ》だろうと思いつつ付け加える。

「どうか、アリスとお呼びください。まだ騎士《きし》となって十年にも満たぬ若輩者《じゃくはいもの》ですゆえ」

「あら、番号の大小で呼び方を決めてるわけじゃないわよ。ファナティオはファナティオって呼んでるし」

「では、なぜ……」

「可愛《かわい》いからに決まってるでしょ」

臆面《おくめん》もなくそう答えると、イーディスはアリスをソファーに座らせ、自分も隣《となり》に腰掛《こしか》けた。ごく自然な仕草で右手を伸ばし、アリスの頭をすりすりと撫《な》でる。

「それに、アリスちゃんは昨夜《ゆうべ》すーっごく頑張《がんば》ったからね。先輩騎士《せんぱいきし》として、いっぱい褒《ほ》めてあげないと」

――セルカも私が甘やかすとちょっぴり困ったような顔をすることがあるけれど、なるほどこんなふうに感じていたのね。

半ば諦《あきら》めの境地でそんなことを考えながら、アリスはイーディスが満足するのを待った。

二人がいるのは、やたらと横に長い部屋の中だ。黒基調の内装はシンプルだが、壁《かべ》や天井《てんじょう》は黒大理石、床《ゆか》は南帝国《みなみていこく》特産の黒羊《くろひつじ》の毛を密に織った絨毯《じゅうたん》、ソファーの張り地も同じ羊の革《かわ》と、安っぽく見える箇所《かしょ》は一平方センたりとも存在しない。

ソファーは三人掛《が》けサイズのものが横一列に四脚置《きやく》かれ、向かい合う壁《かべ》は一面が硝子張《ガラスば》り。その硝子《ガラス》は垂直ではなく、手前の床《ゆか》から天井奥《てんじょうおく》に向けて四十五度の傾斜《けいしゃ》がつけられている。窓の向こうは、無数の星が静かに煌《きら》めく夜空。しかし、窓を開けることはできない。なぜならこの部屋は、央都セントリアの上空三万メルに浮《う》かぶ、《黒蓮二型宇宙要塞《こくれんにがたうちゆうようさい》》の基底部《きていぶ》にある展望室だからだ。

たっぷり十秒以上もアリスの頭を撫《な》で続けてから、イーディスはようやく右手を下ろした。ふかふかのソファーに背中を預け、ふう……と長く息を吐《は》く。

アリスと同じく鎧《よろい》を脱《ぬ》いで、黒いノースリーブの騎士服《きしふく》と同色のレギンス、細い剣帯《けんたい》だけを身につけている。三百年前に仕立てられた服ということになるが、上品な光沢《こうたく》を帯びた生地《きじ》はまるで傷《いた》んでいないし、デザインに古めかしさも感じない。キリトがこの世界で愛用している騎士服《きしふく》と、全体的な意匠《いしよう》が似ている気もする。

端然《たんぜん》とした横顔はアリスよりいくぶん年上に見えるが、妹扱《いもうとあつか》いされるほど離《はな》れているとは思えない。もっとも、天命を凍結《とうけつ》された整合騎士《せいごうきし》にとって、年齢《ねんれい》などあってないようなものだ。いまから三百年前と言えば、星界暦《せいかいれき》——ではなく人界暦《じんかいれき》二百八十年ごろか。整合騎士団《せいごうきしだん》の創立はそのさらに百年前だが、デュソルバートあたりがよく「昔の騎士団《きしだん》は規律や礼法がいまよりずっと厳格だった」と言っていたので、イーディスもきっと厳しいところは厳しいに違《ちが》いない。無作法をしないよう気をつけないと……とアリスが考えた、その時。

イーディスがソファーに深々ともたれたまま、右手を前方のローテーブルに向けて伸ばし、そこに置いてあった自分のカップを心意力《シンイりょく》で浮き上がらせた。

空中を滑《すべ》ってきたカップを慣れた手つきで摑《つか》み、口許《くちもと》に近づける。しかしまだ飲もうとせず、立ち上る湯気をゆっくりと吸い込む。

「うーん、いい香り……。昔のコヒル茶は、どんなに丁寧《ていねい》に淹《い》れても少しいがらっぽいような匂《にお》いがしたけどなあ……」

啞然《あぜん》としていたアリスは、軽く頭を振ってから応じた。

「アスナが改良した、《夕月夜《ゆうづくよ》》という品種だそうです」

「へええ……。アスナちゃんて、キリトと一緒《いっしょ》に人界《じんかい》、じゃなくてアンダーワールドの王様と王妃様《おうひさま》をやってたんでしょ？　土いじりをするなんて、アドミニストレータ猊下《げいか》とはずいぶん違《ちが》うのね……」

囁《ささや》き声《ごえ》でそう言うと、イーディスはコヒル茶を一口飲んだ。

「美味しい」

呟き、視線を窓の外の星空に向ける。

アリスも、ずっと両手で抱《かか》えていたカップを口に運んだ。このコヒル茶も、私が淹《い》れますと何度も言ったのだが、イーディスに「いいから座ってて」と命じられてやむなく従ったのだ。一口飲むと、少し濃《こ》いめなのに雑味のない滑《なめ》らかな味わいが広がる。アリスが淹《い》れるものより確実に一段か二段上の味だ。

「美味《おい》しいです」

「でしょ」

笑顔《えがお》で答えたイーディスは、右手にカップを持ったまま、左手の指先でソファーの肘掛《ひじか》けをぽんと叩《たた》いた。すると、空中に半透明《はんとうめい》のウインドウが広がる。昔は存在しなかった技術だが、ホロウインドウそのものは《ステイシアの窓》として存在していたので、イーディスもすぐに慣れたようだ。メニューを何度かタップすると、正面の窓が遠隔《えんかく》映像に切《き》り替《か》わる。

映し出されたのは、央都セントリアの中心部。ほんの半日前までセントラル・カセドラルがそびえ立っていた、まさにその場所だ。

映像は、広大な敷地《しきち》を南東方向から俯瞰《ふかん》で捉《とら》えている。当然ながら白亜《はくあ》の巨塔《きょとう》は存在せず、代わりに縦横五十メルの四角い穴がぽっかりと口を開ける。いまは午後の十二時四十分なので、ソルスはセントリアのほぼ真上にあるはずだが、敷地《しきち》全体が何かの影《かげ》にすっぽりと呑《の》み込まれ、光は届いていない。

巨大《きょだい》な縦穴は、地面からせり出してきたらしい金属製の隔壁《かくへき》で隙間《すきま》なく囲われている。その周囲にもぐるりと黄色いロープが張られ、さらにその外側には灰色の制服と制帽《せいぼう》を身につけた衛士《えいし》たちが等間隔《とうかんかく》に立っている。彼らがどんな命令を受けているのかは不明だが、時折ちらりと上を見るのはそれが任務だからではなく不安だからだろう。

イーディスが再びウインドウを操作すると、映像が急速にズームアウトし、セントリア市の全景を映し出す。ここまで視点を引いてやっと、カセドラルの敷地《しきち》に影《かげ》を落としていたものの正体が明らかになる。

全長三百メルにも及《およ》ぶ、楔形《くさびがた》の人工物。自称《じしょう》皇帝《こうてい》アグマール・ウェスダラス六世が搭乗《とうじょう》する超巨大機竜《ちょうきょだいきりゅう》、《プリンキピア》だ。

昨夜は二キロルもの高空に陣取《じんど》っていたが、現在は五百メルほどにまで高度を下げている。もともとセントラル・カセドラルの最上階があった高さなのは、偶然《ぐうぜん》ではあるまい。

セントリア市民、ことにカセドラルの敷地《しきち》を警備する衛士《えいし》たちは、機竜《きりゅう》が落ちてこないかと気が気でないだろう。何せプリンキピアは、こうして昼間にじっくり見ても、熱素《ねっそ》エンジンを噴《ふ》かしている様子がまったくないからだ。

同じことを考えたらしいイーディスが、小首を傾《かし》げながら言った。

「昨夜《ゆうべ》、カセドラルに突っ込んできた機竜《きりゅう》とやらは、熱素《ねっそ》の炎《ほのお》を噴《ふ》き出して飛んでたけど……

あのでっかいのは、どうやって浮《う》いてるわけ？」

「さっぱり解《わか》りません。現在、エアリーたちが解析《かいせき》を進めているので、いずれ何らかの推論は得られるでしょうが……」

「そっか……」

コヒル茶をもう一口味わうと、イーディスはさらに映像を操作した。再びズームインして、視点を下げる。やがて、赤い砂岩で築かれた南セントリアの街並みが窓全体に映し出される。北セントリアから一キロルも離《はな》れていないのに、道を行《い》き交《か》う人々の服装も、街路樹の種類もまったく違《ちが》う。

映像は、現実世界ならオープンカフェとでも呼ばれるのであろう、屋外席を備えた軽食店に近づいていく。ちょうどお昼時なので席は八割がた埋《う》まっているが、人々の顔に笑顔《えがお》はない。頭を寄せ合い、時折北の空に浮《う》かぶ黒い影《かげ》を見上げながら、ひそひそと言葉を交《か》わしている。音声は聞こえないが、会話の内容は容易に想像できる。セントリアから避難《ひなん》するか、あるいは留《とど》まるのかを相談しているのだ。

皇帝《こうてい》アグマールは昨夜、立体映像で自分こそ《全人界《ぜんじんかい》の正統なる統治者》だと宣言したが、それ以降はプリンキピアをあの位置まで降下させただけで、何のアナウンスも行っていない。恐《おそ》らく、セントラル・カセドラルの飛翔《ひしょう》と宇宙要塞《ようさい》へのドッキングは、皇帝《こうてい》にとっても想定の遥《はる》か埒外《らちがい》の事態だったのだろう。昨夜はカセドラルの上空二キロルにプリンキピアを浮《う》かべて勝利宣言をしたわけだが、現在は己《おのれ》の頭上三十キロルにそのカセドラルが浮《う》かんでいるわけで、この状況《じょうきょう》で重ねて勝利を宣言すべきか否《いな》か決めかねているに違《ちが》いない。

もっとも、手詰《てづ》まりなのはこちらも同じだ。黒蓮二型《こくれんにがた》には大中小の兵装が山ほど搭載《とうさい》されているらしいが、プリンキピアが墜落《ついらく》したらセントリアへの被害《ひがい》はアーヴス型機竜《きりゅう》の比ではない。搭載《とうさい》している数千個もの熱素《ねっそ》が全て解放されれば、大げさでなく東西南北の全市域が火の海になってしまう。

ゆえに、現整合騎士団《げんせいごうきしだん》──と言っても覚醒《かくせい》している騎士《きし》は五人だけだが──の指揮官であるファナティオは、皇帝《こうてい》の出方《でかた》を見るという決断を下した。消極的《しょうきょくてき》なようだが、仮にアリスが指揮官でもそうしただろう。少なくとも、皇帝《こうてい》があそこまで殲滅《せんめつ》にこだわった凍結騎士《とうけつきし》たちは全員無事だったので、敵の動きを待つ程度の精神的余裕《よゆう》はある。

ファナティオのその決断を受けて、キリトとアスナは朝が来る前にログアウトした。アリスたちも交代で入浴してから、プリンキピアの監視《かんし》は黒蓮二型《こくれんにがた》の管理人であるリリールーに任せ、カセドラル九十二階に複数ある二人用の寝室《しんしつ》で休むことになった。

部屋割りは、ティーゼとロニエ、ファナティオとイーディス、アリスとセルカ、エアリーとナツになったので、アリスとしては再会かなったセルカと心ゆくまで語り合いたかったのだが、ベッドに横たわった直後から記憶《きおく》がない。

仮眠《かみん》のつもりがたっぷり六時間も寝てしまい、セルカに起こされた時には十時を回っていた。

夜が明けても敵機竜《てききりゅう》に動きはなく、九十四階で全員揃《そろ》って朝食を摂《と》り、以降は連絡《れんらく》があるまで待機という名の自由時間になった。

そろそろ、いったんアンダーワールドからログアウトしないと神代博士《こうじろ》に迷惑《めいわく》がかかるし、ユナイタル・リングの状況《じょうきょう》も気にかかる。しかし、いまセルカと離《はな》れたら、戻《もど》った時には何か大変なことが起きていて、また手が届かなくなってしまうのでは……という不安がどうしても振り払えない。あれこれ考えながら、解凍薬《かいとうやく》作りを再開したセルカにまとわりついていたら、邪魔《じゃま》だからどこかに行ってて！　と言われてしまった。

悄然《しょうぜん》ととぼとぼ大階段を降りていたら、イーディスが追いついてきて、惑星《わくせい》カルディナを直接見たいから黒蓮二型《こくれんにがた》の基底部にある展望室に行こうと誘《さそ》われた。断る理由もなかったので同行し、八十階から昇降洞《しょうこうどう》で一階まで降りて、昨夜までは前庭に繋《つな》がっていた正面玄関《げんかん》から要塞《ようさい》の中に入り、通路を右に折れ左に折れしてやっとこの展望室に辿《たど》り着《つ》き、現在に至る——というわけだ。

ログアウトしないならしないで、やれることはたくさんある。アリスが不在だった二百年のあいだに開発された新しい術式の確認《かくにん》、星界暦《せいかいれき》以降の歴史と地理の勉強、いっそカセドラルの掃除《そうじ》をしたっていい。しかし、体に吸い付くようなソファーにもたれてちびちびとコヒル茶を飲んでいると、だんだん立ち上がる気力が薄《うす》れてくる……。

「三百年、かあ……」

イーディスの声に、アリスは重くなりかけていた瞼《まぶた》をぱちっと持ち上げた。

そっと左を見ると、黒リボンの騎士《きし》は瞳《ひとみ》に揺蕩《たゆた》うような光を浮《う》かべて、南セントリア市街の映像に見入っていた。

「……そんなに時間が経《た》てば、世の中も色々と変わっているだろうとは思ったけど……まさか公理《こうり》教会《きようかい》も整合騎士団《せいごうきしだん》もなくなって、道を馬なしの馬車が走ってて、ダークテリトリーから観光客が来てるなんてね」

言われてみれば、映像にはゴブリン族やオーク族の姿があちこちに見受けられる。アリスは一瞬躊躇《いつしゆんためら》ってから、小声で注釈《ちゆうしやく》した。

「イーディス殿《どの》、あの亜人《あじん》たちは観光客ではなく、移住者かその子孫だと思われます」

「え……へええ、そうなんだ……」

イーディスは少なからず驚《おどろ》いたようだが、表情に嫌悪《けんお》の色はない。かすかな吐息《といき》を漏《も》らし、再び囁き声《ささやごえ》を響《ひび》かせる。

「でも、一番びっくりしたのは……ベルクーリ閣下《かつか》と、アドミニストレータ猊下《げいか》が身罷《みまか》られたことかな」

「…………ええ」

アリスはそう応じるのが精一杯《せいいつぱい》だった。途端《とたん》、イーディスが右手を動かし、ソファーに投げ出されたアリスの左手をぽんぽんと叩《たた》く。

「猊下《げいか》と戦ったアリスちゃんを責めてるわけじゃないのよ。驚《おどろ》いたのは確かだけど……でも、いつかそうなるような気もしていたから……」

「……なぜ、ですか？」

恐《おそ》る恐《おそ》る問いかけると、イーディスは視線を展望室の天井《てんじょう》に向け、続けた。

「……アドミニストレータ様は、あまりにも大きな……大きすぎるほどの力をお持ちだった。それゆえに、ご自身以外の誰《だれ》も、本当の意味では信じておられなかった。だから、もしも猊下《げいか》のお力をもってしても対処できない危難が訪《おとず》れたら…………」

その先は言葉にしなかったが、アリスにはイーディスの言わんとすることが理解できた。

異界戦争《いかいせんそう》、またの名を《最終負荷実験《さいしゅうふかじっけん》》こそが、まさにその危難だったのだ。最高司祭は、東の大門から押し寄せてくる暗黒界軍に対抗《たいこう》するために、整合騎士団《せいごうきしだん》と四帝国軍《よんていこくぐん》を強化するのではなく、人界《じんかい》の民《たみ》の半数をソードゴーレムに変えるという狂気《きょうき》の計画を実行しようとした。キリト、ユージオ、アリス、そして賢者《けんじゃ》カーディナルと彼女の使い魔《ま》シャーロットが最高司祭と戦ったのは、その計画を阻止《そし》するためだった。

……いや、思い返してみれば、整合騎士団そのものがアドミニストレータの疑心の産物だ。最強の護衛集団《ごえいしゅうだん》を欲《ほっ》しつつも裏切られることを恐《おそ》れ、永遠に揺《ゆ》るがない忠誠を強《し》いるために《シンセサイズの儀式《ぎしき》》を編み出した。騎士《きし》となる者の最も大切な記憶《きおく》を奪《うば》い取《と》り、代わりに《敬神《バイエティ》モジュール》というプログラムを額《ひたい》から埋《う》め込む。その儀式《ぎしき》によってフラクトライトが改変され、整合騎士《せいごうきし》は自分を神界から召喚《しょうかん》された、最高司祭アドミニストレータの忠実なしもべだと信じてしまう。

アリスのフラクトライトにも、まだモジュールが残留している。除去することも可能だが、その場合は奪《うば》われた記憶《きおく》の欠片《かけら》を挿入《そうにゅう》しないと、フラクトライトが正常に機能しなくなる……つまり記憶《きおく》が部分的に失われたり、最悪の場合は昏睡《こんすい》してしまうらしい。また、たとえ記憶《きおく》の欠片《かけら》を戻《もど》せたとしても、現在のアリス・シンセシス・サーティの人格は失われる可能性が高い。

もっとも、アリスから奪《うば》われた記憶《きおく》の欠片《かけら》は最高司祭との戦いで失われてしまったので、もうモジュールを取り除くすべはないのだが。

イーディスも同様に、愛する誰《だれ》かの記憶《きおく》を奪《うば》われ、敬神《パイエティ》モジュールを埋《う》め込まれている。ファナティオも、恐《おそ》らくシンセサイズの儀式《ぎしき》についてまでは説明しなかっただろう。いつかはイーディスも、自分が最高司祭に対して抱《いだ》いている感情は、半ば強制されたものであることを知る時が来る。

無意識のうちにアリスは左手を動かし、イーディスの右手を握《にぎ》っていた。あっ、と思ったがもう遅《おそ》い。不思議そうに微笑《ほほえ》む先輩騎士《せんぱいきし》に、言葉を探しつつ語りかける。

「イーディス殿《どの》……。最高司祭様に剣を向けた私が言っていいことではないかもしれませんが、あの方はあの方なりの方法で、アンダーワールドを愛しておられました。そしてその愛情は、確かに我ら騎士《きし》にも向けられていたと……私は信じます」

イーディスは長いこと黙《だま》っていたが、やがて右手を裏返し、アリスの左手を握《にぎ》り返してきた。

「……そうね。いつかは壊《こわ》れて捨てられる人形だったとしても……猊下《げいか》はいっとき、私たちを大切にしてくれた。私は、整合騎士《せいごうきし》として生きた年月《としつき》を後悔《こうかい》してはいないわ」

「………はい」

そっと頷《うなず》くと、アリスは体を左に傾《かたむ》け、イーディスの肩《かた》に寄りかかった。二人の整合騎士は、しばらくそのまま、映像盤《えいぞうばん》に映し出される美しい街並みを眺《なが》め続けた。

「………」

11

十月四日、午後一時三十分。

ひときわ大きなメグリマツのそばで足を止めた俺は、久々に──と言っても留守にしたのは十八時間だが──目にするラスナリオの姿に、しばし言葉を失った。

昨夜ここでログインした時も変貌《へんぼう》ぶりに驚《おどろ》いたのに、たったの一日足らずでいっそう規模が拡大している。

ラスナリオの街は半径三十メートルの壁《かべ》に囲まれているが、中央のログハウスが発生させる《古樹《こじゅ》の加護》の効果範囲《はんい》は半径五十メートルなので、壁《かべ》からさらに二十メートル離《はな》れた場所まで急造の小屋がぎっしりと立ち並び、さながら《市中》と《市外》の様相──というのが、昨夜までの状況《じょうきょう》だ。

現在は、加護ラインの外側二十メートルのあたりまで市外エリアが広がっている。密集する建築物はほぼ全て、未製材の細い丸太──というか単なる枝で造った《粗雑《そざつ》な木の小屋》で、もちろん加護効果を受けていないので耐久力《たいきゅうりょく》は千もあるまい。低レベル帯のプレイヤーでも、石斧《いしおの》一つで容易に破壊《はかい》できる。

持ちきれないアイテムを保存したり、中でログアウトするにはまったくもって心許《こころもと》ないが、恐《おそ》らく超《ちょう》過密状態ゆえの相互《そうご》監視《かんし》状態……つまり、家主が不在かログアウト中の家を壊《こわ》そうとしても、常に他の誰《だれ》かの目があるという状況《じょうきょう》がかろうじて治安を維持《いじ》しているのではないか。

しかし、それが長続きするとは到底《とうてい》思えない。彼らは、加護範囲《はんい》が広がるか、壁《かべ》の中の土地が再分譲《さいぶんじょう》されることを期待して、あの場所でいわば順番待ちをしているのだ。

「うーん、こりゃ急がないとまずいな……」

俺がそう呟《つぶや》くと、アスナも大木の陰《かげ》から街を眺《なが》め、頷《うなず》いた。

「そうだね、このままだと今日中に大きいトラブルが起きるかも」

「それに、移住してくるやつらはまだまだ増えそうだゾ。オイラたちが第二階層に到達《とうたつ》したこと、もうスティス遺跡《いせき》でウワサになってるからナ」

後ろからそう教えてくれたのはアルゴだ。その隣《となり》で、シリカが目を丸くする。

「え、そうなんですか？　まだ一日も経《た》ってないのに、どこから情報が伝わるんだろ……」

「ネトゲのウワサなんてのは、一日ありゃマップの端《はし》から端《はし》まで広がるもんサ。ただ、今回は確かにちょーっと速すぎるナ。チームの誰《だれ》かがSNSで自慢《じまん》してる様子もないシ……」

「えっ、アルゴさん、みんなのSNSまでチェックしてるの？」

アスナが驚《おどろ》いたように言うと、情報屋はいつの間にかヒゲペイントが復活した頬《ほお》をニヤッと動かした。

「基本だヨ、基本。インセクサイト組のアカウントも抜かりなくフォローしてるゼ」

そう嘯《うそぶ》くと、すぐに笑《え》みを消して続ける。

「ただ、さすがに昨日接触《せっしょく》してきたアポデ組のアカまではまだ割り出せてないからナ。あっち経由で情報が回った可能性はアル」

「あるいは、ALO組のプレイヤーに監視《かんし》されてるか……」

チームの誰《だれ》かが外部に進行状況《じょうきょう》を逐一《ちくいち》伝えているかだ——という憶測《おくそく》は呑《の》み込んでおいて、俺は続けた。

「……もし監視《かんし》が付いてるなら、九割がたムタシーナの差し金だろうな。《絞輪《こうりん》》の杖《つえ》は破壊《はかい》したけど、あれで諦《あきら》めるとも思えない。いずれまた、何か仕《し》掛けてくるはずだ」

「そうね」

頷《うなず》いたアスナが、賑《にぎ》わうラスナリオの市外エリアを心配そうに見つめる。

「《絞輪》が使えなければ、前みたいな大軍勢を組織するのは難しいでしょうけど、その気になればやれることはまだ色々あるわ。移住してきた人たちを焚《た》き付《つ》けて暴動を起こさせたり、遠くからライフハーベスター級のモンスターを引っ張ってきてぶつけたり……もっと単純に、キリトくんを暗殺しようとするかもしれない」

「おいおい、いくらなんでも……」

と苦笑《くしょう》しかけたが、考えてみれば大げさでもなんでもない。どれも旧SAOの殺人《レッド》ギルド、ラフィン・コフィンを彷彿《ほうふつ》とさせる手口だが、犯罪防止コードのないユナイタル・リングは、むしろＳＡＯより扇動《せんどう》も暗殺も遥《はる》かに容易なゲームなのだ。

「いや……解《わか》った。身辺はしっかり警戒《けいかい》するから、アスナも気をつけてくれよ」

俺がそう言うと、アスナは少しだけ微笑《ほほえ》み、「うん」と頷《うなず》いた。

途端《とたん》、後方でシリカがこほんと咳払《せきばら》いし、話し始める。

「えーっと、あたしちょっと気になったんですけど、ムタシーナさんの望みって、ＡＬＯ組のプレイヤーを一つにまとめて、そのリーダーになることなんですよね？」

「うん……そういうことだろうな。アポデ組にはドラゴン獣人《じゅうじん》のトップリーダーがいるってアズキが言ってたし、アスカ組もたぶん……」

「ばちくそ強い総大将と、切れ者の軍師がいるって噂《うわさ》だナ」

アルゴの補足説明に視線で謝意を伝え、再びシリカを見る。

「で、ムタシーナもそういうポジションを狙《ねら》ってて、それには俺たちが邪魔《じゃま》……っていうか、服従させてラスナリオごと自分の勢力に取り込みたいんだと思う」

俺がそう答えると、シリカはピナを乗せた頭を少しだけ傾《かたむ》け、考え込むように言った。

「だったら、どうして普通《ふつう》のやり方でトップリーダーを目指そうとしなかったんでしょうか？あんなに強力な大魔《だいま》法《ほう》を使えるんだから、引《ひ》き継《つ》ぎスキルも持ち込み装備も、本人の戦闘力《せんとうりょく》もかなりのレベルだったはずです。窒息魔《ちっそくま》法《ほう》で脅迫《きょうはく》なんかしなくても、正攻法《せいこうほう》で信頼《しんらい》を築いて、ＡＬＯ組のリーダーになれた可能性は充分《じゅうぶん》あると思うんですが……」

シリカの声に耳を傾《かたむ》けていると、かつてスティス遺跡《いせき》で聞いたやり取りが脳裏《のうり》に蘇《よみがえ》った。

——こんなクソ魔法《まほう》で仲間を脅迫《きょうはく》するのが最善の選択《せんたく》だってのか？　会場には仮想研究会《かそうけんきゅうかい》のメンバーもいるんだろう？

ムタシーナにそう詰め寄《よ》ったのは、チーム《アナウンスちゃんファンクラブ》のリーダー、両手剣使《りょうてけんつか》いのツブローだった。

その糾弾《きゅうだん》に、ムタシーナは涼《すず》しげな笑《え》みを浮《う》かべて答えた。

——あなたたちがこの場所に集まった理由は、たまたま一時的に利害が一致《いっち》したからでしょう？　断言しますが、いま協力を約しても、ゴールが近づけばまずチーム間に争いが生まれ、その後はチーム内で殺し合うことになりますよ。しかし、少なくとも私の魔法《まほう》が働《はたら》いているあいだはそのような事態は回避《かいひ》できます。クリアを目指すならこれが最善、最高効率な手段でしょう？

俺は、軽くかぶりを振って魔女《まじょ》の声を耳朶《じだ》から払《はら》い落《お》とすと、シリカに語りかけた。

「ムタシーナは、どんなに結束の固い陣営《じんえい》でも、ゴールが近づけば必ず内から争いが起きる、それを防ぐための窒息魔法《ちっそくまほう》なんだ……って言ってた。確かに、俺たちのチームもそうならない保証はないけど、だからって仲間を脅《おど》して従わせるのが最善の方法だなんてこと、あるはずがないよ。ムタシーナだって、それくらいのことは解《わか》ってたんじゃないかな……」

「じゃあ……どうして、あんなことを……？」

シリカの問いに、俺はもう一度首を左右に動かした。どんなプレイヤーでも、向かい合って言葉を交《か》わせば少しくらいは内面が窺《うかが》えるものだが、あの魔女《まじょ》は俺が眼前でソードスキルを発動させつつある瞬間《しゅんかん》でさえ、まったく心の裡《うち》を覗《のぞ》かせなかった。あんな感覚を味わったのは、もしかすると皇帝《こうてい》ベクタことガブリエル・ミラー以来……いや、彼の中には無限の虚無《きょむ》があり、俺は戦いの中でそれをまざまざと感じた。しかしムタシーナの瞳《ひとみ》は、百パーセントの反射能《はんしゃのう》を持つ鏡のようで……。

「キリトさん……?」

シリカに呼ばれ、はっと顔を上げる。

「ああ、ごめん。──ムタシーナの行動原理は、俺には想像もできないよ。いま言えるのは、絶対にまた何か仕《し》掛けてくるってことくらいかな」

「だったらあたしたちも、向こうの想定を超《こ》えていかないとですね!」

笑顔《えがお》でそう言い切ると、シリカはラスナリオに視線を向けた。

「さあ、まずはあのカオス状態をなんとかしちゃいましょう!　そしたらジップラインの実験開始です!」

「きゅるー!」

頭上のピナも元気な鳴き声を上げる。確かに、いつまでもここで立ち話をしてはいられない。三時四十五分までには第二階層の仮拠点《かりきょてん》に戻《もど》らないと四時の待ち合わせに間に合わないので、ラスナリオに滞在《たいざい》できるのはあと一時間四十分。そのあいだに、ログハウスのレベルアップを完了《かんりょう》させなくてはならない。

俺がストレージを開こうとした時、アルゴが一歩下がって言った。

「ほんじゃ、オレっちはここでナ」

「え、どこか行くのか？」

訊《たず》ねると、アルゴはちらりとアスナを見てから答えた。

「ちょいとスティス遺跡《いせき》まで行ってくるヨ。今日中にはラスナリオに戻《もど》るケド、アーちゃんとキー坊《ぼう》がアポデ組のキャンプまで行くことになったら、次にこっちで会えるのは当分先かもナ」

「そうか……気をつけてな」

「そっちもナ！」

そう言い残すと、アルゴは忍者《にんじゃ》めいた身のこなしで木々の奥へと姿を消した。

改めてストレージを開き、《粗雑《そざつ》な麻《あさ》のクローク》を取り出して羽織る。アスナとシリカも同じもので頭から膝下《ひざした》までをすっぽり覆《おお》う。

シリカは大判の布ザックも実体化させると、ピナを入れて背負った。これで、ぱっと見では誰《だれ》だか判《わか》らないはずだ。自分たちが作った街に正体を隠《かく》して戻《もど》るのもおかしな話だが、余計なトラブルは避《さ》けたい。幸い、髪《かみ》や服が簡単には乾《かわ》かないユナイタル・リング世界では雨よけにクローク、つまりフードつきマントを装備しているプレイヤーはたくさんいるので、この格好の三人連れでも目立つことはない。

大木から離《はな》れ、ラスナリオの市外エリアに近づいていく。建築物の大半はただの小屋だが、細い道沿いには屋台もたくさんあって、謎《なぞ》の串焼《くしや》きや謎《なぞ》の煮込《にこ》み、謎《なぞ》の饅頭《まんじゅう》などがなかなかに旨《うま》そうな匂《にお》いを放っている。

「買わないわよ」

アスナがぼそっと囁《ささや》いたので、「何も言ってないじゃん……」と答え、幅《はば》二メートルもない隘路《あいろ》を進んでいく。見た目はほとんどスラム街だが雰囲気《ふんいき》は予想外に明るく、あちこちにある小さな空き地では、午前中に一狩《ひとか》りしてきたのであろうプレイヤーたちが串焼《くしや》き肉《にく》と素焼《すや》きのカップを手にわいわいお喋《しゃべ》りしている。

二十メートルほど歩くと、小屋のグレードが目に見えて上がる。《古樹《こじゅ》の加護》の効果範囲《はんい》に入ったのだ。枝で作ろうと板で作ろうと石で作ろうと耐久力《たいきゅうりょく》ボーナス値は付与《ふよ》されるが、場所取りのための仮住まいではなく正式なマイホームだと思うと、ある程度ちゃんとした家を建てたくなるのだろう。

さらに二十メートル進み、ラスナリオの北西ゲートをくぐる。その先の通称《つうしょう》《十時路《じゅうじろ》》は、日曜だからか昨日よりさらに賑《にぎ》わっている気がする。

道の右側にはバシン族の居住地があり、天幕がいくつも並んでいる。その一つにトンネルが隠《かく》されていて、高い壁《かべ》で囲われたログハウスの敷地《しきち》に出入りできるルートはそこだけだ。

俺たちは、十時路《じゅうじろ》の中間あたりにある大きな木戸から、バシン族の居住地に入ろうとした。

しかしそこで、前方左側からワーッという大勢の声が聞こえてきて、三人で顔を見合わせる。

左側は厩舎《きゅうしゃ》地区になっていて、俺たちのペット四頭が暮らしているほか、移住者のペットの預かりサービスも行っている。クロとアガーは第二階層に残してきたので、いまはミーシャとナマリと預かりペットが二、三匹《びき》いるだけ……のはずだ。

木戸から離《はな》れ、小走りに声が聞こえたほうに向かう。すると、厩舎《きゅうしゃ》の広い前庭部分に大きな人だかりができていて、その奥から鋭《するど》い金属音が聞こえてくる。

人だかりの隙間《すきま》に潜《もぐ》り込んだ俺たちが見たのは、予想外の光景だった。

扇形《おうぎがた》をした前庭の中央に大きな円が描《えが》かれ、その中で二人のプレイヤーが対峙《たいじ》している。左側の男の武器は片手剣《かたてけん》プラス丸盾《まるだて》、右側は両手剣《りようてけん》。拳闘《けんとう》ならぬ、剣闘興行《けんとうこうぎょう》みたいなことをしているのかと思ったが、双方《そうほう》の頭上に浮《う》かぶスピンドルカーソルのHPバーは、両手剣使《りようてけんつか》いが残り八割、片手剣使《かたてけんつか》いは七割弱。出し物にしては減らしすぎではないのか。

俺は、最前列で声援《せいえん》を送っている革鎧《かわよろい》の男にすすっと近寄り、クロークのフードを被《かぶ》ったまま訊《たず》ねた。

「なあ、これは何をやってるんだ？」

「ああ？　決勝戦だよ！」

「決勝戦って、何の？」

「いいとこなのにうるせーな、あそこに書いてあるだろ！」

そう言って男が指差したのは、リングの右奥だった。木陰《こかげ》になっていて気付かなかったが、急拵《きゅうごしら》えの看板が立てられ、トーナメント戦のいわゆるヤグラが描《えが》かれている。出場者は八人、つまり俺たちがここに来る前に、すでに準々決勝《じゅんじゅんけっしょう》が四試合、準決勝《じゅんけっしょう》が二試合行われて、いままさに決勝戦の真っ最中らしい。

俺は、じりじりと横移動している剣士たちをちらりと見てから、もう一度トーナメント表に目を凝《こ》らした。

ヤグラのてっぺん、優勝者を示す一本線の上に、読みづらい文字で【VS】と書かれている。つまり、優勝者はさらに誰《だれ》かと戦う予定ということか。VSの上にも線が続いていて、その先——看板の最上部にも大きな文字が並ぶが、悪筆な上に木漏《こも》れ日《び》が揺《ゆ》れるせいでなかなか読み取れない。

その時、対戦者の片方が鋭《するど》く叫《さけ》んだ。

「シャッ！」

片手剣《かたてけん》使《つか》いが、丸盾《まるだて》を掲《かか》げながら距離《きょり》を詰《つ》める。両手剣《りょうてけん》使《つか》いが攻撃《こうげき》してくれば、その一撃《いちげき》を盾《たて》で受け流し、右か左に避《よ》けようとしたら盾《たて》ごと体当たりして姿勢を崩《くず》すという作戦だろう。丸盾《まるだて》はそこそこ厚みのある金属製で、あれなら両手剣《りょうてけん》の強攻撃《きょうこうげき》を受けても砕《くだ》けはするまい。大物《オオモノ》相手は間合いを潰《つぶ》す、という基本に則《のっと》った作戦だ。

しかし両手剣使《りょうてけんつか》いも、対人戦の経験があれば、密着《みっちゃく》しようとする相手には慣れているはず。果たしてどう対処するつもりだろう、とつい身を乗り出してしまう。

「オウ！」

野太く吼《ほ》えた両手剣使《りょうてけんつか》いは、俺もまったく予測できない行動に出た。剣をあっさり地面に落とすと、一歩前に出て両手で丸盾《まるだて》の縁《ふち》をがっちり摑《つか》んだのだ。体格がやや大きいことが幸いし、背中を大きく反らしながらも相手の突進《とっしん》を受け止める。直後、

「オラアッ！」

再び叫《さけ》びながら、盾《たて》を左に回す。片手剣使《かたてけんつか》いも抗《あらが》おうとするが、腕《うで》一本と二本の膂力差《りょりょくさ》で、ぐらりと体が傾《かたむ》く。

俺はSAO時代からいまに至るまで、VRMMOで盾《たて》を使ったことはほとんどない。しかし、大中小の盾《たて》を愛用するプレイヤーたちのあいだで、《盾《たて》を腕《うで》に固定するのかしないのか問題》が長いこと議論されていることは知っている。

ほとんどの盾《たて》の裏には革《かわ》ベルトが装着されていて、それで前腕部《ぜんわんぶ》に盾《たて》を固定し、さらに手でハンドルを握《にぎ》る――というのが基本的な装備方法だろう。SAOでも、装備フィギュアに直接盾《たて》をドロップすると、その状態で実体化したはずだ。ベルトで固定されていれば、ハンドルを離《はな》しても盾《たて》は落ちないので手をある程度自由に使えるし、強奪《スナッチ》スキルも防げるというメリットがある。

一方で、戦闘中《せんとうちゅう》にベルトを緩《ゆる》めるのは容易ではないので、何らかの理由で盾《たて》を手放したい時——たとえば巨大《きょだい》モンスターに盾《たて》を咥《くわ》え込まれたとか、盾《たて》に毒や油が付着したとか——にも、すぐには腕《うで》から外せないというデメリットも存在する。ＳＡＯで、モンスターから逃げている時に狭《せま》い横穴の中で盾《たて》が引っかかり、焦《あせ》ってベルトを緩《ゆる》めようとしても緩《ゆる》められず、そのまま……という話を聞いたことがある。それ以来、少なからぬ盾持《たても》ちプレイヤーが、《クイック・チェンジ》Ｍｏｄを武器ではなく盾《たて》の脱着《だっちゃく》に使うようになったらしい。

どうやら、丸盾《まるだて》を摑《つか》まれた片手剣《かたてけん》使《つか》いはベルト固定派だったようで、あっという間に体勢を崩《くず》されてしまった。だが、なかなかのバランス感覚を発揮し、横向きにたたらを踏《ふ》んだものの転倒《てんとう》だけは免《まぬが》れる。

こうなると、両手剣《りょうてけん》使《つか》いのほうも優位とは言いがたい。何せ、盾《たて》を摑《つか》むために剣を捨ててしまったのだから。あとは、片手剣《かたてけん》使《つか》いが体勢を立て直すのが先か、両手剣《りょうてけん》使《つか》いが剣を拾うのが先か——。

と俺が思った、その時。

両手剣《りょうてけん》使《つか》いが、右足を素早《すばや》く蹴《け》り上げた。すると、地面に落ちていたの剣がふわりと浮《う》いて、柄《つか》が右手に収まった。どうやら、捨てたと見せかけて、刀身の下にブーツの爪先《つまさき》を差し込んでいたらしい。

この芸当に、ギャラリーがわっと沸《わ》く。鮮《あざ》やかなトリックだが、見た目以上の高等技術だ。

自分の剣の重心を体に覚《おぼ》え込ませ、そこを正確に蹴《け》らないと真上には飛ばない。

両手剣使《りょうてけんつか》いは、柄《つか》に左手を添《そ》えつつ剣を水平に構えた。飾《かざ》り気《け》はないが頑丈《がんじょう》そうな刀身を、赤い光が包む。ソードスキル、《サイクロン》。相手はまだよろめき状態から回復していない。

これは当たる——。

と、俺が確信した時だった。

「そこまでッ!!」

太い声が響《ひび》き渡《わた》り、両手剣使《りょうてけんつか》いは発動する寸前のサイクロンをわざとファンブルさせた。直後、片手剣使《かたてけんつか》いも体を起こし、「っくしょおおお——！」と盛大《せいだい》に悔《くや》しがる。

先刻に倍する歓声《かんせい》と拍手《はくしゅ》が湧《わ》き起《お》こる中、看板の近くからプレイヤーが一人進み出てきた。スケイルアーマーを着込み、左腰《ひだりこし》にシミターを吊《つる》した恰幅《かっぷく》のいい男。どこかで見たような、と眉《まゆ》を寄せた時、すぐ後ろでシリカが囁《ささや》いた。

「あれ、ディッコスさんですよ」

「あ……ほんとだ」

確かにあのシミター使いは、チーム《雑草を喰《く》らう者ども》のリーダー、ディッコスだ。

昨日のギルナリス・ホーネット攻略戦《こうりゃくせん》に協力してくれたと聞いたが、こんなところで何をしているのだろう……と思う間もなく、ディッコスは両手剣使《りょうてけんつか》いのほうに手を挙げ、叫《さけ》んだ。

「優勝者……ツブロー!!」

再びの大歓声《だいかんせい》を聞きながら、俺は口をあんぐり開けた。防具が一式変わっていたので気付かなかったが、極端《きょくたん》に太い眉《まゆ》と四角い顎《あご》には見覚えがある。《アナウンスちゃんファンクラブ》のリーダー、ツブローに間違《まち が》いない。

ディッコスとツブローに、《絶対生き残り隊》のリーダーであるホルガーを加えた三人は、かつてALO組を一致団結《いっち だんけつ》させるべく、スティス遺跡《い せき》で大々的な懇親《こんしん》パーティーを開催《かいさい》した。しかしその席で、魔女《まじょ》ムタシーナが大魔法《だいま ほう》《忌《い》まわしき者の絞輪《こうりん》》を発動させ、パーティーは阿鼻叫喚《あび きょうかん》の地獄《じ ごく》に変わってしまった。

その後、三チームはムタシーナ軍として再編され、ラスナリオに攻め寄《せ よ》せてきた。俺たちはマルバ川の河原で大軍勢を迎《むか》え撃《う》ち、死闘《し とう》の果てにムタシーナの杖《つえ》を破壊《は かい》した。《絞輪》から解放されたあと、ディッコスとホルガーはラスナリオに残り、ツブローはスティス遺跡《い せき》に帰還《き かん》した……と思っていたのだが。

その彼がどうしてこんなところでトーナメント戦に出場しているのか、そもそもこの大会は何なのか、と首を傾《かし》げながら、俺はもう一度トーナメント表を見た。同じタイミングで薄雲《うすぐも》が太陽を隠《かく》し、看板の上で躍《おど》っていた木漏《こ も》れ日《び》が弱まった。

ヤグラの最上部に大書《たいしょ》されている、優勝者と戦う予定の人物の名は——【黒の剣士キリト】。

「あ、キリトくんだ」「キリトさんですね」

異口同音に囁《ささや》くアスナとシリカに、ぎこちなく振り向いて小声で訊《たず》ねる。

「あのさ……俺、こんなイベントに出る約束したっけ？」

「わたしが知る限り、してないと思うけど……」

「だよな……」

「あ、ディッコスさんが何か話すみたいですよ」

シリカの声に再び体を反転させ、リングを見やる。

ツブローに勝ち名乗りを上げたディッコスは、一歩進み出て叫《さけ》んだ。

「優勝したツブローには、賞品として雑草団子《ざつそうだんご》百個とキリトさんへの挑戦権《ちょうせんけん》が与《あた》えられる！

しかしながらキリトさんはいま第二階層を攻略中《こうりゃくちゅう》なので、ラスナリオへの帰還《きかん》は未定ッ！

よって挑戦《ちょうせん》試合の日時は、決《き》まり次第《しだい》ここに掲示《けいじ》するッ！」

なんだよー、今日じゃねーのかよぉー、というブーイングが飛《と》び交《か》うのを聞きながら、俺はじりじり後退しようとした。しかし五十センチも下がらないうちに、両肩《りょうかた》を後ろからガシッと摑《つか》まれてしまう。

「キリトくん、どうせならいま戦っちゃえば？」

「ええ……？」

肩越《かたご》しに後ろを見ると、アスナはフードの奥でにっこり笑って続けた。

「たぶん、ディッコスさんには何か考えがあるのよ。アポデ組の拠点《きょてん》に行くことになったら、いつ帰ってこられるか解《わか》らないんだし、片付けられるものは片付けておきたいじゃない」

「そりゃまあ……そうだけど……」

頷《うなず》きながら、頭をフル回転させる。

確かに、ディッコスが単なる賑《にぎ》やかしでこんなイベントを、しかも当事者の俺に相談もなく開催《かいさい》するとは思えない。たぶん、いまのラスナリオの状況《じょうきょう》に何らかの関係があるのだ。疑問を抱《かか》えたまま旅に出るのも気持ち悪いし、それに——求められているのが試合に出ることなら、交渉《こうしょう》やら演説よりいくらかマシだ。

「そんじゃ……ちょっと行ってくる」

二人にそう告げると、俺は人垣《ひとがき》から大股《おおまた》に進み出た。

「誰《だれ》だあれ？」「乱入者か？」

という声が交《か》わされるのを聞きながら、まっすぐディッコスに歩み寄る。

シミター使いは一瞬《いっしゅん》怪訝《けげん》そうな顔をしたが、直後にフードの中身が俺であることに気付き、目を丸くした。だが驚《おどろ》きはすぐに消え、腹を括《くく》ったような表情で近づいてくる。

「キリトさん、説明はあとでする。いまは何も聞かないで、ツブローと戦ってくれないか」

「それはいいけど、俺が負けたらどうなるんだ？」

「だいぶめんどくさいことになるから、できれば勝ってくれ。頼《たの》んだぞ……でも審判《しんぱん》は公平にするからな」

なかなか勝手なことを囁《ささや》くと、ディッコスは俺から離《はな》れ、大声でがなり立てた。

「レディース・アンド・野郎《やろう》ども！」

リングの外でポーションを飲んでいたツブローが、くるりと振り向く。立ち去りかけていたギャラリーたちも、なんだなんだと再び集まってくる。

「お前らはラッキーだぜ！　なんと、いまからもう一試合行われることが決定したッ！」

「はあ……？　そいつ、誰《だれ》だ？」

ツブローが太い眉《まゆ》を持ち上げ、俺の頭上を見たが訝《いぶか》しげな表情は変わらない。

ユナイタル・リングでは、原則的にパーティーメンバーやレイドメンバー以外のカーソルは表示されない。例外は敵対状態のプレイヤーか、システムタブからカーソルの公開設定を変更《へんこう》しているプレイヤーだけだ。先刻のツブローと片手剣使《かたてけんつか》いは、審判《しんぱん》のディッコスとギャラリーがHPの残量を把握《はあく》できるよう、《HPバーのみ全体公開》に変えていたのだろう。俺もそうするべくリングメニューを出し、カーソルの表示設定を変更《へんこう》する。

ディッコスは、腑《ふ》に落ちない顔のツブローに向けて左手を伸ばし、叫《さけ》んだ。

「青コーナー……チーム《アナウンスちゃんファンクラブ》リーダー、《求道《ぐどう》の声《せい》オタ》……ツブロオオォォォォ――！」

ツブローが、破れかぶれな勢いで右手を高く突き上げる。周囲のギャラリーも、勢い任せの声援《せいえん》を送る。

それが収まると、ディッコスは俺のほうに右手を持ち上げ――。

「赤コーナー……ラスナリオ現領主、《黒の剣士》……キリトオオオォォォォ――！」

なんでこんなことに……と思いながら俺は左手でクロークを掴《つか》み、ばさっと引《ひ》き剝《は》がした。

歓声《かんせい》が収束し、しばし圧力を高め……爆発《ばくはつ》した。ちらりと周囲を見ると、十時路《じゅうじろ》と二時路《にじろ》、後方の内輪道路からも続々とギャラリーが集まってくる。

大声援《だいせいえん》の中、ツブローが大股《おおまた》に近づいてきた。両手《りょうて》剣《けん》は後《うし》ろ腰《ごし》の鞘《さや》に収めたままで、両手も素手《すで》であることが見えるよう掌《てのひら》を開いている。

「キリトさん、帰ってきてたのか」

不敵な笑《え》みを浮《う》かべつつ話しかけてきたツブローに、俺も素手《すで》のまま答えた。

「ああ、ついさっきな」

「だったら、成り行きが呑《の》み込めてねえよな。そんな状態で戦ってもらうのは申し訳ねえけど、出てきちまったならもうしょうがねえ」

普通《ふつう》の声でそこまで言うと、ツブローは俺の顔をびしっと指差し、ギャラリー全員に聞こえそうな胴間声《どうまごえ》を響《ひび》かせた。

「キリトさん、ムタシーナのウンクソ魔法《まほう》から解放してくれたあんたにゃ感謝しかねーが……でもこの街はもう限界だ！　オレが勝ったら、いさぎよく統治権を譲《ゆず》ってくれ！」

はいいいい⁉

と叫《さけ》びそうになり、かろうじて抑《おさ》え込む。この突発的《とっぱつてき》デュエルトーナメントがラスナリオの過密状況《じょうきょう》に関係しているところまでは予想していたが、まさか統治権が賭《か》かっていようとは。つまり、俺がこの試合を受けて負けたら、ラスナリオの主体建築物たるログハウスの所有権を、ツブローに譲渡《じょうと》することになるわけか。

視線だけ右に向けて、ギャラリーの前列に立つアスナを見る。さすがにこの展開は予想していなかったようで、フードの下で小さく口を開けている。

一瞬《いっしゅん》、リングに飛び出してきて「そんなのだめ！」と喚《わめ》くかと思ったが、しかしアスナはすぐに口を閉じ、軽く肩《かた》をすくめた。まるで、「勝てば問題ないわよ」と言わんがばかりに。

そこまで信頼《しんらい》されてもなあ……と苦笑いしそうになるのを堪《こら》えつつ、俺はリングメニューを出して《上質な鋼《はがね》の長剣《ちょうけん》》を装備した。左腰《ひだりこし》に、頼《たの》もしい重みが加わる。

そのアクションを承諾《しょうだく》と解《かい》したのだろう、ツブローが口角を上げて「そうこなくちゃな」と嘯《うそぶ》いた。後ろ向きに歩き、リングの東側に引かれた開始線をまたいでから振り向く。

俺も後退し、西側の開始線に右の爪先《つまさき》を合わせる。

ディッコスがリングの外に出て、小ぶりな鍋《なべ》を握《にぎ》った左手と、オタマを握《にぎ》った右手を高々と掲《かか》げた。

「試合時間無制限ッ！　初撃《しょげき》決着ルール、リングアウト即負《そくま》け、ＴＫＯ《テクニカル・ノックアウト》ありッ！　双方《そうほう》、抜剣《ばっけん》ッ！」

ツブローが背中の両手剣《りょうてけん》を、俺が左腰《ひだりこし》の片手剣《かたてけん》を抜き、二人とも中段に構える。さっきの決勝戦と武器の組み合わせは同じだが、俺が盾《たて》を持っていないところだけが違《ちが》う。

ツブローは、じっと俺の手許《てもと》だけを見ている。視線を固定するのは、何らかの作戦があって、それを気取《けど》らせまいという心理が働いているからか。俺はといえば策も何もなく、考えていることは一つだけ……うっかり心意《シンイ》を使おうとするなよ。

五秒ばかり溜《た》めてから、ディッコスが小鍋《こなべ》の底をオタマで勢いよく叩《たた》いた。ぽっこーん、と多少間の抜けた音が響《ひび》いた瞬間《しゅんかん》、ツブローが一気に前へ出た。

大剣持《たいけんも》ちが自ら距離《きょり》を詰《つ》めるのは、セオリー無視の立ち回りだ。俺が虚《きょ》を突かれたところに体当たり——剣道《けんどう》で言うぶちかましを浴びせ、そのままリング外まで押し出すつもりだろう。引きつけて右か左に避《よ》けてもいいが、その対応はツブローも想定していそうな気がする。

俺は瞬時《しゅんじ》に決断すると、全力で地面を蹴《け》った。右でも左でもなく、前へ。

リングのほぼ中央で剣と剣が激突《げきとつ》し、ギィーン！と耳を聾《ろう》するような金属音を轟《とどろ》かせた。武器の大きさでは負けているが、敵をノックバックさせる確率を上げる《反動》アビリティの効果か、俺とツブローはまったく同じ勢いで後方に弾《はじ》かれた。

たたらを踏《ふ》みながらも、ツブローは両手剣《りょうてけん》を少しだけ持ち上げ、すぐに下ろした。恐《おそ》らく、姿勢が回復した瞬間《しゅんかん》にソードスキルを発動しようと考えたが、間合いが足りないと思い直したのだろう。

デュエルでは、ソードスキルの《ぶっ放《ぱな》し》——すなわち一か八かの単発使用は避《さ》けるのが基本だ。通常技《つうじょうわざ》で相手の体勢を崩《くず》し、たとえ防御《ぼうぎょ》されても回避《かいひ》はされないタイミングでのみ発動させる。ソードスキルがスカると、それだけで勝負が決まってしまうほどの硬直《こうちょくじ》時間《かん》を課せられるからだ。つまりツブローの判断は正しい。

しかし、ALOで初めてソードスキルに触《ふ》れたプレイヤーたちは知らないであろう奥深《おくぶか》さが、このシステムにはある。

俺はまだ上体が泳いでいるうちから、剣を右肩《みぎかた》の上へと動かした。

全てのソードスキルは、武器を規定の位置に規定の角度で据《す》えることによって立ち上がり、規定の溜め時間《チャージタイム》が経過したのち発動、速度と威力《いりょく》を強化された攻撃《こうげき》が放たれ、規定の硬直時間《ディレイタイム》を経て終了《しゅうりょう》する。

大半のプレイヤーは、技《わざ》の立ち上がりから硬直解除《こうちょくかいじょ》までに要する時間はシステム的に固定なのだと考えているが、実は一連のシークエンスの中で、決まっているのはチャージタイムとディレイタイムだけで、それ以外はプレイヤーの技術で短縮《たんしゅく》できる。たとえば、体の中心線に対する位置と角度さえ正確なら、ノックバック中やジャンプ中でもソードスキルの立ち上げは可能なのだ。

姿勢回復前にモーションの入力を終えた俺は、背後に構えた愛剣《あいけん》の柄《つか》から手に伝わってくる微少《びしょう》な振動《しんどう》に全神経を集中させた。チャージタイム中は色鮮《いろあざ》やかなライトエフェクトと甲高《かんだか》いサウンドエフェクトが発生するので、昔はその光と音でチャージが完了《かんりょう》する瞬間《しゅんかん》を予測していたが、それらは技《わざ》の発動後も継続《けいぞく》するためストップウォッチでも使わない限りはどうしても勘頼《かんだの》みになってしまう。しかし振動《しんどう》は、チャージタイムの開始と同時に発生するのは同じだが、真ん中で最も強くなり、終了《しゅうりょう》と同時に消滅《しょうめつ》する。ごく微細《びさい》な変化だが、その二次関数的遷移《せんい》を感じ取れれば、チャージタイムが終わる瞬間《しゅんかん》をかなりの精度で予測できる。

靴底《くつぞこ》が地面をグリップし、後傾《こうけい》していた体幹が前傾《ぜんけい》へと移行するのを頭の隅《すみ》で感じながら、俺は左足に力を籠《こ》めていった。仮に地面を蹴《け》るのが、チャージタイムの終了《しゅうりょう》より〇・一秒でも早ければソードスキルは中断《ファンブル》してしまう。右手に伝わる振動《しんどう》が減衰《げんすい》し、さらに弱くなり……消えた、その瞬間《しゅんかん》。

「……‼」

無音の気合いとともに、フルパワーで左足を踏《ふ》み切《き》る。愛剣《あいけん》の刀身を包んでいた青い燐光《りんこう》が、強烈《きょうれつ》な閃光《せんこう》へと変わる。発動成功──。

前方のツブローはよろめき状態から立ち直ったかどうかというところで、両手《りょうて》剣《けん》も半端《はんぱ》な位置に浮《う》いたままだ。太い眉毛《まゆげ》の下で両目が丸く見開かれるのを見ながら、俺はソードスキルのシステムアシストを全身の筋力でブーストし、剣をほぼ垂直に振り抜いた。

ザシュッ！　と切れのいい音が響《ひび》き、右手に明確な手応えが伝わる。剣の切っ先部分だけが当たるよう距離《きょり》を調整したので威力《いりょく》は本来の七割ほどしか出ていないだろうが、初撃《しょげき》決着には充分《じゅうぶん》なダメージを与《あた》えたはずだ。

技後硬直《ぎごこうちょく》が解けるのを待って立ち上がる。左胸に深紅《しんく》のダメージ痕《こん》を刻まれたツブローは、仰《の》け反《ぞ》った格好のまま、視線を左上──自分のＨＰバーに向けている。

俺もツブローの頭上に表示されたスピンドルカーソルを見上げた。円弧《えんこ》を描《えが》くＨＰバーが、音もなく減っていく。二割、三割、四割を超《こ》えたあたりで多少ひやっとしたが、五割を下回る寸前で止まり、思わずほっと息を吐《は》く。

「……悪い、ちょっと減らしすぎた」

俺がそう謝った直後、リング外でぽかんとしていたディッコスが片手鍋《かたてなべ》をオタマで乱打し、裏返り気味な声で叫《さけ》んだ。

「そこまで、そこまでッ！　勝者……キリトッッ!!」

短い静寂《せいじゃく》のあと──。

どわあああっ！　という歓声《かんせい》が厩舎前広場《きゅうしゃまえひろば》を包んだ。

「なんっっっじゃあの速さ！　構えから振り終わりまで二秒あったか!?」

「それより射程だろ！　ただの《バーチカル》なのに《ソニック・リープ》なみに跳《と》んだぞ!?」

「てゆーか威力《いりょく》！　掠《かす》ったくらいだったのに、なんであんな減るのよ！」

ギャラリーたちが口々に喚《わめ》くのを聞きながら、俺は剣を鞘《さや》に戻《もど》した。まだぼんやりしているツブローの左肘《ひだりひじ》あたりを、軽く叩《たた》く。

「お疲《つか》れ。最初のぶちかまし、なかなか良かったよ」

「…………いや、かませてもいねーし……」

ツブローは力なく首を左右に振ると、気持ちを入《い》れ替《か》えるように勢いよく両手剣《りょうてけん》を納刀し、正面から俺を見た。

「デュエルは完敗だけど、この街がちょっとやべぇことになってるのは確かだぜ。そもそも、どうしてこんな大会が開かれたかっつうと……」

「いや、おおよそ解《わか》ってる」

頷《うなず》きかけ、リングの中央へ移動する。まだざわついているギャラリーたちをぐるりと見回し、深々と息を吸い込んで──。

「みんな、ずっと留守にしてて悪かった！」

俺が叫《さけ》ぶと、いつの間にか百人以上に増えていた大観衆がぴたりと沈黙《ちんもく》した。

「ラスナリオの状況《じょうきょう》については把握《はあく》してる！　加護は今日中にもう一段階レベルアップさせるつもりだけど、それで耐久度《たいきゅうど》ボーナスの効果範囲《はんい》が広がるかどうかは解《わか》らない！」

途端《とたん》、各所から「えぇーっ」「だったら中の土地を開放してくれよー」という声が上がる。それらが収まるまで待って、告知を続ける。

「けど、別の解決策があるんだ！　実はいま、第二階層の入り口で、新しい拠点《きょてん》の建設準備を進めてる！　もう場所は決まってて、ヌシモンスターの襲撃《しゅうげき》への準備ができ次第《しだい》、主体建築物を完成させる予定だ！」

途端《とたん》、今度は期待に満ちたどよめきが湧《わ》き起《お》こった。俺は前列に立っているアスナとシリカに視線を送ってから、まとめに入った。

「次の拠点《きょてん》は、完全に攻略《こうりゃく》の最前線だ！　そこから先は、地形も生息モンスターも、まったく解《わか》ってない！　だからラスナリオより遥《はる》かに危険だけど、それでもＯＫなら移住は歓迎《かんげい》する！　行ってもいいっていうヤツは、いまここで思い切り叫《さけ》んでくれ!!」

俺の声が、反響《はんきょう》を伴《ともな》って消えた、数秒後。

うおおおお――――っ!!　という凄《すさ》まじい雄叫《おたけ》びが、ラスナリオ全体を震《ふる》わせた。

それに触発《しょくはつ》されたのか、中央の厩舎《きゅうしゃ》の窓からトゲバリホラアナグマのミーシャが顔を出し、

「ぐるおおおおお――っ！」と高らかに吼《ほ》えた。

12

整合機士団長《せいごうきしだんちょう》エオライン・ハーレンツは、実の親の顔はおろか、名前も知らない。

自分が、星界統一会議《せいかいとういつかいぎ》の現議長――当時は地上軍《ちじょうぐん》の総司令官だったが――オーヴァース・ハーレンツの養子であることを知ったのは、北セントリア幼年学校初等部の三年生の時だった。一つ年上の兄ルグランとつまらないことから言い合いになり、激昂《げきこう》した兄が怒鳴《どな》ったのだ。お前なんか、貰《もら》われっ子のくせに、と。

どうやらオーヴァースは、三人の実子のうちエオラインより年長の二人――ルグランと彼の二つ上の姉に対して、エオラインが養子であると口に出して言うことを禁じていたらしい。

つまりルグランはあの瞬間《しゅんかん》、衝動的《しょうどうてき》ではあったにせよ上位者の命令を破ったことになる。彼はその場に倒《たお》れ込み、真っ赤に充血《じゅうけつ》した右目を押さえて泣《な》き叫《さけ》び、高熱を出して三日三晩寝込んだ。

何があったのかをオーヴァースと母ジルに問われたエオラインは、やむなく事実を伝えた。するとニ人はしばし小声で相談してから、エオラインをソファーの真ん中に座らせ、左右からしっかり抱《だ》き締《し》めながら事実を教えてくれた。

エオラインは、ルグランが言ったとおり、二人の実の子供ではないこと。本当の両親はもう生きていないこと。そして、たとえ血の繋《つな》がりがなくとも、父として、母としてエオラインを深く愛していること。

そう言ってもらえたのは嬉《うれ》しかったが、申し訳なくもあった。なぜならエオラインは、自分がハーレンツ家の養子なのだと知った時、驚《おどろ》きや悲しみよりも先に納得感《なっとくかん》を覚えていたからだ。いままでこの家で暮らしていて、ふとした時に感じることがあったささやかな違和感《いわかん》の理由はそれだったのか、と。

二十歳《はたち》になったいまなら、兄ルグランがあれほど自分を敵視していた理由もよく解《わか》る。

ハーレンツ家は、初代の整合騎士《せいごうきし》団長《だんちょう》にして伝説の武人でもあるベルクーリ・ハーレンツを開祖とする由緒《ゆいしょ》ある名家だ。ベルクーリと、第一次黒皇戦争《こっこうせんそう》の英雄《えいゆう》たる二代目当主ベルチェ・ハーレンツの剣の才は、六代目の亡《な》き養祖父ディリアンにも、七代目の養父オーヴァースにも引《ひ》き継《つ》がれたが、恐《おそ》らくオーヴァースの三人の実子の中でその血を最も濃《こ》く引いているのは、長男ルグランでも三男イドリスでもなく、長女フルフィースだろう。

彼女は現在、アンダーワールド三軍の一つ、黒耀軍《こくようぐん》の副司令官としてオブシディア市に赴任《ふにん》している。

黒耀軍は、異界戦争《いかいせんそう》で人界軍《じんかいぐん》と戦った暗黒界軍を前身とする組織だ。講和が成立したあとも、軍を構成する亜人《あじん》や暗黒界人と人界人《じんかいじん》との反目感情は簡単には消えなかったが、暗黒界軍初代総司令官イスカーンと彼の伴侶《はんりょ》となった整合騎士《せいごうきし》シェータ・シンセシス・トゥエルブ、そして二人の娘《むすめ》である二代目総司令官リーゼッタ・ザーレの尽力《じんりょく》により、四百年代前半に人界軍《じんかいぐん》の駐留《ちゅうりゅう》部隊と暗黒界軍が統合される形で黒耀軍《こくようぐん》が創設された。

以降、黒耀軍総司令官には暗黒界人、副司令官には人界人《じんかいじん》が就任《しゅうにん》するという伝統が続き、去年——星界暦《せいかいれき》五八一年の春に、地上軍第三方面部隊長だったフルフィース・ハーレンツが、新たな副司令官に任命されたというわけだ。

彼女は、当時弱冠《じゃっかん》二十一歳。十六歳で地上軍に入隊し、わずか三年で千人の兵士を束ねる部隊長に昇進《しょうしん》、さらに二年後の大抜擢《だいばってき》である。しかし、星界統一会議《せいかいとういつかいぎ》長《ちょう》の娘《むすめ》であるがゆえの情実人事《じょうじつじんじ》ではないのか、というような猜疑《さいぎ》の声はほとんど上がらなかった。たった十五歳で、統一《とういつぶ》武術大会《じゅつたいかい》に優勝したという圧倒的《あっとうてき》実績があったからだろう。もっともその最年少記録は、数年後に天才剣士スティカ・シュトリーネンとローランネイ・アラベルがあっさりと更新《こうしん》してしまうのだが。

とはいえフルフィースも、幼い頃《ころ》から剣技《けんぎ》と学問で群を抜いた才能を示し、ハーレンツ家の八代目当主は決まったようなものだと噂《うわさ》されていた。オーヴァースの代までずっと長男が家督《かとく》を継《つ》いできた家なので、ルグランが感じていた重圧や劣等感《れっとうかん》は相当なものだったに違《ちが》いない。きっと、溜《た》め込んだ暗い感情をぶつけられる相手が、血の繋《つな》がらない弟であるエオラインしかいなかったのだ。

そうと解《わか》るようになったのは十代半ば頃《ごろ》だが、「貰《もら》われっ子」と言われる前から兄の鬱屈《うっくつ》は幼心《おさなごころ》に感じていて、無意識的に目立つことは避《さ》けようとしてきた。友達もほとんど作らず、学校が終わるとまっすぐに帰宅して、ハーレンツ家の裏庭にそびえている黒くて大きなスギの樹《き》の下でひたすらに木剣《ぼっけん》を振り続けた。

しかし、例の事件の数ヶ月後――幼年学校の四年生に進級した日、姉フルフィースが珍《めずら》しく裏庭に現れて、エオラインの素振《すぶ》りをしばらく見守ってから、強引《ごういん》に修練場へと連れ出した。その日から姉は、毎日とはいかずとも時間を見つけてはエオラインを指導するようになった。

姉の指導は常軌《じょうき》を逸《いっ》した厳しさで、武人として鳴らした父オーヴァースですら苦言を呈《てい》するほどだったが、しかしエオラインは嬉《うれ》しかった。木剣《ぼっけん》でどれほど激しく打たれようと、ただの一度も弱音を吐《は》かず、初代ベルクーリから連綿と受《う》け継《つ》がれたハーレンツ家の技《わざ》を貪《むさぼ》るように吸収し続けた。

やがて指導は神聖術《しんせいじゅつ》や心意術《シンイじゅつ》にまで及《およ》び、その厳しくも満ち足りた日々は、フルフィースが十九歳で地上軍の部隊長に昇進《しょうしん》するまで続いた。当時エオラインは十六歳で、北セントリア修剣学院《しゅうけんがくいん》の主席上級修剣士《しゅうけんし》になっていた。

その年、エオラインは姉より一歳《さいおく》遅れで星界統一武術大会《せいかいとういつぶじゅつたいかい》に優勝し、特例で即時《そくじ》卒業して宇宙軍に入隊した。だから、いまのエオラインがあるのは、全て――とは言わないが九割まで姉フルフィースのおかげなのだ。

なのにまさか、先代の指名で整合機士《せいごうきし》団長《だんちょう》に就任し、指揮系統上は黒耀軍《こくようぐん》副司令官の姉をも従える立場になろうとは。

そしてまた、それが現在は地上軍の一級隊士である兄ルグランと、父オーヴァースの不和の原因になろうとは……。


からん。

溶《と》けた氷が動く音が室内に響《ひび》き、エオラインは覆面《ふくめん》の下で閉じていた目を開けた。

部屋の内装は素っ気ないが、宇宙軍基地の私室と大差ないほどの広さがある。調度はベッドとテーブル、ソファー、書き物机に椅子《いす》、そして衣装戸棚《いしょうとだな》。どれも軽金属製で、床《ゆか》にボルトでしっかり固定されている。当然だ——この部屋は、空に浮《う》かぶ機竜《きりゅう》の中にあるのだから。

テーブルには、しばらく前に兵士が運んできた昼食のトレイが載《の》っている。持っていく先を間違《まちが》えたのではないかと思えるほどの豪華《ごうか》さで、メインの料理は濃厚《のうこう》な果汁《かじゅう》ソースがたっぷりかかった鹿肉のロースト。しかし、軟禁《なんきん》されている捕虜《ほりょ》が、そんなものをばくばく食べられるわけがない。ノルキア瓜《うり》のサンドイッチくらいでいいのに……と思いながら丸パンとスープ、氷水だけ口にして、あとは残してしまった。

——いや、きっとキリトなら、この状況《じょうきょう》でもばくばく平らげたに違《ちが》いない。

その様子をありありと思《おも》い浮《う》かべ、エオラインはソファーにもたれたまま小さく笑った。

宇宙軍基地の執務室《しつむしつ》で気絶してしまい、この部屋で目覚めてから、六時間以上が経《た》っている。

壁《かべ》の時計は午後二時を指しているが、室内に日付を示すものがないので、今日が襲撃《しゅうげき》の翌日、十二月八日だという保証はない。兵士が教えてくれたのは、この部屋は皇帝《こうてい》アグマール・ウェスダラス六世の乗機、超大型機竜《ちょうおおがたきりゅう》《プリンキピア》の内部にあることと、エオラインが捕虜《ほりょ》になっていることだけだ。

窓が一つもないので、外部の状況《じょうきょう》も、機竜《きりゅう》の現在位置も不明。だが恐《おそ》らく、滞空《たいくう》しているのならセントリアの上空から動いていないのだろう。セントラル・カセドラルと宇宙軍基地《うちゅうぐんきち》がどうなったのかが気がかりだが、カセドラルには整合騎士《せいごうきし》アリス・シンセシス・サーティが、そして基地にはキリトがいた。エオラインですら遠く及《およ》ばぬ力を持つあの二人が、きっと双方《そうほう》とも守ってくれたはずだ。

そう確信できるからこそ、戦闘中《せんとうちゅう》に気を失い、むざむざ捕虜《ほりょ》になってしまった己《おのれ》の繊弱《せんじゃく》さが許しがたい。

エオラインが自分の疲《つか》れやすさを自覚するようになったのは五年ほど前、修剣学院《しゅうけんがくいん》に入学した頃《ころ》だ。目許《めもと》の肌《はだ》がソルスの光に弱くなり、日中は覆面《ふくめん》をつけることを余儀《よぎ》なくされたのも同じ頃《ころ》からだが、疲労《ひろう》のほうが問題としては深刻だ。無理をすると、天命数値はさして減っていなくても全身が妙《みょう》にふわふわとして、力が入らなくなってしまう。まるで、自分の存在そのものが希薄化《きはくか》していくような、奇妙《きみょう》な感覚。

執務室《しつむしつ》で気絶してからここで目覚めるまで八時間近く寝ていたはずなのに、まだその感覚がわずかに残っている。だが、弱音を吐《は》いてはいられない。このまま軟禁《なんきん》されっぱなしでいると、遠からずキリトが救出にくるだろう。彼があの途轍《とてつ》もない心意《シンイ》力《りょく》でプリンキピアを真っ二つに引《ひ》き裂《さ》いてしまう前に、可能なら自力で脱出《だっしゅつ》したい。

扉《とびら》は一箇所《かしょ》だけ、その外には兵士が二人立っている。扉《とびら》さえ開けば、自分を他者の認識《にんしき》から消す《空《くう》の心意《シンイ》》によって抜け出すことは可能だが、部屋からエオラインが消えたことは兵士にも解《わか》るので、即座《そくざ》に警報が鳴《な》り響《ひび》くだろう。その状況《じょうきょう》で、果たして外部に繋《つな》がる扉《とびら》まで到達《とうたつ》できるかどうか。

空の心意は、エオラインに戦闘《せんとう》以上の消耗《しょうもう》をもたらす。アドミナの秘密基地で、あれほどの長時間持続できたことがいまだに信じられない。

あの時は、キリトにも隠蔽《いんぺい》効果を及《およ》ぼすために、彼と手を繋《つな》いでいた。見た目は華奢《きゃしゃ》なのに、力強くて温かい掌《てのひら》から、何らかの力が流れ込んでくるような感覚があった。予想の二倍以上も空の心意を継続《けいぞく》でき、しかもその後にトーコウガ・イスタルと戦うための力まで残ったことが、実際にキリトのお陰《かげ》だったのなら、その現象を解明することで疲《つか》れの原因を突き止めることができるかもしれない。

「……まったく、不思議なやつだな」

口から、かすかな声が零《こぼ》れる。

自分がまたしても微笑《ほほえ》んでいることに、エオラインは気付いた。キリトの手の温《ぬく》もりを思い

出すだけで、わずかながら力が戻《もど》ってくるような気がする。

彼が本当に星王《せいおう》キリトと同一人物なのか、まだ確信は持てない。

星王《せいおう》は、百年前までアンダーワールドを統治していた実在の人物だ。養祖父のディィリアン・ハーレンツは、星王《せいおう》に騎士《きし》として仕えた父や祖父からいろいろな話を聞かせてもらったらしい。なのに、存在の神秘性は、ある意味ではベルクーリを上回る。近年では、おとぎ話の登場人物のように思っている子供も少なくない——とスティカたちが言っていた。

そんな伝説的統治者が突然《とつぜん》アンダーワールドに戻《もど》ってきて、しかも星王《せいおう》時代の記憶《きおく》を失っていると言われてもにわかには納得《なっとく》しがたい。言葉を交《か》わしていると、同年代のごく普通《ふつう》の若者としか思えない……のだが、あの空恐《そらおそ》ろしいほどの心意《シンイ》力《りょく》と、三桁《けた》に達している権限数値もまた尋常《じんじょう》ではない。

エオラインがこの世界で一番好きな場所——宇宙軍基地近くの森の隠《かく》れ家《が》に美味《うま》いワインとチーズを用意して、キリトと二人だけで心ゆくまで語り合ってみたい。彼のことを知りたいし、自分のことを話したい。いままで誰《だれ》にも言えなかった、自分がいったい何者なのか解《わか》らないという不安感を、ありのまま打ち明けたい……。

突然《とつぜん》湧《わ》き上がってきた強烈《きょうれつ》な衝動《しょうどう》に、エオラインが小さく体を震《ふる》わせた、その時。

扉《とびら》が開き、制服姿の兵士が部屋に入ってきた。

てっきり食事を下げにきたのだろうと思ったが、兵士は入り口で立ち止まるとエオラインに向けて敬礼し、かしこまった口調で言った。

「整合機士団長殿《せいごうきしだんちょうどの》、ご同行願います」

「……解《わか》った」

嫌《いや》だと言ったらどうなるのか気にならなくもないが、剣はおろかナイフの一本も持っていないし、兵士のベルトには大型の電撃剣《でんげきけん》が下がっている。おとなしく頷《うなず》き、立ち上がる。

ほんの少し頭がくらっとしたが、素知らぬ顔で踏《ふ》ん張《ば》り、入り口まで歩く。兵士は再び敬礼すると、扉《とびら》から出ていく。

外の通路は異様なまでに長く、機竜《きりゅう》の巨大《きょだい》さを物語っている。金属の床《ゆか》に二人ぶんの足音を響《ひび》かせながら百メルほど歩き、突き当たりを右に曲がって階段を上る。さらに数十メル進むと、ようやく目的地らしき扉《とびら》が出現した。

表面に硝子《ガラス》を張られ、銀で縁取《ふちど》られた豪奢《ごうしゃ》な両開き扉《とびら》は、とても機竜《きりゅう》の設備とは思えない。右の扉《とびら》には盾《たて》と飛竜《ひりゅう》の紋章《もんしょう》が、左の扉《とびら》には八本の鋭利な菱形《ひしがた》が放射状に並んだ八芒星の紋章《もんしょう》が埋《う》め込まれている。右側は遠い昔に滅《ほろ》んだウェスダラス西帝国《にしていこく》の紋章《もんしょう》だが、左側は記憶《きおく》にない。

扉《とびら》の両脇《りょうわき》には、電撃剣《でんげきけん》ではなく本物の剣を吊《つ》った兵士が控《ひか》えている。

エオラインをここまで案内してきた兵士が敬礼すると、左側の兵士が返礼し、壁《かべ》のボタンを押した。ぷしゅっ、と風素《ふうそ》封密缶《ふうみつかん》の作動音がかすかに聞こえ、扉《とびら》が左右に開いた。

「どうぞ、お入りください」

兵士がそう言って脇《わき》に下がる。エオラインは頷《うなず》き、扉《とびら》のレールをまたいだ。

やたらと奥行《おくゆ》きのある部屋だ。床《ゆか》には黒地に銀の線が入った絨毯《じゅうたん》が敷《し》かれ、左右の壁《かべ》には窓があるようだが全て装甲板《そうこうばん》で閉ざされている。灯《あか》りは、天井《てんじょう》に埋《う》め込まれたわずかな光素灯《こうそとう》だけ。

胸を張り、絨毯《じゅうたん》の中央を歩いていく。正面奥で床《ゆか》が階段状にせり上がり、その手前にも護衛の兵士が四人並んでいる。

二段高くなった壇上《だんじょう》に、異様に背もたれの長い椅子《いす》が据《す》えられ、そこに男が一人座っていた。襟《えり》が襞状《ひだじょう》に広がった白いシャツと、黒いズボン。顔つきは削《そ》いだように鋭《するど》く、細い口髭《くちひげ》をたくわえている。両目は、氷のように冷たい灰色。

椅子《いす》の右後方にも、暗灰色《あんかいしょく》のコートを着た若者が立っている。波打つ艶《あで》やかな黒髪《くろかみ》と、ぞっとするほどの美貌《びぼう》を見るまでもなく気配で解《わか》る。エオラインとは修剣学院《しゅうけんがくいん》時代からの因縁《いんねん》がある、トーコウガ・イスタルだ。

エオラインが視線を再び正面に戻《もど》したのと同時に、男が口を開いた。

「膝《ひざ》を突けとまでは言わないが、せめてその無粋《ぶすい》な覆面《ふくめん》は取ったらどうかな……エオライン・ハーレンツ殿《どの》？」

「申し訳ありません、肌が弱いものでこのままで失礼いたします、アグマール・ウェスダラス六世陛下」

エオラインがそう応じると、男──皇帝《こうてい》アグマールは、ふんと鼻を鳴らした。

「構わんよ。──イスタルを紹介《しょうかい》する必要はないな？」

「ええ」

頷《うなず》き、再度イスタルを見たが、白面は完全な無表情を保っている。

アグマールも頷《うなず》くと、顔を少し左に動かした。

「それでは、彼女だけ紹介《しょうかい》しよう」

……彼女？

怪訝《けげん》に思いながら、エオラインは椅子《いす》の左側に目を凝《こ》らした。直後、わずかに息を吸い込む。

いつの間にか、イスタルと対《つい》になる位置に、新たな人影《ひとかげ》が出現している。しかし部屋の後方に扉《とびら》はないし、足音も聞こえなかった。あたかも、最初からそこにいたのに認識《にんしき》できなかったとでもいうかのような──。

女性だ。いにしえの神聖術師《しんせいじゅつし》の如《ごと》き純白のローブに、同色のケープを重ねている。胸には、銀色に輝《かがや》く鋭利《えいり》な八芒星のメダリオン。この部屋の扉《とびら》に描《えが》かれていた紋章《もんしょう》と、まったく同じ形に見える。

長い髪《かみ》は濃《こ》い紫色《むらさきいろ》、小作りな顔はイスタルに勝《まさ》るとも劣《おと》らぬ、どこか人間離《にんげんばな》れした美しさだ。エオラインを見下ろす双眸《そうぼう》も紫《むらさき》だが、まるで鏡のように内面を窺《うかが》わせない。

不意に、女性の薄《うす》い唇《くちびる》に淡《あわ》い笑《え》みが浮《う》かんだ。

「自分で名乗りますわ、陛下」

氷でできた鈴《すず》を転がすような、冴《さ》え冴《ざ》えとした美声。

「そうかね」

アグマールが肩《かた》をすくめると、女性は一歩前に進み出て、ふわりと一礼した。

顔を上げ、深い紫紺《しこん》の瞳《ひとみ》でじっとエオラインを見詰《みつ》め――。

「初めてお目にかかります、エオライン・ハーレンツさま。私は、ノーランガルス皇帝家《こうていけ》の裔《すえ》……ムタシーナ・ムイキーリと申します」


（続く）

あとがき

大変大変大変長らくお待たせしました、ソードアート・オンライン第28巻、『ユナイタル・リングⅦ』をお届けします。

なんと前巻から一年八ヶ月ぶりの新刊ということで、これは恐《おそ》らくSAO史上最長お待たせ記録ですね……。記録は更新《こうしん》されるものと言いつつも、さすがに今回はあいだが空きすぎたと反省しきりですので、次巻は早めにお届けしたい！　と現時点では心に誓《ちか》っております！

（以下、本編の内容に触《ふ》れていますのでご注意ください）

ストーリーに関しても少々。この巻は、アンダーワールドでの出来事がメインとなりました。前巻での登場時は、だいたい二十二分後に「これで勝ったと思うなよ！」と捨《す》て台詞《ぜりふ》を吐《は》いて逃げていきそうなオーラを漂《ただよ》わせていたアグマール皇帝《こうてい》陛下ですが、意外と頑張《がんば》りますね！　これは次の巻も悪役らしさを発揮してくれそうです。

そして今巻では、いままでSAOの原作本編では前例のなかった、《他媒体《たばいたい》からの合流》を果たしたキャラクターが二人登場いたしました。

まず一人目は、アプリゲーム『アリシゼーション・ブレイディング』及《およ》び『アンリーシュ・ブレイディング』のオリジナルヒロインである整合騎士《せいごうきし》イーディス・シンセシス・テンです。

前巻で、《十番目の整合騎士《せいごうきし》》がセントラル・カセドラルで凍結《とうけつ》されていると書きましたので、いずれシンセシス・テンを登場させることは確定していました。その場合まったく新しい騎士《きし》を設定するか、それとも『アリブレ』のイーディスを逆輸入するのかいささか悩《なや》みましたが、やはり少なからぬ読者さまがイーディス・シンセシス・テンという名前に愛着を持っておられるだろうと考え、彼女の本編登場となりました。しかしもちろん多くの設定が『アリブレ』とは異なっていて、それについては後述します。

そして二人目は、『劇場版ソードアート・オンライン・プログレッシブ　星なき夜のアリア／冥《くら》き夕闇《ゆうやみ》のスケルツォ』に登場したミト／兎沢《とざわ》深澄《すみ》です。彼女はなかなか複雑な成り立ちのキャラクターで、いままでインタビューなどでは「今回の映画を制作するにあたり、アスナのリアル親友ポジションの新キャラクターを登場させたいという要望を受けて設定を作った」と答えてきましたが、実はまったくのゼロから生まれたわけではありません。

8巻に収録されている中編『圏内《けんない》事件』に、アシュレイという凄腕《すごうで》の裁縫師《さいほうし》プレイヤーが、名前だけですが登場します。彼女には、《アスナと現実世界でも友達だった》《アスナがキリトとのコンビを解消し、精神的に辛《つら》い時期の支えになっていた》という設定がweb版から存在し、いつかそれを踏《ふ》まえてアスナとアシュレイの話を書きたいと思いつつも実現できずにいたのですが、劇場版プログレッシブに新キャラクターをと言われた時、真っ先に思い出したのがアシュレイでした。そこで、改めてアシュレイの設定を土台から作り、肉付けしていって、そして生まれたのがミトというわけです。

いままでその経緯《けいい》を伏《ふ》せていたのは、ミト＝アシュレイという情報の初出はインタビューやSNSではなく作品内にしたいと思ったからですが（十周年記念イベント『フルダイブ』の朗読劇で少しだけ触《ふ》れてはいます）、劇場版二作ではとてもそんなところまで進行しませんし、さりとてユナイタル・リング編に登場させるにも、必然性があって強引《ごういん》さのない展開になるという確信が持てず、これは当分無理かなと思っていたのですが、この28巻を書いている途中でふと「いまなのでは？」と直感できたタイミングがあり、晴れてアスナとの再会が叶《かな》うこととなりました。

とはいうものの、劇場版プログレッシブのミトの背景を完全に踏襲《とうしゅう》することはやはり難しく、彼女もイーディスと同じく映画と原作で設定が異なっております。まとめますと、次のようになります。

【イーディス】

・三百年前（アリシゼーション編からは百年前）に石化凍結《せきかとうけつ》され、それ以降の出来事、とくに異界戦争《いかいせんそう》に関する知識はない。アリスとも完全に初対面。

【ミト】

・SAO初期にアスナと出会わず、当然ネペントの森でアスナを見捨てもしていない。

・一層、五層のボス攻略《こうりゃく》に参加していない。

ネペントの森での出来事は、劇場版のミトの根幹部分なので、丸ごとなかったことになるのもどうかと思ったのですが、劇場版ではあまりにも重い烙印《らくいん》になってしまったので、原作版のミトはむしろあの罪悪感を取《と》り払《はら》ってあげたいと考えそのようにしました。とはいえアインクラッドで辛《つら》い出来事がまったくなかったわけではなく、ミトは正確には《二代目アシュレイ》であり、初代からアシュレイの名前を受《う》け継《つ》いでいます。どういう経緯《けいい》でそうなったのかは、いずれ本編で語ってくれることと思います。蛇足《だそく》ですが、ミトはＳＡＯから解放されて以降はＶＲＭＭＯをプレイしておらず、アシュレイの名は三代目に譲《ゆず》っています。

ちょっとだけのつもりが長々と書いてしまいましたが、以上のような経緯《けいい》で登場した小説版のイーディスとミトを、ゲーム版や劇場版と同じく応援《おうえん》してくださると嬉《うれ》しいです。

また、この巻では、エオライン視点のパートも初出となっています。いままで謎《なぞ》に包まれていた彼のバックボーンを、ほんの少しですが語ることができました。菊岡《きくおか》さんが気にしていた《侵入者《しんにゅうしゃ》》らしき人もついに登場（再登場？）しましたので、二つの世界がどう関係してくるのか、想像しつつ楽しんでいただければと思います。

今巻はスケジュールに余裕《よゆう》があったはずが結局押しまくってしまい、担当編集者の三木《みき》さんと安達《あだち》さん、イラストのａｂｅｃさん始め関係者の皆《みな》さまには多大なご迷惑《めいわく》をおかけしました。読者さまにおかれましても、引き続き頑張《がんば》りますので応援《おうえん》よろしくお願いします！

二〇二四年四月某日《ぼうじつ》　川原《かわはら》　礫《れき》

◉著者・原作：川原 礫著作リスト

「アクセル・ワールド1～27」（電撃文庫）
「ソードアート・オンライン1～28」（同）
「ソードアート・オンライン プログレッシブ1～8」（同）
「ソードアート・オンライン IF 公式小説アンソロジー」（同）
「絶対ナル孤独者《アイソレータ》1～5」（同）
「デモンズ・クレスト1～2」（同）

本書に対するご意見、ご感想をお寄せください。

ファンレターあて先
〒102-8177　東京都千代田区富士見2-13-3
電撃文庫編集部
「川原　礫先生」係
「abec先生」係

本書は書き下ろしです。

電撃文庫

ソードアート・オンライン28

ユナイタル・リングⅦ

川原《かわはら》 礫《れき》

2024年6月10日　初版発行

発行者　山下直久
発行　株式会社KADOKAWA
〒102-8177　東京都千代田区富士見2-13-3
0570-002-301（ナビダイヤル）
装丁者　荻窪裕司（META＋MANIERA）
印刷　株式会社暁印刷
製本　株式会社暁印刷

ISBN978-4-04-915556-3　C0193　Printed in Japan

電撃文庫　https://dengekibunko.jp/